BERNARD-
MARIE KOLTÈS

コルテス戯曲選3

ベルナール＝マリ・コルテス
佐伯隆幸・西樹里 訳

黒人と犬どもの闘争
COMBAT DE NÈGRE ET DE CHIENS

「黒人と犬どもの闘争」手帖
CARNETS DE COMBAT
DE NÈGRE ET DE CHIENS

プロローグ
PROLOGUE

れんが書房新社

黒人と犬どもの闘争／プロローグ＊目次

黒人と犬どもの闘争／プロローグ

——コルテス戯曲選3

黒人と犬どもの闘争

Combat de nègre et de chiens

訳—佐伯隆幸

◉登場人物

オルン　六十歳、現場監督

アルブーリ　共同住宅地=白人居留地《シテ》にひそかに入りこんだ「黒人」

レオーヌ　オルンによって呼び寄せられた女性

カル　三十歳代、エンジニア。

セネガルからナイジェリアにかけての西アフリカのどこかの国で、外国企業のとある土木工事現場。

いくつかの場所

鉄条網の防御柵と監視哨によって囲まれた居留地《シテ》、管理職たちが生活し、物資が保管されている場所である〔申すまでもなく、この空間の発想の根にはフーコーのいう「一望監視装置」の時代的な符合、および、その応用編があろう〕。

——ブーゲンヴィレア〔日本名「筏葛」〕の茂み、木の下に寄せられた一台の小型トラック。

——ヴェランダ、テーブルとロッキング・チェーア、ウィスキー〔の壜複数〕。

——バンガローの一軒の半開きになった扉。

工事現場。河がそこを横切っている、未完成の橋、遠くに湖。

警備員たちの呼び声。舌や喉の音、鉄が鉄に、木に鉄がこすれる衝撃音、小声の叫び、しゃっくりに似た音、短い歌、呼び子などが、居留地のまわりにある低木叢林のざわめきのバリアーとなって、冗談か、暗号化された合図のように鉄条網を走り伝わる。

橋。泥の河のうえ、空の広大な空白のうちに、両側の赤い砂から剝き出しになり、つながってはいない、コンクリートとケーブルでできたふたつの白い巨大な左右対称形の建造物。

「かれは、流謫のうちにおのれの身に生まれた子供をヌーオフィアと呼んでいた。これは『砂漠で孕まれた』という意味である」〔傍点は原文イタリック体〕。

アルブーリ：十九世紀のヴィロフ（ウォロフ）族〔主にセネガル北西部に居住していたイスラム教徒の黒人部族〕の王、この王は白人の侵入に対決した。

トゥーバブ：アフリカの一定の地帯に共通する「白人」の呼び方。

ウォロフ語への翻訳はアリウーヌ・バダラ・ファルによって行なわれた。

《ジャッカルはまだ肉のついている死骸に襲いかかり、素早く数切れをむしりとり、大急ぎで喰う、攻略不能にして、改悛の余地なき追いはぎ、その場限りの殺し屋。

「岬」の両側は確実に破滅だった、中央部に、盲人がぶつかろうものなら、助かる見込みはないだろう氷の山。

雌ライオンは、漠然と、自分が餌食にしたものの息が詰まっていく長い最期のあいだ、瞑想的で、儀礼となった快楽のうちに、愛の交わりを思い出す》〔以上いずれも出典不明〕

I

ブーゲンヴィレアの背後で、黄昏時。

オルン　遠くから、木のうしろにだれかがいるのはずっと前にちゃんとわかっていた。

アルブーリ　わたくし、アルブーリと申します、ムッシュー。身体《からだ》を頂きにまいったので。あいつの母親が亡骸《むくろ》に木の枝をかぶせてやろうと工事現場まで出かけてきたのです、ムッシュー、ところが、なにもなし、母親はなにひとつ見つけられなかった。それで、あいつのおふくろは、もしも身体を返してやらなかったら、一晩中叫び声を挙げ、村のなかをうろつくでしょう。恐ろしい夜ですよ、ムッシュー、老婆の大きな泣き声のせいで、だれひとり眠れなくなります。そんなわけで、わたしはここにいるんです。

オルン　あなたをここに寄越したのは警察ですかな、ムッシュー、それとも、村ですかな？

アルブーリ　わたし、アルブーリです、兄弟の遺骸を引きとりにきました、ムッシュー。

オルン　たしかに恐ろしい事件だ、不幸な転倒だ、不運なトラックは全速力で走っていた。運転手は罰せられますよ。厳しい命令が課せられているにもかかわらず、労働者たちは軽卒なんだ。明日、あなたは遺体を受けとれますよ、医務室に運んだはずですから、ご家族によりきちんとした姿でお引き合わせできるように、少々きれいに整えているのです。家族の方にわたしから遺憾の意をお伝えください。あなたにもわたしのお悔やみを申しあげます。まったくなんて不幸な出来事だ！

アルブーリ　ええ、不幸、たしかに、が、また不幸でもないので。もしもかれが労働者でなかったならば、家族はカラバッシュ〔アフリカ等のひょうたん型の打楽器、マラカスの一種〕を地面に埋葬して、言ったでしょうから、これで喰わせなくちゃならない口がひとつ減った、と。ともかくこれで喰わせなくちゃならない口が減ったわけなんです、というのも、間もなく工事現場は閉鎖になり、あいつはすぐにもう労働者ではなくなっていたでしょうし、ムッシュー。そうなれば、もうじき養わなくちゃならん口がひとつ増えることになっていたわけで、かくて、ほどなくこれは不幸であるわけで、ムッシュー。

オルン　あなた、このあたりであんたを見かけたことはいっぺんもないね。こっちに来て、ウィスキーを一杯やりませんか、そんな木陰にずっといないで、わたしにはあんたがよく見えん。こっちに来て、テーブルに掛けたまえ、ムッシュー。ここ、工事現場では、われわれは警察とも地方当局とも良い関係を保っている、わしはそのことを喜んでおるよ。

アルブーリ　工事現場が姿を見せてこのかた、村はあなた方の噂でもち切りです。あのとき、わたしは思ったものです、間近で「白人」を見るまたとない機会だと。わたしには、あなた、まだまだ学ぶべきことは沢山ありますし、わが魂に言いきかせましたよ、おのが耳まで精魂込め駆けてゆき、傾聴せよ、おのが眼まで精魂込めて駆けてゆき、おまえが見るであろうものをなにごとであれ見逃すな、と。

オルン　それにしても、あなたは実に見事にフランス語でご自分を表現なさいますなあ。そのうえ、きっと英語やその他の別の言語もおできになる。あなたはこの地で、素晴らしい言語能力をお持ちだ。お役人ですかな？　あなたは公務員の品格をもっておられますよ。それに、あなたは口で言われるよりもずっと多くのことをご存知だ。それに、終局のところ、そういうことすべては大いなる称讃に値しますな。

アルブーリ　役に立つことですから、振りだしは。

オルン　奇妙だな。通常、村はわれわれのとこへ代表を寄越して、それで、事柄は手早く片づく。普通、事態はもっと仰々しいんだが、だが、速いんだ。八名か、十人の者、八人か十人ほどの故人の兄弟たちさ、わしは迅速な闇取引を習慣にしている。あんたの兄弟にとっては、悲しい事件だ、ここじゃあ、みんなあんたらは「兄弟」って呼ぶな。家族は損害賠償をもとめる、もちろん、わわれわれは、連中が法外な申し立てをするんじゃない限り、権利をもっている者にそいつを支払う。でも、あなた、いいかね、あんたにはこれまでいまだ一回も会ったことはないと確信している。

アルブーリ　わたし、わたくしは死体を受けとりにあがっただけです、ムッシュー、ですから、手に入れられ次第、即刻立ち去りますよ。

オルン　死体、ああ、わかったよ、わかった、わかったって！　明日には受けとれるんだ、あんたは。わたしが神経過敏になっているのを許してくれたまえ、とても気がかりなことがあるもんでね。妻がやってきたばかりなんだ。もうなん時間も荷物を整理していて、彼女の印象を知ることがわしにはできんのだ。こんなところに女なんて、驚天動地で、慣れていないものだから。

アルブーリ　それはとってもも結構なことで、ここに女性とは。

オルン　つい最近結婚したんだ、ごく最近、きわめて最近。つまり、これはあんたにいってもいいと思うんだが、まだ完全にそうというわけじゃない、要するに、手続きの上では、という意味だけどね。とにかく、ムッシュー、結婚するというのは大変に気が顚倒することだ。わしはこういうことにまるで慣れておらない、でもって、なんだかんだ、ひどく気を揉めさせられるんだ。彼女が部屋から出てくる様子のないことで神経過敏になってしまう。彼女はそこにいる、あれはそこにいるんだ、もうなん時間も整理整頓中だ。待っているあいだ、ふたりでウィスキーを飲もうじゃないか、彼女に紹介するよ、われわれはちょっとした祝宴をやる予定だ、で、それから、あんたは残ってもらって構わない。いずれにしても、だから、テーブルまで来てくれないか。ここにはほとんど明かりがない。いいかい、わたしは視力が少しばかり衰えているんだ。だから、こっちに来て、姿を見せてくれまいか。

アルブーリ　不可能です、ムッシュー。警備員たちを見てください、あの上、連中をご覧になってください。かれらは外と同様にこのキャンプ内も監視しているんです、かれらはわたしを見張っていますよ、あなた。もしわたしがあなたと一緒に座っているのを見たら、連中、わたしを警戒するでしょう。かれらは言っていますよ、ライオンの巣窟《すみか》にいる生きた山羊には用心すべきだって。連中のいうことを怒らないでくださいよ。ライオンであることは山羊でいることより問題なく名誉なことなんですから。

オルン　しかしながら、やつらはあんたがなかに入るのを黙認した。通常、入構許可証か、なんらかの当局の代表者であることが必要だ。かれらはそのことをよく知っている。

アルブーリ　かれらは、老婆が終夜、明日もなおまだ泣きわめくのを放っておけないことを知っていますよ。宥めてやらなくちゃならないことは、村中眼を覚ました状態のまま放ってはおけないことは、遺体を返してやって、母親をちゃんと納得させてやる必要があることは。かれらは、なぜわたしがここに来たのかよく分かっているんです。

オルン　明日、あんたにもっていかせるようにしますよ。それにしても、わたしは頭が破裂しそうだ、ウィスキーが一杯要る。わしのような年寄りが妻をめとったということが無分別だ、そうじゃないだろうか、ムッシュー。

アルブーリ　女性というのは無分別なものじゃありません。また、女性たちは、最上のスープができるのは古い鍋のなかだ[1]といいます。彼女たちの言うことを怒ってはいけません。女たちは自分たちの言葉をもっているのですし、それはあなたにとってはとても名誉あることなんです。

オルン　結婚することさえもかね？

アルブーリ　とりわけ結婚することが、ですよ。女たちに正当な値段を払ってやって、しかるのちに、ちゃんとくくりつけとかなくてはいけません。［アルブーリの語っているのが西アフリカの結婚だということは留意の要があろう。］

オルン　あんたはずば抜けたインテリだなあ！　彼女はそろそろ来ると思う。こっち、こっちへ来てくれ、おしゃべりしよう。グラスはもうここに用意してある。そんな木の背後、蔭にずっといるもんじゃない。さあさ、わたしにつきあってくれ。

アルブーリ　できません、ムッシュー。わたしの眼はあんまり大きな明かりには耐えられないんです、この眼はしばたたき、霞んでしまいます。わたしの眼は夜にあなた方がおつけになるそういう強い光に慣れていません。

オルン　来なさい、来たまえ、彼女に会わせるから。

アルブーリ　遠くから拝見しますよ。

オルン　わしの頭は爆発するよ、ムッシュー。いったいなん時間も掛けて、なにが整頓できるっていうのかね？　彼女に印象を聞いてみるつもりだ。思いがけない贈り物というのをご存知かね？　なんたる気の揉みよう！　わしは今晩の祝宴の終わりに花火を上げるんだ、残っていてくれ。こいつはわたしには一財産掛かった狂気の沙汰なんだ。それに、そのあとで、わしらはあの事件のことを話しあわなくてはならんだろ。そうとも、どの関係もいつだって良好だった、当局なんて、わしは手玉にとっている。彼女があそこ、扉のうしろにいるっていうのに、いまもって彼女の印象が分からんとは驚き果てる。あんたがもしも警察の官僚なら、なおさら結構、わたしはその種の輩を相手にするのが同じように大好きだ。アフリカはパリから離れたことのない女には荒っぽい印象を与えるにちがいない。花火のことだが、こいつはあんたの息を呑ませるよ。じゃあ、あの糞いまいましい死体がどうなったか見てこよう。（出ていく）

〔1〕偶然の一致とは思えない、この言いまわしはクレオールの諺にそのままある。**Vyé kannari kafè bon soup.**（*Dictionnaire Créole-Français*, Editions Jasor, 1990）。劇作家がクレオール語を知っていて、応用したのか、クレオールのある意味では故里に当たるセネガルに同じ諺があるのか、そのあたりは不明にしても、もし後者であれば、言語の世界性という観点からしても興味深い。

II

オルン　（半開きの扉の前で）レオーヌ、支度はできたかい？
レオーヌ　（内側から）わたし、片づけているの。（オルン、近づく）いいえ、片づけているんじゃない。（オルン、立ち止まる）あれがもう動かなくなるのを待っているの。
オルン　なにがだって？
レオーヌ　あれがもう動かなくなることをよ。暗くなれば、きっと良くなる。夕方はパリと同じなの、わたし、一時間のあいだ心臓が痛い、あれが昼から夜にと移っていく時間のあいだよ。それに、太陽が過ぎ去っていくときは、赤ん坊たちだって泣くわ。錠剤を飲まなくちゃあ、忘れちゃいけない。(顔を半分だけ出して、ブーゲンヴィレアを示し) これらの花、なんという名前?

オルン　知らないな。(レオーヌ、ふたたびなかに消える) ウィスキーを一杯やりに来ないか?

レオーヌ　ウィスキーを一杯ですって? おやまあ、だめ、禁止されているの。そんなことになったら、それこそ目も当てられない、そのときのわたしをご覧になったら。全面的に禁じられているのよ。

オルン　ともかく、おいでよ。

レオーヌ　なにが足りないか、勘定しているの。ずいぶんいろんなものが足りない、だのに、ちっとも入り用じゃないものを山ほどもってきている。いわれたのよ、セーターが要るって、アフリカは、夜、冷えるって。冷える、ぶるる、ほんと温かくない! ろくでなしども。わたし、セーターを三枚も余計にもってきているのよ。とても体調がわるい感じ。わたし、気おくれしている、子山羊《ビッケ》さん、例の怖じ気が催している状態よ。ほかの男性たちはどうなの? わたしはだいたい初対面では好かれないんだ。

オルン　ひとりいるだけだ、そのことはとうに話したじゃないか。

レオーヌ　飛行機って、わたし、ぞっとしないもののひとつ。最終的に、電話のほうが好き、電話なら、いつでも切れるじゃない。だけどね、わたし、準備はしたのよ、気違いみたいに準備した。朝から晩までレゲエを聴いていた、おかげで、アパートのみんなは頭が変になっちゃった。スーツケースを開いて、たったいまなにをみつけたか、わかる? パリのひとって匂いがきついのね、知ってた。かれらの匂いをわたし、すでにメトロのなかでも、通りでも、嗅いでいた、すれ違わなくちゃいけないあのすべてのひとたちに感じていた、漂い、あらゆる片隅で腐ってゆくのを感じていた。いいこと、わたし、ここでもまだそれを感じる、ここよ、わたしのスーツケースのなか。わたし、もう耐えられない。セーターとかブラウスとか、なんでもいい、どんなぼろ切れの端っこでも、お魚や、揚げたポテトや、病院の匂いがついてしまったら、とり除くようにしてね。おまけに、その匂いはなおさらとれないんだから。肌着類はどれも風に当てる時間が要るでしょう。ここに来ることができて、とても満足。アフリカよ、とうとう!

オルン　けど、きみはまだなにも見てないだろ、しかも、この部屋から出ようとすらしない。

レオーヌ　そんなことない、もうたっぷり見たし、ここでも充分拝見したわ、大好きになるほどよ。わたしは観光客じゃないのよ。もう準備できている。足りないものと余計なものとのリストができ次第、伺うことよ、それから、肌着類を風に当てたら、向かうわ、約束する。

オルン　待っているよ、レオーヌ。

レオーヌ　いいえ、待たなくていいわ、そうよ、わたしのこと待たないで。（警備員たちの呼び声。レオーヌ。半身だけ姿を見せる）それと、あれ、いったいなんなの、あれは?

オルン　警備員たちさ。夜のはじめと一晩中、ずっと眼を覚ましたままでおれるように、ときどき互いに呼びあう。

レオーヌ　恐ろしいわね。（耳を澄ます）わたしを待たないでね。あ、そうだ、子山羊さん、あなたに告白しなくちゃいけないことがあるの。

オルン　なにかね？

レオーヌ　（小声で）ちょうどここにくる前、昨日の夕方、ポン・ヌフを散歩していたの。で、そのとき、なにがあったと思う？　突然、わたし、とても気分が良くて、ああ、とても幸福に感じたの、いつになく、理由もなしに。それって恐ろしいわ。こういうことがわたしの身に起こるときは、いい、必ずかんばしくないめぐりあわせになるのを、わたし、知っている。わたしはとてつもなく幸福なことを夢みるとか、あまりに気分快調に感じられるのって好きじゃない、そうなると、朝から晩まで凄く落ち着きを失った気持ちになって、不幸を待つ。わたしには直感があるの、この直感はものごとの裏返し。これまでその直感は一度も欺かなかった。ねえ、だから、わたし、ここを急いで出たくない、子山羊《ビッケ》さん。

オルン　きみは神経質になっているのさ、きわめて当たり前だよ。

レオーヌ　あなたはわたしのこと、これっぽっちだって知らないのに！

オルン　いこう、さあ、おいでよ。

レオーヌ　男のひとがひとりしかいないって確実にいえる？

オルン　まったく確言できるね。

レオーヌ　（彼女の腕が見える）喉が乾いて死にそうなのを、あなたはおっぽりだしている。なんか飲み終えたら、いきます、約束するわ。

オルン　わたしが飲みものをとってこよう。

レオーヌ　でも、水よ、絶対お水！　錠剤を飲まなくちゃならないの、水で飲まなくちゃならない。

（オルン、出ていく。レオーヌ、姿を現わし、見つめる）このなにもかもがわたしを感動させる。（身をかがめ、ブーゲンヴィレアの花を一本摘み、ついで、ふたたびなかに入る）

III

ヴェランダの下。オルン、入ってくる。

カル　（テーブルについて、頭を両手で抱え）トゥーバブ、可哀想なお莫迦、なんでお前はいっちゃったんだ？　（泣く）おれが野郎にどんなわるいことをしたというんだ？　オルン、あんたはおれのことを知っているよな、おれの神経を知っているな。もし野郎が今夜戻ってこなかったら、おれはやつらを全員殺してやる、がつがつした犬喰らいども。おれからあいつをとり上げやがった。野郎なしでは、おれは眠れない、オルン。やつらはおれのあいつをいま喰っている最中なんだ。あいつの吠えるのも聞こえない、トゥーバブ！

オルン　（コッフェル賭博《ジュ・ド・ガメル》[1]の準備をして）ウィスキーをやりすぎさ。（壜を自分の側に片づける）

カル　静かすぎるんだ！

オルン　五〇フラン賭ける。

カル　（頭を上げて）五つの数全部にか？

オルン　それぞれの数に、だ。

カル　なら、おれは下りる。数ごとに一〇フラン、それ以上はビタ一文出さねえ。

オルン　（不意にカルを見つめて）おまえ、ヒゲ剃って、髪に櫛を入れたんだな。

カル　おれがいつも夕方ヒゲを剃るのはよく知っているだろ。

オルン　（サイコロを見渡して）おれの勝ちだな。（金をかき集める）

カル　それに、だいたいおれはチェスで遊びたいんだ、楽しみ、純粋なる賭けのために。あんたは金を分捕る、溜めこむ、もはやいかなる喜びもなし、あんたは金を集めることにしか楽しみを感じないんだ、反吐を催すね。各人はおのれのために、楽しみのためにはいっさいなにもなしってことさ。ひとりの女、そいつはここに、おれたちに僅かばかりの人間味はもたらしてくれるだろう。あんたはあの女に厭気を起こさせることになるぜ、あっという間だろう。おれ、おれは、損や得のからまない遊びならいいが、金を分捕るのには賛成でないんだ。チェスで勝負すべきよ。それに、女どもはチェスで遊ぶことのほうが好きだ。女っていうのは遊びに人間味をもたらしてくれる。

オルン　（小声で）男がひとり来てるぞ、カル。村から来たのか、警察からか、いや、もっとたちがわるいかもしれん、だって、わしはあいつをいっぺんも見たことないんだから。やつ、だれの代理で釈明をもとめにきたのか、その名を言おうとしない。とにかく、釈明をやつは要求してくるだろう、で、おまえがその弁明はするんだ、やつに。覚悟しとくんだな。わしのほう、おれはこの件には口を挟まない、こっちはそんなことに興味はない、わしはなにも知らん、おまえを庇うことはせんぞ。わしはそこにいなかったんだからな。わしの仕事は終わって、おさらばだ。今度はおまえが自分で答えるんだ。それに、ウィスキーのその糞いやらしい一滴にさえおまえは耐えられないんだ。

カル しかし、おれはこの問題にいっさい責任ない、オルン、おれはなんにもしやしなかった、おれは、オルン。（小声で）仲間割れしている場合じゃないぜ、一緒にいなくちゃあ、手を組んでいなくちゃあ、オルン。わけないことさ、あんたは警察用に報告書を一通と、ついで、会社の上層部に報告を書く、それでサインする、かくて、ほうら、さ、おれはおとなしくしている。あんた、あんたのことはだれもが信じる、おれにはおれの犬がいるだけだ、だれもおれのいうことなんか耳を貸しやしない。一緒に手を組んで、烏合の輩《やから》に対抗しなくちゃあ。おれはその黒いやつと話すつもりはないね。事件は簡単であって、おれはあんたに全真実を話すさ、それで、勝負するのはあんただ。あんたはおれの神経を知っている、オルン、あんたにはそれがよくわかっている。おれはそいつに会わないほうがいい。だいいち、おれの犬が戻ってこない限り、おれはだれにも会いたくない。（泣く）やつらはあいつをがつがつ喰っちまうだろう。

オルン 数字ごとに五〇フラン張るぞ。それ以下は、一文たりとも、ご免だ。

カル （五〇フラン置く。牛蛙の鳴き声、とても近くで）空を見ていたんだ、労働者らとおれ。犬が嵐の気配を嗅ぎつけていたんだな。若僧が現場を横切ろうとしていた。おれはそいつを見る。その瞬間、激しい雷雨が轟く、おれは叫ぶ、トゥーバブ、こっちに来い、来るんだ！　野郎は鼻面を上げ、毛を逆立てる、死の匂いを嗅ぎとっている。それで興奮しやがっているんだ、可哀想な畜生は。それから、おれは野郎があっちの、土砂降りの雨の下を黒いのめがけて駆けていくのを見る。

来るんだ、トゥーバブ！　おれは野郎を呼ぶ、可哀想な畜生。そのとき、もの凄い音と次々に炸裂する稲妻の真ん中に、一条の大きな雷の閃光を見る。トゥーバブは立ち止まった、一同は注目する。そして、雷鳴のただなか、黒いやつが倒れるのをみんなして見つめる、当たったのよ、ざんざ降りの雨のなか。泥のなかに横たわっている。おれたちの側へ硫黄の匂いが鼻を突いてくる。続いて、一台のトラックの音。あっちだ、突っ込んでくる、おれたち目指して（オルン、サイコロをぐるぐるまわしている）。おれのトゥーバブは消えてしまった、おれは野郎がいないと眠れないんだ、オルン。（泣く）うんと小さかった頃からおれのうえで寝ているんだ、本能でつねにおれのところに帰ってきたし、ひとりぼっちでは切り抜けられやしないだろう、オルン。可哀想なとんま。おれには吠えているのが聞こえない、やつらががつがつ喰ってしまったんだよ。夜、野郎がおれの腹のうえ、両足のうえ、睾丸《きんたま》のうえで毛のだるまになってくれていたんだ。それがおれを眠らせてくれた、オルン、それが血のなかまで染みこんでしまっていた、おれには。あいつにこのおれがどんなわるさをしたっていうのだ？

オルン　（サイコロを見つめて）一二だ。（カル、金をかき集める）

カル　（目配せして）なんたる驚きだい、オルン！　あんたは言う、空港にいってくると。戻ってきて、おれに宣う、わしの女房がここにいる！　晴天の霹靂よ。おれには思いも掛けなかった、あんたが一匹みつけていたなんて、結局は。急にどういう風の吹きまわしにつかまったんだ、親爺？

（ふたり、賭ける）

オルン　男は、根なし草のまま人生を終えてはならんのだ。

カル　ああそうだ、親爺さん、もちろんだ。（金をかき集める）重要なのは、あんたがうまくその女を選んだってことさ。
オルン　この前パリにいったときだ、いったんだ、おれは、今度の今度、いま見つけなけりゃあ、永劫に見つけることはできんぞって。
カル　それであんたはあの女《ひと》を見つけたんだ！　すげえ女たらしじゃないか、親爺！（ふたり、賭ける）けど、気候には用心しなよ。そいつは女の気をおかしくするからな。科学的なことだ、これは。
オルン　彼女は大丈夫だ。（カル、金をかき集める）
カル　あの女《ひと》がいい靴を履くようにいえよ、必要なら、おれが提供してあげられるよ、そう伝えてくれ、親爺さん。女はエレガントにしてりゃあ、アフリカの黴菌なんぞなにも知らずに済む、そいつは足から感染するんだ、あんた。
オルン　あれは並みの女じゃない、違うんだ。
カル　（目配せして）なら、おれはいい印象にしよう。手に口づけする機会を見つけるよ、上品なところを見てもらえるだろ。
オルン　おれは言ったんだ、花火はお好きですか？　ええ、とあれは言った。わしは言った、わたし、アフリカで毎年そいつをやっておるんです、そして、今度のが最後になるでしょう。見にいらしゃいませんか？　ええ、彼女は言った。それで、わしは住所と航空券用の金を渡した。どうぞ一カ月後にお越しください、その時期にはルグエリ[2]のお店からの荷物も届いているはずですから。ええ、と彼女は言った。そんなふうにおれはあれを見つけたんだ。最後の花火のためさ、それを観てくれる女性がわしは欲しかった。（かれ、賭ける）彼女には言ったよ、工事現場は間もなく閉鎖になり、それで、未来永劫アフリカとはお別れだとね。彼女はすべてにええと言ったよ。いつでもあれはええと言うんだ。

カル　（間を置いて）連中はなんで工事現場を見捨てるんだと考えるね、オルン？

オルン　そいつはだれにもわからんな。五〇フラン、張ったぞ。（カル、張る）

カル　どうしていますぐなんだい、オルン？　なぜ説明もなしなんだ？　なあ、おれはまだ働きたいんだ、オルン？　それに、これまでおれたちがやった仕事は、よ？　半分は切り倒されてしまった森と、二五キロの道路は？　建造中の橋は？　この居留地と、掘らなくてはならなかったいくつもの井戸は？　すべての時間は無駄だったのか？　どうしておれたちにはなにもわからないんだ、オルン、決定されることのなにもかもが？　つまり、なにゆえに、あんた、あんたは知らないんだ？

オルン　（サイコロを見つめて）責任をかぶるのはわしだ。（沈黙。警備員の複数の呼び声）

カル　あいつ、歯ぎしりしていやがる。

オルン　なんだって？

カル　あそこ、木のうしろ、黒いやつよ、立ち去ってしまうようにやつに言ってくれ、オルン。（沈黙。遠くで吠え声。カル、飛びあがる）トゥーバブ！　聞こえるぞ。下水溝のそばをうろついていやがるんだ。はまり落ちりゃいいさ、おれは動かねえ。（ふたり、張る）糞むかつく、うろうろしていやがって、おれが呼んでも、返答しない、野郎、考えているやつのふりをしているんだ。それがあいつか？　よかろう、考えな、老いぼれのくそ犬。おれはおまえを水から引き上げてなんかやらない、野郎、見知らぬ獣の匂いを嗅いだにちがいねえ、なんとか切り抜けてくれよ、あいつが水に落ちるはずないだろう。たとえ落ちたって、おれは動かない。（ふたり、サイコロを見つめる。カル、金をかき集める。小声で）若僧は、な、オルン、あんたにこれはいえるが、本物の労働者ですらなかったんだ、ただの日雇いさ、だれもあいつのことは知らないし、だれひとり話題にはしないだろう。そのとき、やつは出ていこうとするんだ、おれは言う、だめだ、離れちゃならん、と。一時間前に工事現場を離れる、ここが重要さ、一時間だ、勝手に一時間せしめるのを見逃しておいたら、そいつはお手本をつくることになる。あんたに言っているように、だから、おれは言う、だめだ。すると、あいつはおれの足元に唾を吐きかけて、出ていく。おれの足元に唾を吐きかけたんだぞ、それも、二センチでおれの靴のうえだった。（ふたり、賭ける）だからして、おれはほかの若僧どもを呼ぶ、やつらに言う、あやつが見えるか、あの若僧が？（黒人の訛りを真似て）――ハイ、頭、わたしたち見えます。――やつは終業を待たずに、現場を横切っているな？――ハイ、頭、ハイ、頭、終業時間も待たずに。――ヘルメットもなしだ、若者ら、あやつはヘルメットを被っているか？――いいえ、頭、あれ、ヘルメット被っていない、はっきり見えます。で、おれは言うんだ、よく覚えておいてくれろよ、あいつはおれの許可なしにたしかに出ていったんだぞ。――ハイ、頭、ええ、ハイ、頭、あなたが許可しないのに、です。そのとき、あいつは倒れた、トラックが着こうとしていた、それで、おれはまたも尋ねる、いったいどこのどいつが運転しているんだ、しかも、なんてスピードで突っ込んできやがる？　かくして、おらよ！（カル、

金をかき集める）

オルン　おまえが発砲するのはみんなが見た。莫迦たれ、おまえは自分のろくでもない腹立ちを我慢することもできないんだ。

カル　おれの言っているとおりだって。これはおれじゃない、落ちたんだよ。

オルン　発砲だ。それに、全員、おまえがトラックへ乗りこもうとするのを見ている。

カル　銃声は雷鳴だよ。それから、トラック、なにもかもの判断を誤らせたのは雨さ。

オルン　わしはたぶん、学校にはいかなかった、だが、おまえがいうようなたわけた話はあらかじめ全部知っている。そんな莫迦話がどんなことに値するか、おまえにはいまにわかる、おれにとってはあばよなんだ、おまえは莫迦で、こいつはわしの仕事じゃない。一〇〇フラン張るぞ。

カル　おれは勝負を下りないぜ。

オルン　（テーブルを叩いて）なんであれにさわったんだ？　くそったれ！　地面に倒れた死体にさわる者は犯罪の下手人だ、このいまいましい国ではそういうことになってる。だれもあれにさわらなかったら、責任者なんぞ発生しなかったし、そいつは責任者なき犯罪、一人前にもならない犯罪、事故だったんだ。出来事は単純だったんだぞ。だが、女どもが身体《からだ》もとめてやってきた、そいつらにはなにも発見できなかった、なんにも、だ。莫迦野郎が、あいつらはなにも見つけられなかったんだ。（テーブルのうえを叩く）自分で打開するんだな。（サイコロをまわす）

カル　あいつを見たとき、おれは思った、こいつはこのままそっとしておけないやつだと。本能さ、オルン、神経だ。おれはあいつのことなんか知りはしなかった、おれは。ただあいつはおれの靴二センチのとこへ唾を吐いただけだった、けど、神経ってものは、こんなふうに働くのよ。お前、おれがお前をそっとしておくのはいまや無理だ、やつを見つめながら、おれがわが身に告げていたのはこういうことさ。だから、やつをトラックに乗せた、ごみの廃棄場までいって、てっぺんからやつを投げ落とした。これがてめえに値するすべてだ、わかったな。それで、おれは帰ってきた。でも、おれはまたあそこに舞い戻った、オルン、じっとしていることができなかった、神経が苛々突っついてきやがるんだ。おれはやつをあのてっぺんで廃棄場から回収して、またトラックに乗せた、湖まで連れていって、水のなかに捨ててやった。なのに、今度はまた、やつを湖の水のなかで平穏にしておいてやるのがおれを苛々させやがるんだ、オルン。だもんだから、おれはまたあそこに戻り、腰まで水につかり、やつを引きあげた。やつはトラックのなかにいたが、もうおれにはどうしたらいいかわからなかった、オルン。てめえ、おれはてめえをそっとなんかしておいてやらないからな、絶対に、このことが、おれよりはるかに強いのよ。やつを見つめて、おれは思う、こいつはおれの神経をだめにしてしまう、このブーブー〔アフリカの黒人が着るチュニック型の長い寛衣〕野郎は。そのときだ、おれはめっけたね、下水溝だ、これが解決だと。もうこれでお前はやつを引き上げるために水にもぐったりすることはない、金輪際、な。こういう次第だよ、オルン、やつを安らかにしておいてやるためだ、オルン、おれの気には喰わないが、きっぱりな、オルン。やっとおれは平静でいられるだろう。（ふたり、サイコロを見つめる）やつのことを葬ってやらなくてはならなかったんなら、オルン、おれはやつを墓から掘り出してやらなくてはならなかっただろう、おれには自分のことがよくわかっている、もしも村まで連れ帰ってしまっていたら、やつをもとめておれはそこまで出かけたろう。下水溝がいちばん簡単だった、オルン、これが最上だったんだ。それに、これはおれを落着かせてくれたし、少しばかり、な（オルン、立ち上がる。カル、金をかき集める）。それと、黒人どものことだが、親爺さん、黒いやつらの黴菌があらゆるもののうちで最悪なんだ、彼女にも伝えてやらなくちゃいけないぜ。女というのは危険に対して充分用心するまではまるでないからな。（オルン、出ていく）

〔1〕jeu de gamelles. ガメルとは飯盒の意だが、しかし、この劇でオルンとカルの遊ぶ賭けごとが兵隊の弁当箱のようなものを使うのかどうかは定かでない。というか、訳者の調べでは、「ジュ・ド・ガメル」の名の賭けごとが現実に存在するのかどうかも実はそう明確とはいえない。二〇〇四年のことになるけれど、このテクストの読者からであろう（正確には、この芝居を上演する演劇団体に属すひとだった）、フランスのサイトにこの遊びの規則を是が非でも知りたい、教えて欲しいという声が投稿され、同趣旨の投稿が七四〇件あった。したがって、フランスの演劇人にとってもこの遊びは未詳ということになる。その投稿に対して、Guichet du savoir「知識の小窓」の「芸術・レジャー部門」から即座に回答が寄せられ、それにはこうあった、事典類等、該当しそうなさまざまな文献にはこの名はいっさい言及されていないこと、「テクストを読むところでは、六面をもつ賽子をふたつ、五、ないしそれ以上の数のつく升目の盆上に投げ」、その数に賭ける遊びで、類似したものは皆無ではないにしろ、ガメルの名は工事現場にアクションを設定した作者の創作であろうというもの。これだけではいぜん遊び方にもコッフェルがなにに使われるかもやや判断材料に乏しいといわざるをえないが、コッフェルは賽を投げるのに使われ、盤は随意に工夫して作るのだろうと推測しておく。

〔2〕十八世紀ボローニャ出身の花火職人の家系。パリにきて、コメディ＝イタリエンヌで花火を見せ

て、好評を博す。五人兄弟で、うち、末子ガエターノはイギリスのジョージ二世の花火職人となった。下から二番目のペトローニオにだけ子供がいて、父祖伝来の花火術を伝えている。*Le Petit Robert 2*（『小ロベール固有名詞事典』）に拠る。

IV

オルン　（木の下のアルブーリに合流しながら）かれはヘルメットをかぶっていなかったんです。たったいま知ったことですが。労働者たちの軽卒さのことはお話ししましたな。まさしくわたしは感じていた。ヘルメットなし、これでわれわれはすべて免責されますよ。

アルブーリ　ヘルメットなしの遺体を下さい、ムッシュー、そのままの状態でかれを渡して下さい。

オルン　ところが、ですな、こう申しあげにきたんですよ、わたしのほうは。お選び頂きたい、ここにおられるのか、おられないかを。とにかく、木のうしろの蔭にずっといないで貰いたい。だれかを感ずるのは癇にさわりますよ。わたしどものテーブルにいらっしゃる気があるんなら、こっちに来てください。反対のことは申しあげませんでした。ですが、その気がないのなら、立ち去って頂こう。明日朝、事務所でお目に掛かって、ふたりで問題を検討しましょう。もっとも、わたしは立ち去ってもらうほうがいいんです。ウィスキー一杯ふるまうつもりがないなんて言いませんでしたよ、わたしが申したのはその逆です。なのに、どうだ？　あんたは一杯呑みにくるのを拒否なさるのか？　明朝、事務所にきて貰えんか？　ええ？　選びたまえ、ムッシュー。

アルブーリ　身体《からだ》を引きとるためにここで待ちます、わたしがもとめているのはそのことだけです。申しあげている、兄弟の遺体をもらったら、引きあげます。

オルン　身体、身体って！　ヘルメットをかぶっていなかったんだ、あんたのその死体は、証人はなん人もいるんだ、ヘルメットなしに工事現場を横切ったんだ、あんたの死体は。かれらは一銭も受けとれませんよ、連中にそういってください、あんた。

アルブーリ　身体を連れて戻ったら、そう言いましょう、ヘルメットなし、一銭もなし、と。

オルン　少しはわたしの妻のことも考えてくれんか、ムッシュー。これらの音、これらの蔭、これらの叫び、なにもかもが、ここに不意にやってきた者にとってはとんでもなく身の毛のよだつことだ。明日なら、彼女も慣れるだろう、だが、今夜は！　あれはたどり着いたばかりです、だから、もしそういうものに加えて、木の背後を見ようものなら、うしろにだれかいるのが見えたり、察知でもしようもんなら！　あんたは気づいておられない。彼女は恐怖に脅えてしまう。妻を脅えさせたいんですか、あんた？

アルブーリ　いいえ、わたしがもとめているのはそんなことではありません。わたしは遺体を家族のもとに連れ戻してやりたいのです。

オルン　かれらにこう言ってやってくれたまえ、ご家族に一五〇ドル払いましょう。ムッシュー、あんたには二〇〇ドル、あなた用に、明日、出しましょう、明日渡《あした》します。こいつは高額ですぞ。まあおそらく、これが工事現場でわれわれのもつ最後の死者でしょう。それだからどうだっていうんだ！　以上だ、立ち去りたまえ。

アルブーリ　そのことは伝えましょう、一五〇ドルだと。で、遺体をわたしと一緒に連れていきます。
オルン　連中にそのことを言いたまえ、ああ、それを伝えてやれ。かれらが関心をもつのはそのことだからな。一五〇ドルあれば、かれらは口をつぐむはずだ。残りのことには、いいかね、ほかのことにはいっさい興味ないんだ。身体、身体って、へっ！
アルブーリ　それがわたしの関心です、わたし。
オルン　いなくなりたまえ。
アルブーリ　わたしは残ります。
オルン　出ていかせるぞ。
アルブーリ　わたしは出てゆきません。
オルン　しかし、あんたはわたしの妻を脅えさせることになるんだよ。
アルブーリ　奥さんはわたしのことを恐怖なんかなさりません。
オルン　そんなことはない、するさ。蔭だぞ、なに者かだぞ！　それに、だ、最後には、わたしは警備員たちにあんたを撃たせるよ、わしがやるのはそういうことになるんだぞ。
アルブーリ　さそりは殺しても、いつでも戻ってきますよ。
オルン　ムッシュー、あなた、逆上されてますよ、なに言ってるんですか？　わたしの言うことはこれまでちゃんと理解されてきたんだが……わたしがカッとしているとでもいうのかな、こっちが？　おたくは特別難しい方だということは認めなければならんです。交渉するのは不可能だ、あなたとは。そっち側でも努力したまえよ。残りなさい、よかろう、残りたまえ、そうなさりたいようですから。（小声で）政府官庁のお歴々が怒っているっていうのはよくわかります。でもねえ、わたしは、つまり、わしは今度の上のレベルの決定は全然与り知らんのだ、工事現場の下っ端監督なんて者はなにも決定できない、わしにはどんな責任もない。それに、かれらも理解すべきだよ、政府は発注する、なるほど注文はしてくる、だが、支払いをせん。もうなんヵ月も払ってくれてない、お分かりでしょう？　なにか満足できないことがあるのは知ってます、橋は未完成で、道路はどこにもつながっていない。しかし、いったいわたしにどうすることができます、ええっ、このわしに？　金さ、金、そいつはじゃあ、どこに流れたんだ？　お国は豊かだ、だのに、なぜ国庫は空っぽなんだい？　あなたの気分を害そうと思って、こんなことを言っているんじゃない、でも、これは説明して欲しいですな、ムッシュー。

アルブーリ　それは、政庁が酒池肉林の巣になったといわれているからです、あそこが。フランスからシャンパンはとり寄せる、ひどく値の張る女たちは連れてくる、夜じゅうとなく昼じゅうとなく、官庁では酒を飲み、やりまくっている、そんなわけで国庫は空らなんだとひとから聞かされました、ムッシュー。

オルン　淫行とかなんとかをしまくっている、と、そういうわけですか！（笑う）この方は自分自身の国を莫迦にしている、そんなわけですな。いやはや、あなたは感じいい方ですね。わたしは役人好みではないんだが、あなたは、つまり、官僚の顔はしておられない。（小声で）ところで、あなたが仰っているようなそういうことであれば、いったいいつ青年諸君は行動を開始するんでしょうか？　つまり、いつかれらは、ヨーロッパからもち帰った進歩的な思想でこの腐敗にとって代わり、すべてを手中に収め、健全な秩序を樹立する決意をします？　これらの橋や道路が完成する、そんな日が拝めるんでしょうか？　わたしによくわからせて頂きたい、いくばくかの幻想を与えてくださらんか。

アルブーリ　だが、ヨーロッパからもち帰られたのは死に至る情熱、車だともいいます、ムッシュー。みんな、もうそれしか夢みない、夜も昼もそれで遊んで、それでもって死ぬのを待ち、なにもかも忘れてしまっている。それがヨーロッパへの返礼だと、そうわたしは聞かされました。

オルン　車、なるほど。またぞろメルセデスってわけだ。連日、わたしはそいつ、気違いみたいにそれを運転している連中を見ている。そして、わしもまた遺憾に思ってる。（笑う）若者にさえ、あんたはいかなる幻想ももっておられん、まことにわたしは気に入った。間違いなくわれわれは仲よくなれるだろうと確信するね。

アルブーリ　ですが、わたしは兄弟を返してもらうことを待っているんです。そのために、ここにいるのです。

オルン　つまるところ、わたしに説明してくれないか。どうしてそれほどまでにあれを回収することにあんたが固執するのか、そのわけを。あの男の名はなんでしたかな？

アルブーリ　ヌーオフィア、これがあいつの知られた名でした、それに、あいつは秘密の名をもっていました。

オルン　結局、かれの遺体があんたにとってどんな重要性があるのかね、かれの死体が？　こんな経験するのははじめてだ。これでも、アフリカ人のことはよく知っていると思っていたんだ、アフリカのひとたちが生や死に与える例の価値の欠如のことは。わたしとて、あなたが格別感じやすい方だということは信じたいよ。が、つまり、あんたをかくも頑なにしているのは愛じゃないな、そうだろ、それはヨーロッパ人のものだろ、愛ってやつは？

アルブーリ　ええ、これは、愛ではありません。

オルン　知っていたよ、知っていたさ。わたしは頻繁にその無感覚には気づいていたんだ。おまけに、そいつは多くのヨーロッパ人にショックを与えるってことは覚えていてくれたまえ。わたしはそいつを非難しやしない、この点も留意して欲しいが、アジア人らのほうがもっと質《たち》がわるいんだ。まあいい、あんたはなぜこんなとるに足らんことにかくも依怙地になるんだ、ええ？　損害賠償はするとわしは言っただろ。

アルブーリ　多く、つましいひとたちは小さなもの、単純なものを欲しがります。その小さなものこそかれらは欲しがるのです。なにものもそのかれらの気持ちを脇にそらせたりはできません。そして、かれらはそれのために殺しあったりすることだってあるのです。よしんば殺されても、たとえ死者となってさえ、かれらはなおそれを欲しがるでしょうね。

オルン　かれはいったいだれだったのですか、アルブーリ、そして、あなたは、いったいだれなんです？

アルブーリ　とってもとっても昔、わたしは兄弟に言うのです、おれは寒い感じがする、兄弟は言います、それは、太陽とおまえとのあいだに小さな雲があるからだ、わたしはかれに言う、その小さな雲がおれを凍らせるなんてことがありうるんだろうか、おれのまわりのひとびとは汗をかき、太陽に焼かれているのに？　兄弟はわたしに言います、おれも凍えている、だから、ふたり一緒にいて互いに暖かくしたんだよ、と。それから、わたしは兄弟に言うのです、それじゃあ、いつその雲は消え去り、おれたちをも同じく太陽が暖めてくれるようになるのはいったいいつだい？　兄弟は言いました、あの雲は消え去りなどしない、どこででもおれたちのあとを追ってきて、いつでも太陽とおれたちのあいだにいるのがあの小さな雲なんだ。そして、わたしは雲がいたるところふたりを追ってきて、暑さのなか素っ裸で楽しそうなひとびとのあいだで兄弟とわたし、わたしたちは凍えて、ふたりでお互いを暖めあうのを感じていました。そうして、兄弟とわたしとはわたしたちから暖かさを奪っていくあの小さな雲の下で、ふたりして暖めあったおかげで、お互いに慣れてしまいました。わたしの背中がむず痒いときには、掻いてもらうのに兄弟がいましたし、兄弟のほうがむず痒いときにはわたしが背中を掻いてやりました。不安な場合には、わたしはかれの手の爪を噛み、かれは、眠っているあいだ、わたしの親指を舐めました。わたしたちがものにした女たちがわたしたちにまつわりつくと、彼女らのほうも凍えはじめました。けれども、小さな雲の下で猛烈間隔を詰めて身を寄せあって、暖めあい、それぞれがみんなそれぞれに慣れていき、ひとりの男をとらえた震えは全員の端から別の端へと波のように伝わってゆきました。母親たちがやってきて加わり、母親の母親たちと彼女らの子供たちも、わたしたちの子供たちも一緒で、数えきれない家族となり、死者たちさえ決してその家族から引き離されず、それどころか、雲の下の寒さのせいで、わたしたちの真ん中できつく密集したままでいたのです。小さな雲は昇り、お日さまのほうに昇っていき、増々大きくなり、どんどんどんどん互いが互いに慣れてゆく一家族から、太陽のもとでいぜん暖かい地上の限界が次第に遠のいてゆくのがわたしたちにはわかるだけにそれぞれがそれぞれにとって不可欠な、死んだ肉体と生きている肉体と来るべき肉体とでできた数えきれない者の一家族から熱を奪っていってしまったのです。こういうわけで、わたしはわたしたちから引き剝がされた兄弟の身体を要求しにここにいるのですよ、なぜなら、その兄弟の不在はわたしたちが暖かくしていることを可能にするあの近さというものを断ち切ってしまったからであり、たとえ死んでいても、わたしたちは暖まるためにかれの熱を必要とするし、かれはかれで、おのれの暖かさを保つためにはわたしたちの熱を必要としているからなのです。

オルン　理解しあうというのは難しいですな、ムッシュー。(ふたり、見つめあう) どんな努力をしても、一緒に暮らすのはつねに難しいことだと思う。(沈黙)

アルブーリ　アメリカでは、黒い者は朝出かけ、「白人」は午後出かけるのだと聞きました。

オルン　そんなことを聞かされたんですか?

アルブーリ　それがほんとうなら、あなた、とてもいい考えですよ。

オルン　真実、そう考えられているんですか?

アルブーリ　ええ。

オルン　いいや、それは非常に悪しき思想だ。反対に、ムッシュー・アルブーリ、協力的でなくてはなりません、ひとびとを協同的であるように仕向けなくてはいけません。それがわたしの思想です。(間) よろしいですかな、わが心やさしきアルブーリさん、あなたがびっくりして息もつげないようにしてさしあげよう。まだだれにも話したことのない素晴らしい個人的計画がわしにはある。あなたが最初の聞き手だ。どうお考えになるか教えて下さるか。この三〇億の人類のことです、だれもが大袈裟に考えている代物。計算してみた、わたし、全員を四〇階建ての家に住まわせるんだ――建築構造のことはこれから詰めなくちゃいけないが、でも、四〇階で、それ以上一階も要らない、モンパルナス・タワー[1]をつくるほどのことでさえないのだよ、あなた――、まあまあ中くらいの面積をもったアパルトマンに、です。わが計算は理にかなっている、そういう家々がひとつの都市をかたちづくります、そうですとも。一〇メートル幅の道路をもったただひとつの都会、完璧に適正な。それで、この都市が、あなた、フランスの半分を覆うことになります、それ以上一平方キロメートルにもならんでしょう。残りは全部自由です、完全に自由だ。あなたご自身で計算を確かめてもらっていい、わたし自身、なん度もなん度も計算し、計算し直してみました、絶対に正確だ。わしのこの計画、莫迦げていると思いますか？　あとはこのただひとつの都市の用地を選ぶだけだが、問題は解決されますよ。争いごとはなし、富める国も、貧しい国もなし、みんなが同じ旅籠に泊まり、貯えはすべてみんなのものです。よろしいかな、アルブーリ君、わたしもまた、わたしなりの仕方で、いくぶん共産主義者なんだ。(間) フランスこそわたしには理想的と映りますな。気候温暖で、適当に雨は降るし、風土にも、植物にも、動物にも病気の危険にも偏りのない国、理想的ですよ、フランスは。もちろんの話、その都市は南の部分、いちばん陽光が降りそそぐ地方に建てることができるでしょう。けれど、わしは冬が好きですな、古き良き厳しい冬が。あなたは古き良き厳しい冬はご存じありますまい、ムッシュー。

しかるがゆえに、この都市は、アルプス山脈に沿って、ヴォージュからピレネーへと細長く縦につくるのが最良でしょう。冬が大好きな連中は元ストラスブールだった地方にいくでしょうし、雪に耐えられない連中、気管支炎に冒されやすい者や寒がりの諸氏はマルセイユやバイヨンヌをとり壊した一帯にいくんですな。その人類の最後の葛藤はアルザスの冬の魅力とコート＝ダジュールの春の魅惑との純理論的な議論になります。世界の残り部分についていうと、だな、あなた、全部放牧地〔アメリカ・インディアンなどに適用される語のいわゆる「保護地区」の意味でもある〕ですよ。「自由アフリカ」だ、ムッシュー。その富、その地下や大地、太陽エネルギーが開発されるでしょう、だれの迷惑にもならずにね。そして、アフリカが、それだけで、幾世代にもわたって、わたしのいう都市を養っていくのに充分で、アジアやアメリカに首を突っこまねばならなくなるのはそのあと。最大限技術を利用すればいいのであり、必要最小限のよく組織された労働者を交替で連れてきてという方式で、そいつは公共サーヴィスみたいなものですよ。その労働者たちはわれわれのもとに石油、金、ウラニウム、コーヒー、バナナと、なんだってお好きなものをもってくる、ただひとりのアフリカ人だって外国の侵略に苦しむことなどなし、にです、というのも、アフリカ人はもうここにはいないんですから！　さよう、フランスは、世界の人民に開かれて美しいでしょう、あらゆるまぜこぜのひとびとがそこの通りをそぞろ歩きするんですから。そして、アフリカも美しいでしょう、空っぽで、肥沃で、苦しみのない、世界の乳房になるんですからなあ！（間）わたしのプロジェクトはあなたを笑わせますかね？　だが、あなた、こいつはあんたの思想より友愛に満ちたものです。わたしはね、わたしはそんなふうに望み、そんなふうにあくまで考えるんですよ。

〔1〕ここでオルンが口にしている一種サン＝シモン主義的な構想による住宅を訳者は「四〇階」と訳したけれども、念のためにいっておくなら、フランス語での階の数え方は日本式の二階から数字で表現するため、日本の流儀なら、「四一階」を意味する。しかしながら、それでは正確かもしれないにしても、劇の台詞として感心できない。それゆえ、フランス語をそのまま読んで「四〇階」とした。

ふたり、互いを見つめる。風、起こる。

V

ヴェランダの下で。

カル （レオーヌに気づき、大声を出す）オルン！（飲む）

レオーヌ （手に彼女の花をもって）これらの花、なんて名前かしら？

カル オルン！

レオーヌ どこで飲み物を見つけたらいいか、ご存知？

カル オルン、っていうのに！（飲む）いったいなにをしてやがるんだろうな？

レオーヌ あのひとを呼ばないで、どうぞお構いなく、自分で見つけますから。（遠ざかる）

カルト　（レオーヌを呼びとめて）その靴でここを歩くつもりなんですか？
レオーヌ　わたしの靴のこと？
カル　どうぞお掛けください。それではなにか、おれが怖がらせているのかな？
レオーヌ　いいえ。（沈黙。犬の吠え声、遠くで）
カル　パリでは、靴ってものがなんであるのか知らないんだ。パリではやつらはなんにも知らない、それでもって、でたらめに流行をこしらえているのさ。
レオーヌ　これはわたしが買ったたったひとつのものよ、なのに、あなたはそういうことを言われるのね。まったく泥棒よ、この革の切れはしに連中が払わせる値段ときたら！　とはいっても、サン＝ローランよ、アフリカのブティック。で、高いのよ、これ！　やれやれ。気違い沙汰よ。
カル　ヒールが高くなくては、くるぶしを支えてくれなくちゃいけない。いい靴でもってショックに耐えるんだからさ、そいつがいちばん重要よ、靴こそが。（飲む）
レオーヌ　そうね。
カル　もしもあんたを怖がらせているのが汗をかくことなんだとしたなら、いいかな、そいつは愚かだぜ。汗の層というのは乾くんだ、それで、次から次へと出てきて、鎧をつくって、保護してくれるんだ。それから、あんたを恐怖させるものが匂いだとしたら、匂いというやつは本能を発達させてくれるんだ。おまけに、匂いを知れば、ひとびとがわかる。そのうえに、とても便利なことだが、そいつらの商売がわかるんだ、すべてがより簡単になる、それが本能であり、要するに、そういうこと。

レオーヌ　ええ、そうね。（沈黙）

カル　一杯飲むといい、どうして飲まない？

レオーヌ　ウィスキー？　いえ、だめなの、飲めない。錠剤のこともあるし。それに、わたし、そんなに喉が渇いてない。

カル　ここでは飲まなくては、喉が渇いていようがいまいが。さもなければ、かさかさに干涸びてしまうぜ。（飲む。間）

レオーヌ　わたし、ボタンを縫いつけなくちゃならないと思うわ。それは、わたしにも問題なくできる、ボタン穴は無理、わたしには難しすぎる。忍耐心が全然ないの、まるっきり。いつでも最後まで手をつけないでおくから、最終的にこうなる、ほらこうよ、安全ピンなの。わたしがつくらせた最高にシックなドレス類が、まったくやれやれ、いまもって、いつでも留めるのは一本の安全ピン。うるさい女ね、いつかきっとピンで自分を刺すことになるわ。

カル　おれも以前は、ウィスキーを吐いていたものさ。それで、牛乳を飲んでいた、おれ、牛乳だけを、な、あんたにはいってもいい、なんリットルも、大樽で、あちこち渡り歩く前。が、旅に出てからというもの、ふん、やつらのくそ厭ったらしい粉ミルク、やつらのアメリカ・ミルク、やつらの豆乳、その手の牛乳には雌牛の尻尾だって入ってやしない。それで、こっちの粗悪物をはじめなくちゃいけなかったというわけさ（飲む）。

レオーヌ　そう。

カル　幸い、こっちの粗悪物はどこででも見つけられる、こればっかりは世界のいたるところ不足するということはない。とにかく、おれは旅したんだ、信じてくれていい、あんた、旅行したことは？

レオーヌ　いいえ、ないわ、今度のがまったくのはじめて。

カル　おれは、ご覧のとおり、若いが、旅はしたね、いいかい、信じてくれ、信じてくれていい。バンコックにいったな、イスパハン〔イラン、テヘランの南〕、黒海にもいった、いったよ、おれ、マラケッシュ、タンジェール〔モロッコの自由港〕、レユニオン島〔マダカスカルの南に位置するフランスの海外県〕、カリブ海、ホノルル、バンクーバーな、おれ。シクチミ〔カナダ、ケベック〕、ブラジル、コロンビア、パタゴニア、バレアス諸島、グアテマラだ、おれ。それから、最後に、この糞いまいましいアフリカ、そう、ダカール、アビジャン〔コート＝ジヴォワールの都市〕、ロメ〔トーゴの首都〕、レオポルトヴィル〔コンゴ、キンシャサの旧名〕、ヨハネスブルク、ラゴス〔ナイジェリア連邦共和国〕。すべてのもののなかで最悪だ、アフリカは、おれはそう言ってあげられる。でさ、どこにいっても、ウィスキーか豆乳さ、驚くことはありはしねえ、全然。けど、おれは若いんだ、でさ、こう言ってあげられるな、ウィスキーはウィスキーと似ているし、工事現場は工事現場と、フランス企業は別のフランス企業と変わりはしない、どれもこれも同じガラクタ粗悪物さ。

レオーヌ　そうね。

カル　いや、この企業が最低だというわけではない、おれの言わないことを言わせないでくれ、違うよ。逆に、たぶんここは最上だ。この会社はあんたの面倒をみる作法は心得ている、あんたをしかるべく遇してくれる、おれたちはちゃんと食べさせてもらえるし、宿舎もしっかりしている、フランス的よ、そういうこと。いまにあんたにもわかるよ。反対の話を耳にするのはおれからではないぜ、そのことは覚えておいてくれ。（飲む）ここは、イタリアやオランダやドイツやスイスや、それから、おれの知らねえなんやかやのいまアフリカをうようよ一杯にしている企業じゃねえ。ああいうのは本物の淫売屋さ。そうじゃねえ、おれたちのは、違うんだ、これはまあ申し分ない。（飲む）おれはイタリア人やスイス人にはなりたくない、おれの言うこと信じていい。

レオーヌ　わかったような、わからないような。

カル　飲みなよ（グラス一杯のウィスキーを差しだす）。

レオーヌ　でも、あのひと、いったいどこ？（沈黙）

カル　（小声で）どうしてあんた、ここにきた？

レオーヌ　（思わず飛びあがって）どうしてって？　アフリカを見たかったのよ。

カル　なにを見るだって？（間）アフリカではないぜ、ここは。ここはフランスの公共事業の工事現場だよ、バンビーノ。

レオーヌ　そうであっても……

カル　違うんだよ。オルンに気があるのかい？

レオーヌ　結婚するはずよ、ええ。

カル　オルンと、結婚する？

レオーヌ　ええ、ええ、かれとね。

カル　違うな。

レオーヌ　だけど、なぜあなたはひっきりなしに言うの……子山羊さんはどこかしら？
カル　子山羊だあ？（飲む）オルンは結婚なんかできない、あんた、知っているだろ、違うか？（沈黙）あんたにやつはちゃんと話したろう……
レオーヌ　ええ、ええ、あのひと、そのことは話したわ。
カル　やつはそのことをしゃべったんだな、それじゃあ？
レオーヌ　ええ、ええ、ええ。
オルン　勇敢な男さ、オルンは（飲む）。数人のアフリカ野郎どもとたったひとり残ったんだからな、ここに一カ月。あいつらの厭ったらしい戦争のあいだ、資材を守るために。おれにならあいつらはそんな下司なことやらせはしなかったろう。じゃあ、やつは全部あんたに語ったんだな、略奪者らとの衝突のことも、やつの負傷のことも――恐ろしい傷だ、オルンは――、つまり、すべてを？（飲む）あれは大博打を打つ男よ、オルンは。
レオーヌ　ええ。
カル　いや。それがやつのなんの足しになるというんだ、いまや？　そのうえ、やつがどうなったか、あんた、それを知っているのか、あんたは？
レオーヌ　いいえ、そんなこと、わたし知らない。
カル　（目配せとともに）だけど、やつになにが欠けているか、あんた、それを知らなくてならないぜ！（飲む）おかしな匂いがするな、この話は。（レオーヌを見つめて）あんたのなにがやつの興味を惹いたのかな？（警備員たちの呼び声。沈黙）

レオーヌ　喉が渇きすぎた。

レオーヌ、立ち上がり、樹木の下へと離れていく。

VI

風が赤い砂塵を舞いあがらせる。レオーヌ、ブーゲンヴィレアの下に何者かを見る。風のざわめきと喉笛のなかで、彼女を避けてゆく羽根のパチパチいう音のなかで、レオーヌはかれの名を認知し、その両頬に刻まれた部族の徴の苦しみを感じる。

砂風、ハルマッタン〔サハラなどで吹く熱く、乾いた、東からの、または、北東からの風〕が、彼女を木の根元まで運ぶ。

レオーヌ　（アルブーリに近づきながら）わたし、水を探しているの。オ水ヲ、オ願イ〔これはドイツ語である。ドイツ語部分は以後カタカナで記す。また、原語のままでいいかもしれないので、合わせて音を示す。「ヴァッサー・ビッテ」〕。ドイツ語、おわかりになる？　わたしね、それが、わたしのちょっぴり知っているゆいいつの外国語。あのね、わたしの母はドイツ人、まったくの、純潔種のドイツ人だった。父はアルザスのひと、そんなこんなでわたしは……（木に近寄る）かれら、わたしを探しているにちがいないわ。（アルブーリを見つめる）だけど、あのひと、わたしに言ったのよ……（やさしく）アナタノ見分ケガツクワ、シッカリト〔「ディヒ・エルケンネ・イッヒ、ジッヒャー」〕。（自分のまわりを見つめる）わたしにいっさいがわかったのはこれらの花を見たときなの。名前も知らないこれらの花がわたしにはわかったわ、こんなふうにわたしの頭のなかで、これらは枝にぶら下がっていた、そのすべての色を頭のなかにわたしはすでにもっていたのよ。あなた、前世って信じる、あなたは？（アルブーリを見つめる）でも、なぜあのひと、ここには自分たちを除いてだれもいないなんて言ったのかしら？（興奮して）わたしは信じるわ、わたし、わたしは信じている。とっても幸福な、凄く幸福な折々の時間がとても遠くからわたしのもとに立ち戻ってくる、とても心地いい時。それらはみんなとても古いにちがいないわ。わたし、そう信じる、わたし。わたしは、もうすでにそのほとりで生涯を過ごした湖を知っている、それがたびたび脳裏に甦ってくるの。（ブーゲンヴィレアの花を一本、アルブーリに見せて）これって、熱帯地方以外の他所では見つけられない、でしょう？　ところが、わたしにはこれらがわかったのよ、とても遠くからやってきて、だから、わたし、残りのものも探している、湖の快い水や、幸福な折々をね。（非常に興奮して）わたし、どっかですでに、黄色い石の下に、これに似た花の下に埋葬されたのよ。（アルブーリのほうに身をかがめて）あのひとはだれもいないと言った（笑う）、でも、あなたがいるじゃない！（離れる）雨が来そうね、違う？　それなら、昆虫がどうするか教えてちょうだい、雨が近いとき？　雨の雫が羽根に当たると、かれら、ひどい目に遭う。じゃあ、雨の下ではかれらはどうなっちゃうの？わたしはあなたがフランス人とかなんか、そういうんじゃなくて、とっても満足。おかげで、あなたがわたしを莫迦女と思うのを避けられるじゃない。それに、わたしのほうもほんとにフランス人ってわけじゃない。半分ドイツ人で、半分アルザス人だもの。ねえ、つまり、わたしたち、お誂え向きにできている……わたし、あなたのアフリカの言葉を勉強する、そうよ、上手にしゃべれるようになったら、自分が口にする一語一語をよく考えながら、あなたに言うわ……いろんな大事な……ことを……なんだかはわからないけど。これ以上あなたを見つめている勇気がない、あなたはそんなにも重々しい、それに、わたし、重々しさは！（興奮して動きまわる）あなた、風を感じる？　風がこんなふうに巻いているとき、舞いあがらせているのは悪魔よ。消エロ、悪魔〔ふたたびドイツ語。「フェルシュヴィンデ、トイフェル」。これはやがて出てくるゲーテの詩《Erlkönig》『魔王』そのものではないが、それへの伏線〕、しゅーう、立ち去れ。だからね、わたしが小さかった頃には、悪魔を退散させるために、大聖堂の鐘を鳴らしたものよ。カテドラルはないの、ここには？おかしいわね、カテドラルのない国なんて。わたし、大聖堂が好き。とても厳めしいあなたがいるわ、わたし、重々しさはとても好きよ。（笑う）口うるさい女ね、許して。（動くのをやめる）ここに残っていたい、こんなに穏やかな気候なんだもの。（アルブーリを見ないで、かれにさわる）ワタシト一緒ニキテ、オ水ヲモッテキマショウ〔「コム・ミット・ミール、ヴァッサー・ホーレン」〕。なんて莫迦女。みんなしてわたしを探している最中なのはたしか。わたし、ここですることはなにもない、間違いない。（アルブーリを放す）だれかいる。聞こえたわ……（小声で）悪魔メ！　退散シロ〔「トイフェル！　フェルシュヴィンデ」〕、しゅーう！（アルブーリの耳元で）あとで戻ってくるわ。わたしのこと、待ってて。（アルブーリ、樹木の下に姿を消す）ソウデナケレバ、アナタ、アナタノホウガココニ帰ッテキテ！〔「オーダー・ジー、コメン・ジー・ツーリュック！」〕

カル、入ってくる。

Ⅶ

カル　（指を一本、口に当てて）あんまり大きな声でしゃべるなよ、バンビーノ、やつがいい気分にはなるまい。
レオーヌ　だれのこと？　ここにはわたしたちしかいないわよ。
カル　たしかにな、バンビーノ、そうだとも、おれたちしかいない。（笑う）やつは嫉妬深いぜ、オルンは。（近くで犬の吠え声）トゥーバブ？　こんなすぐ近くでなにをやっていやがるんだ？（レオーヌの腕をとって）ここにだれかいたのかい？
レオーヌ　トゥーバブってだれ？
カル　おれの犬さ。ブーブー野郎を見ると、吠えるんだ。あんた、だれかを見たのか？
レオーヌ　それじゃあ、そんなふうに調教したのね？
カル　調教？　おれは自分の犬を仕込んだことはないよ。そいつは本能で、ほかのなにものも必要としない。けど、あんたがもしもなにかを見たなら、用心だぜ、獣どもは勝手にやつらのあいだで決着つけるに委せておけよ。走って、こっちに避難するんだ。
レオーヌ　なんですって？　もしわたしがなにを見たらって？

カル　腹にひどい一撃をかまされるか、背中にグサッとナイフがくるか、一目散に走る代わりに質問でもおっぱじめようものなら、君を待ちうけているものはそれよ。伝えておくぜ、なんでもいい、あんたがなにか、これまでにあんたが見たことのないものやおれが君に見せたことのないなにかを見たら、すぐに、大急ぎでずらかれ、こちらに避難だ。（レオーヌを両腕で抱きしめて）可哀想な小さなバンビーノ！　おれもそう、ある日、ここに到着した、頭のなかをアフリカについてのいろんな考えでいっぱいにして、おれたちが見にきたことや、聞きにきたことではち切れそうにしながら！　頭のなかではおれはそれが好きだった、しかし、期待していたものはなにひとつ見はしないし、聞きもしないんだ。おれにはあんたの悲しみが理解できる。
レオーヌ　わたし、悲しくなんかないわ。飲みものを探していた、それだけよ。
カル　あんたの名前は？
レオーヌ　レオーヌよ。
カル　あんたの気を惹くのは金だろ？
レオーヌ　なんのお金のこと？　あなた、なに言っているの？（カル、彼女を放し、トラックに近づく）
カル　この女は抜け目がないし、危険だ。（笑う）あんた、どんな仕事をしていた、パリで？
レオーヌ　ホテルよ。客室係。
カル　女中か。ここでは、あんたが思っているほどは稼げないぜ。
レオーヌ　わたし、なにも思ってやしない。
カル　いっぱい働いて、なんも稼げない。

レオーヌ　そんなことないでしょ、わたし、わたしはあなたがたくさん稼いでいるのは知ってるわ。
カル　そんな話、どこから出た、可愛い女中さん？　おれがたくさん貰っているようにみえるか？
（自分の両手を見せる）おれが働いてないようにみえるか、このおれが？
レオーヌ　あなたがお金持ちでないのは、あなたが働いているからじゃないでしょうに。
カル　ほんとの裕福というのはおれたちの手を痛めつけたりしないものだ、それが真の豊かさよ。裕福というのはなにもかもを消すんだ、すべての努力を、もうあとにはなんにも残らない、もはや汗のしずく一滴、どんな小さな動きひとつだって、やりたくなかったものは残らないんだ、いかなる小さな苦痛も、もはやな。それがほんとの豊かさよ。ところが、おれたちときたら！　そんな考えは君の頭から叩きだすんだな。払ってはくれる、ああ、だが、充分じゃねえ。たっぷりじゃないんだ。本物の金持ちというのは、もういっさい苦しんだりしないんだ。（レオーヌを見つめて）あの災難のおかげで、戦争のあいだ、オルンは、あの……事故でもって、やつはずいぶんせしめたにちがいない、オルンは。そのことについて、やつは一言も口にしない。したがって、きっとべらぼうな額だぜ。その金があんたの気を惹くんだろ、ええ、バンビーノ？
レオーヌ　わたしのこと、バンビーノと呼ばないでちょうだい。あなた、その手の言葉をお持ちなのね、ブーブーとか、バンビーノとか、それから、自分の犬の名とか。だれかれ構わず、犬の名前をつけるんじゃないわ。わたしが子山羊さんについてきたのはお金のことじゃない。違うわ。
カル　それでは、どんな理由だ？
レオーヌ　わたしがついてきたのは、あのひとがそれを提案してきたからよ。

カル　だれでもいい、だれかが提案してきたら、それで、あんたはついていったというのかい、へええ？（笑う）この女、たいへんに情熱的なたちだな。

レオーヌ　わたしに提案してきたのはだれでもいいひとじゃない。

カル　それで、あんたは花火が好きなんだな、ええ、バンビーノ？

レオーヌ　ええ、それもあるわね、かれ、そのことも話してくれた。

カル　君は夢みるのが好きなんだ、あん、バンビーノ？　でもって、おれにも夢をみさせたいわけか、そうだな？（厳しく）が、おれは、真実は夢みても、嘘というのは夢みないんだ。（レオーヌを見つめて）この女は泥棒だ。（レオーヌ。思わずとび上がる。カル、彼女をふたたび自分の腕のなかに引き寄せる）おれは楽しんでいる、バンビーノ、心配するな。おれたちはずっと長いこと、女を見てないんだ、おれは女性と楽しく遊びたいと思っていた。おれ、野蛮人の印象をあんたに与える、違うか？

レオーヌ　いいえ、そんなことは……

カル　そうはいったって、落ちるに委せておけば、間違いなくおれたちは野蛮人になるだろうよ。しかし、落ちるがままでなければならないのは、おれたちがこの穴の底にいるからじゃあない、それがおれの、自分にいいきかせていることだ。たとえばおれは、いまにわかるだろうが、厖大にいろんなことに興味がある、おれはしゃべるのが好きだ、楽しむのが好きだ、ひとと交流するのが好きだ、とりわけ。いいかい、おれ、おれは哲学狂だったんだ、おれの言うこと、信じていい、おれ。でもよ、ここにはなにがある、そういうことすべてから、そもそもなにがみえてくる？違うんだよ、アフリカは、みんながそう思っているものではないぜ、バンビーノ。ここにいる老人らでさえ、新しい考えをわれわれが運んでくるのを妨げる。企業や労働はおれたちに時間を残してはくれない。だけど、思想さ、おれ、おれはそいつをもっている。もっていたんだ。とはいっても、考える、考える、いつもひとりぼっちで考えることをしていると、思想というものが、最後には頭のなかでひとつずつ破裂するのを感じる、ある考えを動かしはじめた途端、風船みたいにペシャンだ、パン、あんた、ここにくるとき、道路脇で犬どもを、風船みたいに腹脹らませて、脚を空に向けている犬どもを見たはずだな。だけど、大事なことは、だれかと交流できるということだ。おれ、おれは、いつも好奇心旺盛だった、音楽だろうと、哲学だろうと。トロワイヤ、ゾラ、とくにミラー、ヘンリーのほう、な。おれの部屋にきて、おれの本を利用してもいいよ、おれはミラーを全部もっている、おれの本はあんたのものだ。君の名前は？

レオーヌ　レオーヌよ。

カル　学生だったとき、おれはほんと哲学に狂いまくったものさ。とくにヘンリー・ミラーに。それを読むことがおれを完璧に抑圧のブロックから解放してくれた。おれは熱狂していたね、パリで、おれ。パリは世界でもっとも大きな思想の十字路だ！　ミラーさ、ああ。やつが、「おれはポーランド人じゃない！」と言って、ピストルの一撃でシェルドンを殺す夢を見るとこ、な。あんた、知っている？[1]

レオーヌ　知らない……。いいえよ。

カル　だから、ここにきたからといって、落ちていくままになるなんてもってのほかだ、それはだめだぜ、バンビーノ。

レオーヌ　レオーヌよ。
カル　この女、おれに対して警戒心を解かねえ。（笑う）だめだよ、絶対あけすけでなくては。おれたちを隔てているものはなにもない、同じ年頃だし、似てもいる。いずれにしたって、おれは完全に率直だよ、ブロックされる理由はない。
レオーヌ　そうね、理由はないわ。
カル　それに、おれたちには選択の余地はない。おれたちだけなんだし。ここでは、あんた、話し相手はだあれも見つけられないぜ、だれひとり。ここは見捨てられた場所さ。とりわけ現在は、終わりよ。もうおれとやつしか残っていない。それに、やつのことをいうと、教養は、だ……だいたい、あれは老いぼれだぜ、オルンは。
レオーヌ　老いぼれ！　そういう言葉をお持ちなのね。わたし、あのひとと話すのは好きよ。
カル　そうだろう、たぶん、そうではないな、だって、長い目でみた場合、ひとには感心することが要るぜ。こいつはとても大事なことだ、素晴らしく思うことは。女は男の教養に感心するんだよ。あんたの名前は？
レオーヌ　レオーヌよ、レオーヌ。
カル　それで？
レオーヌ　それで、って、なんのこと？
カル　どうしてオルンなんだ？
レオーヌ　どうして、ってどういうこと？

カル　あんたは、欠けている……つまり、肝心なことを欠いた、そういう男と結婚できるんだ？　できるんだな、金のためなら？　この女、反吐を催させるぜ！

レオーヌ　わたしのこと、放してちょうだい。

カル　まあまあ、バンビーノ、こいつはただあんたの顔を見るためだったんだ。おれのほうは、結局、この話はおれの話じゃないし。あんた、泣いているのか、それとも、どうかしたか？　これをそんなふうに受けとってはいけないよ。君が悲しいのはわかる、バンビーノ、しかし、おれは悲しいのだろうか、このおれは？　でも、あんた、おれのいうことを信じていいぜ、おれには悲しくなっても不思議はないありとあらゆる理由がある、ほんとの理由が、な、おれ。（穏やかに）おれの靴をあんたに貸してやるよ、あんたが穢れた病気にでもなったら、それこそ目も当てられないから。ここでは、だれでもほとんど野蛮人になるんだ、おれにはそれがわかっている、つまり、世界の真裏だから、ここは。そんなことは泣く理由にはならない。みてくれ、このおれを。おれはオルンより多く免状を、より多くの資格をもってもいれば、より学業も修めている、なのに、おれは下だ。正常なことだと思うか？　なにもかも逆さまになっている、ここは。でもよ、バンビーノ、それでおれが病気になっているかい、泣いているかい、おれが？

レオーヌ　子山羊さんだ。（立ち上がる）

カル　動くんじゃねえ。泥棒がこの居留地に入ってきたんだ。危険だ。

レオーヌ　あなたって、いたるところに泥棒を見つけるのね。

カル　ブーブー野郎さ。警備員がエラーでそのまま通しやがった。そいつを一秒だって見る時間はないぞ、あんたはちょうどいい餌だからな。腹にグサッか、背中にブスリ！　小型トラックに入れよ。

レオーヌ　厭よ。（カルを押しのける）

カル　君を守るためだったのだ。（間があって）おれのことわるくとっているよね、バンビーノ、わかっている。でも、おれたちは工事現場ができてから、ここで女を見たことがない、だから、ひとり見れば、あんたを見れば、おれは動転してしまう、そういうこと。君にはなかなか理解できまい、あんた、パリからあんたは来たんだから。とにかく、おれは動転した。あんたを見て。違うふうでありたいと思ったよ、おれは、おれたちはすぐお互いに気に入ると感じた。だが、おれはこんなだからね、そうみせたいというふうには絶対ならないんだ。とはいえ、おれたちは互いに気に入ったはずだとおれは確信している。おれは女に関しては本能がある（カル、レオーヌの手をつかむ）。

レオーヌ　真っ赤になっている気がするわ、ああ！

カル　あんた、あんたは、な、燃えるたちなんだ、みて、そいつはすぐにわかった。おれのお気に入りだ、情熱的というのは。おれたちは似ているぜ、バンビーノ。（笑う）この女、凄く惹きつける力がある。

レオーヌ　ここの女性たちはとても美しいにちがいない。ああ、自分が醜いのを感じる！（立ち上がる）子山羊さんがそこにいるのよ。

カル　そんなにうぶらなくてもいい、可愛い女中さん。おれはな、ある種の事柄には本能がある。

レオーヌ　（カルを見つめて）わたし、わたしたちふたりをとっても醜いと思うわ！　あのひと、そこにいるのよ、わたしには聞こえるわ、かれ、そこにいて、わたしのこと探しているのよ。（カル、彼女を非常に強く引き寄せる。レオーヌ、最後に逃げ出す）

カル　猫っかぶり！

レオーヌ　ならず者！

カル　パリは世界最大の淫売屋だ！

レオーヌ　（遠くから）消エ失セロ、消エ失セロ〔ドイツ語。「フェリュシュヴィンデ、フェルシュヴィンド」〕！

カル　ひでえ話だ。（間があって）こんなに長いあいだ女を見ないときは、待っているんだ……あたかもことが当然そうなるように……爆発を。で、それから、なにもなし、まったくなにもなし。おまけに、また一晩無駄になった。（遠ざかる）

〔1〕ヘンリー・ミラーの小説なるものがそもそも数限りないうえ、どれも人物たちの恐るべきひしめき、おまけに、大久保康雄が述べたごとく、かれらは「一、二度ちょっと顔を出すだけで姿を消してしまい、主人公の主観に影を残すだけで作品ぜんたいの構成には何の有機的なつながりももたぬ場合が多々ある」（『北回帰線』）のが実際だから、こいつは註釈者泣かせ、シェルドンが夢にもせよ、射殺されるとはカルの妄想ではないかという疑念すらもたげかねないが、この名の人物は事実ミラーの作品に登場してくる。まず「薔薇色の十字架刑」三部作の第一部『セクサス』のなか。シェルダンという人物もいて、話は必ずしも呑みこみやすくはないけれど、「クレイジー・シェルドン！」の一句で開始されるそこの語りを信じるとするなら、かれは、たえず一文なしで空腹を抱えている主人公にひたすら無償で金を貸したがる男で、来歴を辿るに、世紀初頭頃（おそらく）クラコフでポグロムに遭い、生命だけはかろうじて助かり、ニューヨークのブルックリンに流れついたユダヤ人で

あり、それゆえ、ポーランド人とは屈折した関係にある、とはいっても、格別特異ではない（だいたいが、どの人物も特異といえば特異なのだ）。アイルランド、スコットランド、ドイツ、ポーランド系、ユダヤ人等々、さまざまな出身より成る移民が大勢集うミラーの群像のひとりにすぎず（それにしても、このニューヨークの無秩序ぶりと叩きこまれるスピード！　気をつけないと一瞬で場面の登場人物がだれだったか忘れてしまう。余話だが、変なことをいうと思われるか、ここに描写されたニューヨークが荷風の語る同じ都市とよく似ていることに筆者は吃驚した。その差二十年内外、ラッシュアワーの電車の光景など、まるでそっくりではないか。不思議な味わい）、「ポーランド人」を強迫観念にもつ――この人物が、というより、むしろ、かれを描写する主人公のミラー自身に、その観念を抱く者が強迫的にこびりついているというべきか――という一点だけ知っていればいい感じ。その、いうならあまり風采上がらぬこの男が自分を拾ってくれた電信会社雇用主任の主人公に敬服していて、いくらでも金を貸そうとするのが『セクサス』の筋立てであった。続く第二部『プレクサス』ではシェルドンは第一部に比較するとほんの少し頻繁に姿を見せる。同じくポーランド人によるユダヤ人虐殺の「影」を背負う者ではあるが、やたらに宝石つきの指輪を散りばめた成金ふうの外観で、相変わらず主人公やその友人たちには気違いか莫迦扱いされまくり、その限りで、お人好しの印象は動かない。そして、カルが口走る問題の夢の情景はそこにある。「その晩、じつに不気味な夢を見た。夢でよくあることだが、追跡の場面から始まった。ぼくは河へ向かう暗い通りで、ひとりのやせた小男を追いかけていた。そのぼくはまた別の男に追われていた。後ろの男につかまらないうちに、前の男をどうしてもつかまえなければならない。やせた小男というのは、ほかならぬスピヴァクだった。それまで一晩じゅう、あちこち探していたのだが、とうとう逃げていく後ろ姿を見つけた。後ろの男がだれかは見当もつかない。だれにせよ、とにかく駿足で息の続くやつだ。その気になればいつでも追いつけるだろうと、こちらを不安な気持ちにするやつだった。スピヴァクのほうは、河にでも飛び込んで溺れてくれれば、それほど結構なことはないのだが、まずはどうしても襟首を押えてやりたい。ぼくにとっては伸るか反るかの大事な書類を持っているのだ。／河に突き出た突堤に近づいたところで追いつき、襟首をしっかとつかんで一気に振り向かせた。たまげたことに、それはスピヴァクではなかった。『クレイジー・シェルドン』だった。シェルドンは、暗がりのせいかぼくがだれだかわからないようだ。ひざまずいて、どうか首を切るのだけは勘弁してくださいと哀願する。『おれはポーランド野郎じゃないぜ！』とぼくは言って彼をぐいと引き起こした。そのとき、後ろから追いかけてきた男が追いついた。アラン・クロムウェルだった。ぼくの手にピストルを握らせ、それでシェルドンを撃てと命じた。『さあ、どうやるか手本を見せてやろう』と彼は言い、シェルドンの腕を容赦なくねじ上げてひざまずかせた。続いて銃口をシェルドンの後頭部にぴったりつけた。シェルドンは子犬みたいにひいひいべそをかいている。ぼくはピストルを受け取ってシェルドンの頭を狙った。『撃て！』とクロムウェルが命じた。ぼくが機械的に引き金を引くと、シェルドンはびっくり箱の人形のように軽く跳ね上がって、そのまま突っ伏した。『よくやった！』とクロムウェル。『さあ、急ごう。明朝早くにワシントンに着いていなけりゃならないんだ』」（武舎訳）。むろんかれは本当に死んだわけではないから、血を流す姿でまたぞろ悪夢に出現してき、イディッシュ語やポーランド語の罵言とともに復讐的に主人公を射ったり、かれの他の友人に消息を尋ねられたりもするが、そこまで話を拡げる必要はないだろう、シェルドンは基本的にポグロムにやられた際のイメージのままみたいなのである（「薔薇の十字架刑」第三部『ネクサス』にはかれはもう出てこない）。

　カルがそのシェルドンの射殺にこだわる理由に関し想像できることは多少ならずあるとはいえ、いずれも憶測の域を出ないので、註釈者の妄想は抑える。ヘンリー・ミラー（の主人公）にとり憑いたオプセションが同時にカルのオプセションとしてかれにとり憑いているといったところだろうか。ただ、カルがミラーを愛読していることは間違いない。パリを「思想の十字路」と形容するかれがこの景の終わりではそれを「世界最大の淫売屋だ」といい変える視座転換の場所に、ともすればひたすらザハリッヒな調子に流れるエロスがお好みの小ニーチェ主義者ヘンリー・ミラーが活用された様態に着目しておきたい。引こう、もう一度、先の『北回帰線』の、今度は本文を。「永遠の都、パリ！　ローマよりも永遠であり、ニネヴェよりも華麗である。まさに世界の臍だ。そこに向って、盲目のどもりの白痴のごとく、人は四つん這いになって這い戻ってくる。また最後には大洋の真っ只中へ漂いゆくキルク栓のように、人はこの都で落ちつきも希望もなく、かたわらを通りすぎるコロンブスにも気がつかずに、海の泡《あぶく》と海草のなかを漂う。この文明の揺籃《ゆりかご》は世界の腐爛せる下水渠である。悪臭を放つ子宮が肉と骨の血みどろの包みをかくす納骨堂である」。カルの想念は、ポーランドのユダヤ人という歴史の相の射程とこのパリの心像と、それにミラー譲りの精神分析への興味との三幅対に跨がっているという気しきりだ。

（ヘンリー・ミラー『北回帰線』〔大久保康雄訳。新潮文庫、1988年〕、『セクサス』〔「ヘンリー・ミラー全集」3、大久保康雄訳、新潮社、1966年〕、『同』〔「ヘンリー・ミラー・コレクション」6、井上健訳。水声社、2010年〕、永井荷風『あめりか物語』〔岩波文庫、2006年〕、『プレクサス』〔「薔薇色の十字架刑」II、「ヘンリー・ミラー・コレクション」7、武舎るみ訳。水声社、2010年〕、Henry Miller, *Sexus*, London, Harper Perennial, 2006）

Ⅷ

テーブルで、コッフェル賭博の道具を前に。

オルン　バランス、これぞ言いえて妙なり、食べ物の摂取におけるたんぱく質とヴィタミン、脂肪とカロリーの適切な割合と同様に。一回で咀嚼する食事の量が偏らないことさ、オードヴルとメイン料理とデザートの配合。そんなふうに、良き花火というものもバランスを保って作られなくちゃいかん。色彩の組み立て、ハーモニーの編成、ちょうどいい時間差で炸裂する連続性の適切なる配合、打ち上げられる高さの、統一がとれた配分。全体のバランスと各瞬間の均整を生み出すこと、これがまことに悩ましき点だ、そいつをおまえにいっておる。でも、おまえにもわかるよ、カル、ルグエリとわしとで天体を造ってみせる、仰天するぞ！

カル　（不意に賭けるのをやめて）おれは、この博打は莫迦げていると思う。

オルン　莫迦げている？　この遊びのどこがとり立てて莫迦げてるんだ？

カル　おれは莫迦げてると思うぜ。

オルン　くそったれ、おまえがこいつになにをもとめているのか、おれにはわからん。

カル　まさしくそれよ。こいつになんにもみいだせねえところ、なにひとつ。

オルン　で、これ以上なにがやりたいんだ、くそったれ？　わしらはふたりだ、なんか遊べるものが見つかるっていうのか、ふたりで？　たぶんおまえにはこいつは複雑でなさすぎると思えるんだ。

いいか、複雑にすることはできるぞ、わしはいろんな作り変えを知っているからな。バンコにしようか、ただし、賭ける権利は……。
カル　おれ、この遊びはたとえもっと複雑にしたところで、なお一層莫迦げていると思う。
オルン　じゃあ、もうやらないのか？
カル　おれはもうやりたくない、ああ。おれらは莫迦になっていく気がする、博打をやる度に。
オルン　(間があって)くそったれ、わしには理解できん。
カル　(両手に頭を沈めて)ペシャン！
オルン　なんだって？
カル　おれは、この博打をやる、その度に、おれたちの脳みそが切りとられるといっているんだ。(自分の頭を叩く)そいつをおれは、ここで感じるのだ。
オルン　いったいどうしたっていうんだ？　現場はどこだって博打はやってる。それで、これまでに一度もわしは、その最中に、こいつで脳みそを切りとられるなんてほざいて、途中でやめたやつなんぞひとりも見たことない。どんな脳みそだ、くそったれが？　だいたい、おまえが博打やっているのを見てこのかた、おまえだってやめちゃあいない……もしよかったら、彼女を迎えにいって、みんなで勝負を……。
カル　いや、厭、厭だ。ポーカーはご免だ、厭だ！
オルン　カードだから、こいつもだめだと……。
カル　もっと莫迦だ、厭だ。

オルン　じゃあなにか、トランプやってるやつはどいつも莫迦だってのか？　何世紀も、あらゆる国でひとはカードで遊んでいる、そいつらがみんな莫迦で、おまえ以外だれもそのことにいまもって気づいておらんとでも？　こんちくちょう！
カル　厭だ、だめだ、ノンだ、おれはもうなんの遊びもやりたくねえ。
オルン　じゃあ、なにをすべきだというんだ？
カル　おれは知らねえ。莫迦ではないことさ。
オルン　なら、わかったよ。（ふたり、ふくれる）
カル　（間があって）おい、アフリカの音が聞こえるぜ。そいつはタムタムでも、粟を打ち砕いている音でもない、そうじゃない。そこ、テーブルの頭上の扇風機、それから、カードかダイスカップの音だ。（もう一度間を置いて、非常に小声で）アムステルダム、ロンドン、ウィーン、クラコフ……。
オルン　なんだって？
カル　北には、おれができれば面識を得たいと思っているこれらすべての都市がある……[1]（間のあと、それぞれ酒を注ぐ）。10に五〇〇フラン賭ける。
オルン　バンコ付きか、なしか？［バンコ付きとは親元（すなわち胴元）に用意されている金も全部手に入れられるということ］
カル　いや、いや、いちばん単純なやつだ。
オルン　よし、おれも下りずにいく。（ふたり、サイコロをまわす。オルン、ウィスキーの壜を脇のほうにやる）おまえは飲みすぎるからな。

カル　すぎる？　そんなことはまったくない。おれはちっとも酔ってねえ、まるっきり。

オルン　それにしても、彼女《あれ》はなにしてる、くそったれ、いったいどこにいるんだ？

カル　おれが知っているかよ、おれが？（金をかき集める）むしろ逆さ、酔っているやつはいつでもおれに嫌悪を催させた。それに、だからこそ、おれはここにいるのが気に入っているんだ。おれは酔っぱらっているやつを前にすると、つねに吐き気を覚えたぜ。それだからこそ、おれは期待するのよ、ああ、おれは、次の工事現場では……（ふたり、張る）そういうことが一部の現場にはあるように、毎晩べらぼうに飲んだだれかに出くわしたかもしれないじゃないか。そんなことがあるのをおれはよく知っている。出会ったかもしれない、ああ、そいつはありえたんだ。（サイコロがまわる）この先の現場に、おれを一緒に連れていくようにあんたは頼める。あんたは充分重きをなしているし、親爺、この職場ではかなりの年輩だ。あんたのいうことは聞いてもらえるだろう、親爺。

オルン　次の現場はないいんだ、わしには、な。

カル　いや、そんなことはない、相棒、おれにはよくわかっている。あんたもよく知っている、相棒。あんたがフランス、南フランスで、小さな家に、ひとりの女の泣き言と小さな庭に挟まれている図を想像してみろ、親爺さん？　あんたはアフリカを金輪際離れられやしない（金をかき集める）。ぞっこんなんだ、あんたは。（間のあとで）お追従を言いたいのだと思わないでくれ。ともかく、まずあんたの皮膚には指揮官が染みこんでいる、あんたはだれもがなつく隊長のタイプだ、それは認めなければ。あんたはおれたちが馴染んでいる隊長さ、それよ、良き隊長。おれはあんたに馴染んだ、自然に、あんたはおれのチーフさ、そんなこと、おれ自身気づきもしない、文句なんかつけようがない、まるで。工事現場でこう言われるとするな、こっちの隊長とかあっちの隊長とか、おれはつねに言う、それは違う、隊長はおれではない、オルンだ、隊長は、とな。このおれ、おれはなにかね？　なんでもありはしない。無よ、別にそう言って恥ずかしくはないぜ。あんたの外では、まったくの無。なにひとつあんたに恐怖を抱かせることはない、たとえおまわりだってあんたを脅えさせはしない。おれは、反対だ、あんたの外では、つまりさ……おれは怖いんだ、そういって恥ずかしいとは思わねえ。恐怖、まさしく恐怖、ブーブー野郎のおまわりを眼の前にすると、おれはトンズラだよ、そんな具合さ。おまわりでないブーブー野郎なら、発砲する。こいつは神経の問題だ、恐怖というものはどうすることもできない。たとえ女を前にしたって、おれは恐慌を来してしまうだろう、親爺、そうなりかねない。だからして、おれ、おれにはあんたが必要だ。（小声で）ここはなにもかもが腐っている。現場はもはや以前みたいではない、おれたちは入り、出ていく、したがって、もしも別れてしまえば、おれたちはひとりぼっちだ、なにもかもに加えて。（さらに小声で）あんたがやったこと、女をここに連れてくるのは愚かなことではなかったか？（さらに一層小声で）で、あのブーブー野郎はあるいはやってこなかったんではないか、だって、ここに女がいることを知っていたんだから？（ふたり、張る）おれたちは手の指みたいに親密なままでいなくてはならねえ、それがおれの考えだ。別の工事現場で、毎晩へべれけに酔っている連中にまた再会すると考えただけで、あんたにいっておくが、おれはめくら滅法発砲するぜ、それがおれのやることだ。（ふたり、サイコロを見つめる。カル、金をかき集める）

オルン　（立ちあがりながら）いったい彼女《あれ》はなにをしてるんだ、ちくしょう？

カル　もうひと勝負、チーフ、最後の勝負だ。（微笑して）10に一〇〇〇フランだ。（金を置く。オルン、ためらう）あんたのような大博打屋が、相棒、躊躇はすまいな？（オルン、張る。ふたり、サイコロをまわす）待った、（ふたり、耳を澄ます）やつがしゃべっている。

オルン　なんだって？

カル　木のうしろ。やつが相変わらずあそこにいやがって、しゃべっている。

ふたり、耳を傾ける。風の突然の衰え。葉叢が揺れ動き、それから、停まる。石のうえを裸足の足が走っていく鈍い音、遠くで。木々の葉と蜘蛛の糸の落下。沈黙。

〔1〕これらの都市が、カルがすでにレオーヌに述べた実地に出かけたことのある「南」の都市とは違うことは留意しておくべきかもしれない。それにまた、先のヘンリー・ミラーが好んで口癖にする都市名の枚挙という文体と似通っていることも。かれの二度目の妻がモデルの「モーナ」との会話はこうだった、『わかっているわ。ともかく、早く小説を書きあげて、逃げだしましょうよ。どこへつれていってくれてもいいわ。でもまず最初にパリをみなきゃだめ』／『ようしきた！　しかしぼくはほかの場所も見たいんだ……ローマ、ブダペスト、マドリード、ウィーン、コンスタンチノープル。きみの生まれ故郷のブコヴィナへもいつか行ってみたい。それからロシア――モスクワ、ペテルスブルグ、ニーズエ・ノヴゴロド……。ああ、ネフスキー大通り《プロスペクト》の散歩――ドストエフスキー

の足跡をたどって！　なんという夢だろう！』」。これは『ネクサス』だが（河野一郎訳。「世界の文学」巻6、集英社、1976年）、『プレクサス』にも、『南回帰線』にも都市名の列挙はある（「南回帰線」、幾野宏訳。「世界文学全集」巻31、「ミラー／アンダーソン集」。集英社、1986年）。固有名の羅列が奏でる響きとはある種初歩的な詩であり、カルはきっとそれが好きなのだ。

IX

ブーゲンヴィレアの下にうずくまるアルブーリ。レオーヌ、登場、アルブーリの真向かい、一定の距離のところにしゃがみこむ。(1)

アルブーリ　「マン・ナアー・ラ・ワクス・ダラ？」Man naa la wax dara ?「おれはきみになにか言ってもいいか？」

レオーヌ　「ヴェーア・ライテット・ゾー・シュペート・デュルシュ・ナハット・ウント・ヴィント……」。コンナ晩ニ夜ノ闇ト風ヲ突イテ、馬デ疾駆スルノハナニ者？〔いうまでもなく、『魔王』の冒頭句。ただし、原詩のように疑問文にはなっていない〕

アルブーリ　「ワラ・ニウ・ノッピイ・テー・クオーラン・テー・レック」Walla niu noppi tè xoolan tè rekk.「おれたちは黙り、見つめあうだけでいいのだ」

レオーヌ　「エス・イスト・デア・ファーター・ミット・ザイネム・キント」。アレハ、ワガ子ヲ連レタ父親〔前引用への応答詩部〕。（笑う）わたしも他所の言葉を話しているの、いいこと！　最後にはわたしたち、理解しあえるわ、わたし、露も疑わない。

アルブーリ　「ヨウ・デーグロ・サマ・ラーク・ワアーンデ・マン・デーグ・ナアー・サ・ボス」Yow dégguIo sama lakk waandé man dégg naa sa bos.「きみはおれの言語を解さない、だが、おれにはきみの言語がわかっている」

レオーヌ　そう、そうよ、そんなふうにしゃべらなくちゃあ、みてらっしゃい、わたし、最後には把握することよ。で、わたし、わたしの言うこと、おわかりになる？　とってもゆっくりわたしがしゃべったら？　他所の言語を怖れる必要ない、反対よ。わたしはいつも考えてきた、もしも長いあいだ、じっと注意深くひとびとを見つめていれば、かれらがしゃべるときにね、なんでも理解できる、と。時間は必要よ、でも、それだけのこと。わたしはあなたに、あなたもわたしに他所の言語をしゃべっている、それで、たちまちのうちにわたしたち、同じ波長に達するのよ。

アルブーリ　「ワクス・ンガマ・デルシル、マアー・ンギ・ニイイ」Wax ngama dellusil, maa ngi nii.「きみはおれに戻ってくるように言った、おれはこんなふうにここにいる」

レオーヌ　だけど、ゆっくりなのよ、そうでしょう？　でないと、なにごとにも到達しえないわ。

アルブーリ　（間のあと）「デギューロオ・アイ・ユーク・ジゲーン？」Déguloo ay yuxu jigéén ?「きみは女たちの嘆きの声を聞いたか？」

レオーヌ　「ジースト、ファーター、ドウ・デン・エルルケーニヒ・ニヒット？」父サン、アソコニイル魔王ガ見エナイノ？〔前記『魔王』の子供の最初の台詞〕

アルブーリ　「マン・デ・デーグゥ・ナアア・アイ・ジョーウ・ジゲーン」Man dé dégg naa ay jooyu jigéén.「おれのほうはというと、おれは女たちが泣いている声を聞いたよ」

レオーヌ　「……デン・エルルケーニヒ・ミット・クローン・ウント・シュヴァイフ？」……冠ト裾ヲ長ク引ク衣トヲ身ニツケタ魔王デハナイノ？

アルブーリ　「ユゥ・ンゲラウ・リ・ディ・アンディ・フィイ」Yu ngelaw li di andi fii.「風に乗ってここへ運ばれてきた」

レオーヌ　「マイン・ゾーン、エス・イスト・アイン・ネーベルストレイフ」……ワガ息子ヨ、アレハ夜ニタナビク霧ダ……。うまくいっているわ、でしょ？　ほうら、ね。もちろん、文法はもっと時間が掛かるわ、完璧にするには、一緒にいる時間をたくさん過ごさなければ。でも、たとえ間違いがあったって……大事なのは最小限のボキャブラリーよ、いえ、それすら要らない、肝腎かなめは口調よ。それから、それだって要らない、なんにもしゃべらず、ただ単に互いを見つめあうだけで十分。（ふたり、見つめあう。非常に遠くで、犬の吠え声。レオーヌ、笑う）いいえ、わたしには黙っていることができない、お互いにわかりあえるようになったら、そのとき沈黙しましょう。でも、わたし、いまなにを言ったらいいかわからない。だけど、わたし、もの凄いおしゃべり女なのよ、普段は。それだのに、あなたを見つめると……あなたに強く心を揺さぶられる。けれど、わたし、強烈な印象を与えられるのってとても好き。さあ、今度はあなた、あなたがなにかしゃべる番よ、お願い。

アルブーリ　「ヨウ・ラアアイ・ギス・ワアンデ・シイ・サマ・ビール・クサラーアト、ベーンベン・ジゲエーン・ラアーイ・ギス・ブディ・ジョーイ・テ・ディ・テレ・ワー・デック・ビイ・ネラウ」Yow laay gis waandé si sama bir xalaat, bèbèn jigéén laay gis budi jooy te di teré waa dëkk bi nelaw.「おれが見つめているのはきみ、がしかし、想念のなかでおれが見つめているのは別の女、泣き悲しみ、村のひとびとを眠れないようにする女だ」

レオーヌ　もっと、もっと、でも、もう少しゆっくり。

アルブーリ　「ジョオーイ・ヤアー・ンギマイ・タンカール」Jooy yaa ngimay tanxal.「きみが与えてくれる涙はおれを悩ませる」

レオーヌ　(小声で)あなたがしゃべっているとき、わたしを見ているのはあなたひとり、ここでは。

アルブーリ　「デグーロ・ジョーユ・ジゲーン・ジォージュ」Dégguloo jooyu jigéén jooju ?「きみにはその女の泣き声が聞こえなかったか?」

レオーヌ　そう、そうよ、いいこと、わたし、どうしてやってきたのか不思議に思っているの。いまは、かれらはみんな、わたしをおびえさせるわ。(アルブーリに向かって微笑む)あなたは別。それはね、まさしくあなたの言語のなかでわたしがまだなんにも知らないから、なにひとつ、なんにも。(深い沈黙のなかで、突然、乱暴に、警備員たちが言葉を掛けあう。それから、沈黙がまた戻ってくる)。残念ね、それでもわたし、あなたと一緒にここに残っていたい。自分が恐ろしいほど他所者の気がするんですもの。

アルブーリ　「ラン・ンガ・ンワウ・ウト・シイ・フィイ?」Lan nga ñäw ut si fii:「きみはなにをもとめてここにやってきた?」

レオーヌ　わたし、あなたを理解しはじめているような気がする。

アルブーリ　Lan nga ñäw def si fii?「ラン・ンガ・ンワ・デフ・シイ．フィイ？」「きみはなにをしようと思ってここにやってきた？」

レオーヌ　ええ、そうよ、うまくいくだろうとわかっていた！

アルブーリ　（微笑とともに）怖いかい？

レオーヌ　いいえ。

突如、犬の吠え声を運ぶ一陣の赤い砂塵の渦が野草をなぎ倒し、木々の枝をへし折り、もう一方で、地面から、まるで逆向きの雨のごとく、自殺的で、狂乱した蜉蝣《かげろう》の雲霞のごとき大群が立ち昇り、すべての明るさを曇らせてしまう。

〔1〕ここでは、アルブーリは西アフリカのウォルフ語をしゃべり、レオーヌはドイツ語を話す。ウォルフ語はそのままの音声を訳者に判読できた限りの意味を添えて示し、ドイツ語も音の表記とその訳を記す。ともに、声があればいい、意味は相互にわからなくていいとする設定だろうし、かくて読者にも観客にも意味内容が分かる必要はおそらくないのであるが、レオーヌのドイツ語はおおむね前述のゲーテ、また、音楽を入れてシューベルトの『魔王』の引用であってみれば、そっちはいたってわかりやすく（だいたいナボコフが「こんな夜ふけに風をついて馬を走らせるのは誰か／それは作家の悲しみだ。それは荒れ狂う／三月の風だ。それはわが子をかかえた父親だ」とパロディにしたくらい人口に膾炙していよう）、対話としてやや均衡を欠く。ウォルフ語の意味も開示せざるをえないと考えた

ゆえん。〔ナボコフ『青白い炎』（富士川義之訳。岩波文庫、2014年）。また、『魔王』については『ドイツ名詩選』（生野幸吉・檜山哲彦編。岩波文庫、2001年）を参照した〕

X

テーブルで。

カル　無駄骨の夕暮れ、ただ待つことで過ぎた夕方だったな、あんた、あんたはおかしな夕暮れ時と思わないかい？　いったんやめたのに、再開したおれたちの博打、われわれがともに待っているのに姿なき女、それに、花火でさえも。さし当たり、これがおれらにアフリカが提供してくれる花火というわけだぜ。この死んだ昆虫どもの屑が。

オルン　（一匹の虫をつぶさに調べながら）変だな。雨は降らなかった、普通なら、こいつらは雨のあと出てくるんだ。わしには、このくそいまいましい国は、なにひとつ、決して理解できんだろうな。

カル　なんたる浪費、これぞ塵芥の堆積というべき代物だ。あの女はあんたを構うことさえしない、どこかの隅で泣いている最中にちがいない、どうなっているのかいまにわかるよ。おれは驚かないね。最初に会ったとき、感じた、本能でさ。あんたを怒らせたいのではない、逆さ、親爺。あんたの金は、むろん、あんたのしたいようにすればいい、そいつはあんたのものだ、たしかにあんたのものだし、あんたの楽しみにご自分で奮発なさるのは勝手よ、親っさん。ただ、人生の楽しみに女どもを当てにしないほうがいい、処置ないものだぜ、女というやつは。おれたち、おれたちだけを当てにすべきだし、女たちに一度きっぱりいってやるべきよ、われら、われわれはより多くの喜びを、きちんとしたよき仕事のほうにより多くの喜びを覚えるんだ、となーーあんた、親爺さん、あんたは反対のことをいいやしまいーー、そいつは揺らぐことのない喜びで、どんな女といえども、それに匹敵なぞ絶対しない、と。おれたちの手と頭脳でできた堅固な橋、どこまでも真っすぐで、雨の季節にも耐えられる道路、そうだとも、そこにこそ喜びはあるのさ。女なんてものには、親爺さん、男というものの喜びはなにひとつ、まったくわかりはしないだろうよ、あんた、なにか反対のご託があるかい、あんた？　そんなもののないことはおれにはわかっている。

オルン　わしにはわからん、おそらく、な、たぶん、おまえの言うとおりだろ。わしは自分が造った最初の橋のことを覚えている。最後の鉄骨の小梁を入れ、仕上げのちょっとした化粧を入れた最初の夜、なあ、まさしく開通式の前夜よ。おれが覚えているのは、素っ裸になって、一晩中橋のうえでその裸のままで横になっていたかったということだ。おれは十回も首の骨を折ったかもしれん、まことに、だ、一晩中、おれは動きまわり、そいつ、そのとてつもないやつのいたるところ、あちこちをさわりまくり、ケーブルをずっと攀じ登った、ぬかるみのうえで橋の欠けることのない全体を月とともに見ていたよ、白かった、そいつがとても白かったのを非常によくわしは覚えている。

カル　だが、今度のやつをあんたは未完成のままおっぽり出しているんだ、なんたる瓦礫の塊だ！

オルン　これについちゃあ、わしにはどうすることもできんのだ。

カル　おれは自分の最初の思いつきに耳を貸して、油田で働くべきだったな、そうだとも、それがおれの夢みていたことだったのよ。石油には高貴さがあるぜ。あそこで働いている者らをみてみろよ、やつらがおれたちを見つめるあの流儀を、な。やつらはよく知っているんだ、自分たちが選り抜きだということを。おれ、おれをそいつはいつも魅入らせたな、石油は、それに、地下からやってくるすべてのものはなんだろうと、つねにおれを魅入らせるのよ。橋なんてものは、いまや虫酸が走るね。おれたち公共土木工事とはだいたいなんなんだ？　無さ、石油屋に比べてみれば、おれらはみじめさそのもの、無以下よ。おれたちの仕事は全部、だれの眼からみても、愚かなまでに上っ面、然るべき資格のない職だ。ここはどんな種類の輩が働いている？　引っ張ったり、押したり、運んだり、運転したりするためだけの人間よ。ロバのような人間、象みたいな人間、要するに駄獣だ。おれらはどれもこれも駄獣、形容しえない人間の屑どもの掃き溜めさ。他方、石油は、だ、ええ、六人か七人の然るべき肩書をもった人間たちだ、みてみろ、みてみろ、親爺さん、やつらがその手のあいだで紡いでいく財産を！　おれは一匹の駄獣だ、おれもまた、そうなってしまった。とにかく値打ちをもつ品格はあそこにあるんだ、あそこよ！　とにかく、おれは自分の全能力をもって雇われる必要があったんだ、おれは。夜、あそこで燃えている油田現場のフレアを見たら、おれはじっと見つめて何時間も立ち止まってしまっているだろうな。

オルン　（賭けて）賭けろよ。

カル　賭ける気にならねえ、親爺さん、だめだ、おれはそんな気にならない。（小声で）じゃあ、ほんとにおれを放り出すんだな、オルン、それがあんたの考えだな？　頼む、言ってくれ、あんたはおれを見捨てるわけがないだろ、親爺？

オルン　なんだって？

カル　警備員たちに撃たせろよ。おれたちの権利の範囲だろ、くそ！

オルン　そのことなら、心配要らん。賭けろよ、もう気にするな。

カル　なんであいつに話したんだ？　ふたりでなにを話したんだ？　どうしてあいつを退去させないのだ、くそっ？

オルン　あいつはほかのやつらみたいじゃないんだ。

カル　そいつは確信していたよ。あんたはやつに一杯喰わされているんだ。おれはあんたらが話していることを知りたい。いずれにしろ、あんたはおれを見捨てるんだな、とうにわかっていたよ。

オルン　莫迦野郎。わしがとどのつまりはあいつをかついでやるってこと、それだけだってことがおまえにはわからんのか？

カル　あんたはあいつをこますのか？

オルン　あいつをはめてやる。

カル　それでも、おれには、あんたはなんか奇妙だと思えるぜ、あの黒いやつ相手で。

オルン　ちぇ、くそったれ、じゃあ、責任者はだれなんだ、ここの？

カル　あんただよ、親爺さん、反対のことは言いやしない。でも、だからこそ……。

オルン　だれがいったい、他人の莫迦さ加減の後始末の役を引き受けてる？　居留地のいたるところ、端から端まで、いつでもいっさい合財を、朝から晩まで現場について決定しているのはだれなんだ？　だれがいったい、いちばん小型のトラックの最小の部品から予備のウィスキーのボトル数までつねに頭に納めていなくちゃならない？　だれが夜も昼もすべてを計画し、すべてを判断し、すべてを指揮しなくちゃならんのだ、この場所にいておまわりで、市長で、社長で、将軍で、一家の長で、船長でなければならないのはいったいだれなんだい？

カル　あんただよ、親爺さん、あんただ、それは間違いない。

オルン　それでは、うんざりしているのは、心の底からうんざりしているのはだれなんだ？

カル　あんただよ、親爺さん。

オルン　なるほどおれは然るべき資格をもってはいない、だが、おれが主人であるし、いまはまだわしなんだぞ。

カル　おれはあんたを怒らせたいわけではない、親爺さん。ただ、こんなふうにほんの軽口で、いいたかったんだ、あの黒いやつ相手だとあんたは奇妙に映る、とね、オルン、あんたはあいつに普通に、それからまた、妙な感じで話している、それだけだ。しかし、あんたがあいつをやりこますというのだったら、それならば、あんたはあいつをやりこますのだろうからな。

オルン　これは、すでに実際上、決着のついた問題なんだ。

カル　（間があって）それにしても、あんたは奇妙なタイプだぜ。つまり、おれが痛い目に会わせるのをそのまま見逃してくれれば、もっと手早く片づくのによ。

オルン　おまえはなにも決してやっちゃあいかん。わしがやる。

カル　あんたは奇怪なやり方をするんだなあ。

オルン　人生には自分の身を守るのに銃で発砲するって法しかないわけじゃないぞ、くそったれ。わしはな、自分の口を使うやり方を心得ている、わしは。しゃべるし、言葉の使い方も知ってるんだ、わしは。そりゃ、まあ、わしは学校にいきはしなかった、だがな、政治ってもの、そいつを使う術を知っているぞ。おまえは、だ、おまえはものごとを鉄砲で解決するやり方しか知りゃあしない、それで、そのあと、だれかがおまえを窮地から救いだしてくれて、おまえが泣くのを見てりゃあ、それで満足なんだ。じゃあ、なにか、おまえらエンジニアの学校では撃つことは習っても、しゃべるのを学ぶのはお忘れだというのか？　大拍手、見事な学校だよ！　いまこそおまえらの流儀でしたい放題やるんだな、堪能するだけ鉄砲を使うんだな、そのあとで、泣きを入れにこい、泣いてこい。わしのほうはこれが最後だ、こいつが終わったら、いってしまう。おれがいなくなったら、なんでもお望みのままにやればいい。

カル　怒らないでくれ、親爺さん。

オルン　きみたちはぶち壊し屋だ、それがきみらの学校とやらできみらが学んだすべてなんだ。続けたまえ、紳士諸君、諸君のいかれた、くそいまいましい壊し屋のやり方でもって。そうやって、諸君は、全アフリカに愛される代わりに、嫌悪されることになる。で、つまるところ、きみらはなんにも獲得できやしない、なにひとつ、皆無よ。きみたちは、ポケットに鉄砲を入れて、是が非でも急いで金銭を欲しがるただの大口叩きどもだ。ところで、諸君、おれはいっとくぞ、最終的にきみらはなんにも得られやしないだろう、なにひとつ、さらに、なんにも、だ。アフリカを、諸君は、いいか、アフリカをこけにしてるんだ、そうだろうが。きみらはあたう限り奪おうとだけ考えて、なにも与えることは考えん、とりわけなにひとつ与えようとは、な。それで、結局は、きみらの手にはなにも残らないだろう、まったくの零、つまり、そういうことさ。そして、われわれのアフリカをきみらは完璧に破壊してしまうだろう、下司の紳士諸君、破壊してしまっているだろう。

カル　けれども、おれはなにも壊そうなんて望んでいないよ、おれは、オルン。

オルン　おまえは愛したくないいんだ、アフリカを。

カル　そんなことない、おれは愛しているよ、もちろんだ、愛しているって。でなければ、ここにいなかったはずだろう?

オルン　賭けろよ。

カル　その気にならないいんだよ、親爺さん。ここにいてさえ、居留地の真ん中にいてすら、ブーブー野郎に背中をブスッとやられる危険と隣り合わせではだめだ、考えると神経めちゃくちゃになってしまう、親爺さん。おれはね、あいつはこの事件を口実にここにやってきて、暴動をでっち上げるんだと思うぜ。おれの理解していることはそれさ、おれ。

オルン　おまえは理解などこれっぽっちだって、まるでしちゃおらん。あいつはおれたちを動揺させたいんだ。こいつは政治だ。

カル　か、さもなければ、女が理由だ、おれがまずもっていったごとく。

オルン　違うな、あいつは頭のなかに別のなにかをもっている。

カル　頭のなかだと、なにが頭にあるというのだ、ほかのなにが、ブーブー野郎の頭に？　あんた、あんたはおれを放り出すんだな、オルン、おれにはわかった。
オルン　わしはおまえを見放すことはできんのだ、莫迦ったれ。
カル　じゃあ、あんたは、あれは事故だと証明してくれるよな、オルン、それは証明してくれるな？
オルン　事故、ああ、それでなにがいけない？　だれがその反対のことをいった？
カル　そうだとわかっていたさ。おれたちが団結していることこそが最上の策。手を結んでいれば、あいつらをかましてやれる。いまわかったぜ、あんたは、より巧みにあいつを引っ掛けるためにやつとおしゃべりしているんだな。そいつはひとつの方法だ、おれは異議を唱えやしない。しかしながら、それでも、へまはするんだ、あんた。あんたの方法でやっていると、腹に一発、弾丸《タマ》を喰らう危険だって大ありなんだぜ。
オルン　あいつは武器なんかもっておらん。
カル　それでも、だ、それでもさ、それでも、あんたは警戒すべきだろうな。あの下司どもはみんなカラテをやるし、強えんだ、あの下司らは。あんたは、一言口にする前に、地面にのびてしまっているという危険だってたっぷりある。
オルン　（ウィスキーの壜二本を指で示して）わしにはわしの武器がある。だれもこのウィスキーには抵抗できんぞ。
カル　（ボトルを見つめて）ビール、それで十分間に合うだろうに。
オルン　賭けろよ。

カル　（溜息まじりに張りながら）なんというゴミ芥の山！

オルン　だが、わしがあいつと話しているあいだに、おまえはだ、おまえは死体をひとつ見つけるんだ。ぐずぐず議論するな、自分でなんとかするんだ、とにかく死体をもう一度見つけろ。探すんだ。わしにはそれが必要だ。でないと、村全体を背負いこむことになるんだ。夜が明ける前に、そいつを見つけろ、さもないと、ほんとにおまえを見捨てるぞ。

カル　だめだよ、不可能だ、無理だ。おれにはもう決して見つけられない。できないよ。

オルン　一箇見つけろ、だれのだって構やしない。

カル　でも、どうやって、どうやってやれというんだ？

オルン　あれはそんなに遠くじゃないはずだ。

カル　無理だよ！　オルン。

オルン　（サイコロを見つめて）わしの勝ちだ。

カル　あんたの方法は莫迦げている。（賭博の道具をこぶしで一撃する）あんたは莫迦だ、ほんとの莫迦だ。

オルン　（立ち上がりながら）わしのいうとおりにするんだ。じゃあないと、放っぽり出すぞ。（出ていく）

カル　あの下司はおれを見捨てる。おれはお仕舞いだ。

XI

工事現場、河のそば、未完成の橋の脚下の場所、薄明のなか、アルブーリとレオーヌ。

レオーヌ　あなた、最高の髪をしているわ。
アルブーリ　ひとの話では、わたしたちの髪の毛が巻きついていて黒いのは、黒人の先祖が神に、それから、すべての人間たちに見捨てられ、悪魔、かれもまた、すべての者に見捨てられたのですが、その悪魔とたったひとり一緒にいて、そのとき、かれが友情のしるしに黒人の頭を撫でたからだということです、つまり、そんな具合にして、わたしたちの髪の毛は焼け焦げたのです。
レオーヌ　わたし、悪魔とのお話、超好き、あなたのお話の語り方も大好き。あなたの唇も最高よ、それにね、黒はわたしの色なの。
アルブーリ　隠れるにはもってこいの色です。
レオーヌ　あれは、なあに？
アルブーリ　牛蛙の歌です、かれら、雨を呼んでいるのです。
レオーヌ　じゃあ、あっちは？
アルブーリ　ハイ鷹の叫び。（間があって）エンジンの音もしています。
レオーヌ　聞こえないわ。
アルブーリ　わたしには聞こえる。
レオーヌ　あれは水の音、あれは別のものの音ね、このすべての音と一緒だと、確定するのは不可能よ。
アルブーリ　（間があって）聞こえた？

レオーヌ　いいえ。
アルブーリ　犬が一匹。
レオーヌ　わたしには聞こえるとは思えない。（遠くで、犬の吠え声）あれはパグ〔ブルドックに似た狆の一種〕よ、なんでもない犬、声でわかる。ただの狆コロよ、とても遠いわ。もう聞こえない。（吠え声いくつも）
アルブーリ　あれはわたしを探しているんだ。
レオーヌ　来ればいいわ。わたし、犬たちは好きよ、撫でてやるの、愛してやれば、攻撃してくることなんかないわ。
アルブーリ　あれは悪いけものさ。わたしを、やつらはわたしを遠くから嗅ぎつけ、あとを追ってきて、わたしに噛みつく。
レオーヌ　あなた、怖いの？
アルブーリ　ええ、ええ、怖いです。
レオーヌ　もう吠えているのも聞こえないただのパグなのに！
アルブーリ　われわれは雛鶏でさえ恐怖させるんだから、犬がわれわれを怖がらせるのは当たり前です。
レオーヌ　わたし、あなたとずっといたい。かれらと一緒でこれからどうしろというの？　わたし、仕事を捨てた、なにもかも捨てた、パリを離れたのよ、ウーユーユーイユ、わたし、すべてと離別した。まさしく自分が忠実でいられるだれかを探していたのだわ。見つけた。いまはもう、わたしは動けない。（眼をつぶる）わたし、心のなかに悪魔がいるんだと思うわ、アルブーリ。それをどうやって捕まえたんだか、わたしにはなにもわからない、でも、そいつはここにいる、かれを感じるわ。かれはわたしの内部を愛撫し、それで、いま、わたしはすでに全身燃えてしまい、内側では黒焦げなの。

アルブーリ　女性というのはなんて速くしゃべるのだろう、わたしにはとてもついていけない。

レオーヌ　速い、あなたはこれを速いっていうの？　わたしがこのことしか考えなくなって少なくとも一時間経つのよ、そのことについて考えるための一時間、なのに、これが真面目なこと、じっくり考え抜かれたこと、決定的なことだとわたしにはいえないのかしら？　あなたがわたしを見たときになにを考えたか言ってちょうだい。

アルブーリ　こう考えた、だれかが落とした一枚の金貨だと、いま当座はだれのためにも光っているわけではないが、拾って、持ち主が要求するまではとっといてもいいだろうと。

レオーヌ　とっといてちょうだい、だれも要求なんかしやしないことよ。

アルブーリ　歳とった方があなたは自分のものだと言いましたよ。

レオーヌ　子山羊さんね、じゃあ、あなたを気詰まりにさせているのは子山羊さんなの？　なんてまあ！　子山羊さんは蠅一匹痛い思いをさせたりはしないことよ、あの気の毒な子山羊さんは。あのひとにとってのわたしをなんだと思ってるの？　ちょっとした連れ、ちょっとした気紛れ、だって、あのひと、お金をもっているし、それをどう使ったらいいか知らないんだから。そして、わたしのほうはお金もってない、かれに出会えたのって、すごく素敵なチャンスじゃない？　こんな機会をもてるような性悪女じゃあ、わたし、ないのよ。もし母が知ったら、あはあ、眼をまん丸くして、言ったでしょうね、お転婆娘め、そんな幸運は女優か娼婦にしか訪れないよって。でも、わたしはそのどっちでもない、なのに、そんなことが起こった。それで、かれがアフリカで合流しないかって提案してきたとき、わたし、ええ、ええと言ったわ。わたし、心の準備はできていた。「デゥー・ビスト・デアー・トイフェル、シェレミン！」オマエハ悪魔ソノモノダネ、イタズラ娘！〔ドイツ語だが、ゲーテとは異なる〕。子山羊さんはとても歳とっていて、とても親切よ、かれはなんにも要求しない、いいこと。それだから、わたしは歳いったひとたちが好きだし、それに、通常、かれらのほうもわたしのことを好いてくれる。しょっちゅう、かれらは通りでわたしに微笑みを向けるわ、わたし、かれらといると、気分いい、かれらに近いと感ずるの、歳いったひとの心の揺れを感じるんだ。アルブーリ、あなた、老けたひとの心の揺れって感じる？ときどきわたし、わたし自身が、急いで年をとり、やさしくなっていく。もうだれにもなにも期待せず、なにももとめず、なにを怖れることもなく、だれも傷つけることなく、残酷さと不幸から遠く、何時間も何時間もふたりで議論しましょう、アルブーリ、ああ、どうして男のひとたちはあんなにも険しいのかしら？（ほんのわずか、枝の折れる音）すべてがなんて穏やかで、ことごとくがなんて柔和なのかしら！（枝のいく本もがきしみ折れる音、遠くではっきりしない呼び声たち）ここにいると、わたしたち、とっても気分がいい。

アルブーリ　きみにとってはそうだね。でも、おれにとってはそうじゃない。ここは「白人」地域だ。

レオーヌ　もうちょっと、じゃあ、あと一分だけ。わたし、足が痛いの。この靴は強烈よ、ひとのくるぶしと足指をのこぎり引きするのよ。血じゃない、これ？　みて、本物の小さながらくた、三枚のできの悪い小さな革の切れっ端できっかりひとの足を引き裂くんだわ。この粗悪品のために、顔から眼の玉をもぎとられちゃう、ふうう、ああ、これではわたし、なんキロも歩く気力が出るとは思えない。

アルブーリ　ぼくが、できる限り長く、きみを守るよ。（小型トラックの音、近い）

レオーヌ　近づいてくる。

アルブーリ　「白人」だ。

レオーヌ　あなたになにもしやしないわ。

アルブーリ　わたしを殺すでしょう。

レオーヌ　そんなことないわ！

ふたり、身を隠す。小型トラックの停まる音が聞こえる。ヘッドライトの明かりが地面を照らす。

XII

カル、手に銃をもち、全身は黒みがかった泥に覆われている。

オルン　（暗がりから姿を現わして）カル！

カル　親方？（笑い、オルンのほうに駆け寄る）やあ、親方、あんたに会えてうれしいですよ。
オルン　（しかめ面をして）どっから出てきたんだ？
カル　糞からでさあ、親方。
オルン　ちくしょう、近づくんじゃない、ゲロを催す。
カル　あんたですよ、親方、自分でなんとかして見つけろとおれに命じたのは。
オルン　それで？　見つけたのか？
カル　なにひとつ、親方、空っぽです（泣く）。
オルン　それで、その無のために、おまえは糞まみれになったっていうのか？（笑う）、ちくしょう、莫迦ったれが！
カル　おれを莫迦にしないでもらいてえな、親方。こいつはあんたの考えだった、それで、おれのほうはいつでもたったひとりで切り抜けなくてはならない。これはあんただけの考えで、おれは、あんたのおかげで、破傷風に罹るだろう。
オルン　戻るんだ。おまえは完全に泥酔している。
カル　厭だね、親方、おれはあれを見つけたい、あれを見つけなくてはならない。
オルン　あれを見つけるだと？　もう遅いよ、莫迦者が。いま頃、あれはどこだかいずれわかる河を漂っておるさ。それに、雨が来そうだ。もう手遅れだ。（小型トラックのほうに向かって）座席は滅茶苦茶な状態にちがいない。ちくしょう、なんて臭いんだ！
カル　（オルンの襟首をつかんで）あんたが頭だ、親方、あんたが長《おさ》だ、棟梁。いまおれがなにをしなくてはいけないいか、あんたは言ってくれなくてはならねえ。おれをしっかり摑まえておいてくれ！おれは泳げないんだ、溺れる、親爺さん。それから、注意しろよ、頓間、おれのことを愚弄するんじゃねえ。

オルン　おまえの神経に気をつけろ、興奮するんじゃない。カル、さあ、おまえにはよくわかっているだろ、わしがおまえを莫迦になんかしてないことは、これっぽちも。（カル、オルンを放す）いったいおまえの身になにがあったんだ？　いますぐにおまえを消毒しなきゃなるまい。

カル　おれがどれだけ汗をかいているかみてくれ、くっそう、これをみてくれ、乾こうとしやがらねえ。ビールないか？（泣く）牛乳が一杯ないか？　おれはミルクが飲みたい、親爺。

オルン　落ち着け、わしらは居留地に戻る。おまえは身体《からだ》を洗わなくちゃいかん、それに、雨になるだろうし。

カル　それじゃあ。おれはあいつを始末してもいいんだな、もういまは、ええ、ばらしてもいいんだな？

オルン　そんなに大声でしゃべるな、ちくしょう。

カル　オルン！

オルン　なんだ？

カル　おれは下司野郎だろうか、親爺さん？

オルン　おまえ、なにわけわからんことをほざいているんだ？（カル、泣く）カル、わしの坊や！

カル　おれはだしぬけに真正面にいるトゥーバブに出くわしたんだ、野郎、あの考えているみたいな小さな眼でおれを見つめていやがるんだ。トゥーバブ、おれの仔犬、おれは言う、おまえ、なにを夢みている、なに考えているんだ？　野郎は唸り、毛を逆立て、下水溝をゆっくりと伝っていくんだ。おれはついていく。トゥーバブ、おれのチビ犬、考えこまなくてはいけないようななにがおまえにある？　だれかを感じたのかい？　野郎は毛を逆立て、一声小さく吠え、下水溝に飛びこむ、おれは思う、野郎、だれかの匂いを感じたんだ。おれは野郎についていく。しかし、おれにはなにも見いだせなかった、親方、糞以外にはさ、親方。けれども、おれはあいつをそこにちゃんと投げ入れたんだぜ、だが、あいつは逃げてしまったのにちがいない。あの死体を見つけるために、この地方の流れのことごとくを辿り、湖まで浚うなんてことはおれにはできねえ、親方。しかも、いまやトゥーバブさえも逃げてしまった。おれはまたたったひとりになり、糞まみれなんだよ。オルン！

オルン　なんだ？

カル　どうしておれは罰せられるんだ、親爺さん、おれがなにかわるいことをしたか？

オルン　おまえはしなくちゃいけないことをやったんだ。

カル　じゃあ、おれは、あの畜生を撃ち殺してもいいんだな、親爺、いまはそれがおれのやるべきことなんだな？

オルン　くそったれ、わめくな、じゃあ、おまえは村にまで聞かれたいと思ってるのか？

カル　（自分の小銃の撃鉄を起こしながら）この一帯は最適さ。だれひとりなにも目撃する者はいないし、だれも抗議にやってきたり、泣きにくることはない。ここで、あんたは羊歯の茂みの下に隠れているんだな、おまえさん、あんたの命だって百発の実弾の値打ちはないからな。おれはまた意気軒昂に戻った感じだ、熱っぽい感じだ、親爺さん。（くんくん嗅ぎはじめる）

オルン　その銃をわしに渡せ。（カルの手から銃をもぎとろうとする。カル、抵抗する）

カル　気をつけろよ、親爺、注意しろ。たぶんおれはカラテには向いてない、ナイフにもたぶん強くない、けど、このおれは、銃に関しては、恐るべきものなんだぞ。恐ろしいも恐ろしいぜ。レヴォルヴァーや機関銃についてすらもな、あんたなんて、こいつの前では、百発の弾丸にも値しない。

オルン　村全体をおまえは背負いこみたいのか？　警察とのあいだで釈明せにゃならん事態を招きたいのか？　莫迦を続けるつもりか？（小声で）わしを信頼しているか？　信頼しているのか、してないのか？　だから、わしにやらせておくんだ。おまえの神経が昂ぶったままじゃいかん、なあ、わが倅。ものごとは冷静に解決しないと、事件が解決したということが明るみに出る前に、決着しないといかんのだ、おれを信じろ。（間があって）わしは、血は好きでない、なあ倅、まるっきり。決して慣れることはできなかった、一度だって。そいつはわしを逆上させちまう。もう一回あいつと話そう、それで、あいつをやりこましてやる、わしを信じろ。わしにはちょっとした自分だけの秘密の手だてがある。わしがアフリカで過ごした全期間というものが、おまえよりもあいつらをよく知るため、やつらを徹底して知り尽くすためじゃないとしたら、なんの役に立つよ、やつらにはどうすることもできんこのわしだけの手だてを獲得するためにじゃなかったとしたら？　ものごとがひとりでに折り合いがつくというときに、真っ先に血を流して、それがなんの役に立つというのかね？

カル　（くんくん嗅いで）女の匂い、黒人の匂い、羊歯の茂みの匂いが要求している。あいつはそこにいる、親方、あんた、匂いを感じないのか？

オルン　わかったふりするのはよせ。

カル　聞こえないのかい、親方？（吠え声いくつも、遠くで）野郎か？　そうだ、野郎だ、トゥーバブ！　こっちに来い、チビ犬、来るんだ、もう絶対どこへもいくな、こっちに来い、愛撫してやるから、おれのチビスケ、口づけしてやるから、チビの不潔野郎。（泣く）おれはあいつが好きなんだよ、オルン、なあ、オルン、どうしておれは罰せられる、なにゆえにおれは下司なんだ？

オルン　おまえは下司なんかじゃない！

カル　だけど、あんたは莫迦だぜ、いかれた莫迦だ、親方。もちろん、そうさ、おれは下司のひとりだ。そのうえ、おれはそう望んでいるし、そんな者でいることに決めたんだ。おれは実行する人間だ、このおれは。あんた、あんたはしゃべる、話す、しゃべることしか知らない。それで、あんた、もしもあいつが耳を貸さなかったら、どうする気だ、あん、もしもあんたのちょっとした秘密の策とやらがうまくいかなかったら、あん？　そんなものうまくいきっこねえ、くそったれ、そこで、だ、幸いにもこのおれさまが下司よ、おれが、幸いにも、行動のために下司がひとりいるというわけだ。実行には、いかれてしまった莫迦者どもなんてなんの役にも立たないぜ。おれは、だ、もしもブーブー野郎が唾を吐いてきたら、おれは射殺する、で、おれには道理がある、糞くらえ。まさしくこのおれさまのおかげで、あいつらはあんたに唾を吐きかけないんだぞ、あんたがしゃべるからではない、あんたはしゃべる、あんたがただの莫迦になるために。おれは、もしやつらが唾を吐きかけてきたら、撃ち殺す、それで、あんたはたっぷり満足なんだ。だって、もうあと二センチあったなら、おれたちの足のうえだからな、もうあと一〇センチ高かったら、おれたちのズボンだ、もう少々ほんのちょっと高ければ、おれたち、顔でそいつを受けとめていたはずだからな。で、あんたはどうしていたよ、もしもおれがなんにもしてなかったら？　あんたはしゃべっていた、あんた、顔の真ん中に唾を吐きかけられて、それでも、しゃべっていたか？　いかれた莫迦だぜ。だって、ここではのべつまくなし、あいつらは唾を吐くんだ、あんた、あんたはどうする？　あんたはまるでそれが見えないふりをしている。あいつらは、片眼を開ける、すると、唾だ、もう片方の眼を開けて、また唾を吐く、歩きながら、飯を喰いながら、飲みながら、座って、横になって、立って、うずくまって、唾吐きだ。なんかひと齧りする度に、ひと飲みするたんびに、毎日、毎日一分おきに、なんだぞ。仕舞いには、そいつは工事現場と舗装されてない道を覆い、内部に沁みこみ、泥をつくるだろう、で、おれたちが歩くそのたんびに、おれらの貧弱な長靴《ブーツ》はめりこんでしまう。ところで、唾とはいったいなんでできているのかね？　だれにわかろう？　紛れもなく液体だろ、人間の身体と同様に、九〇パーセントは？　でも、なお残るほかの部分はなにかね？　ほかの一〇パーセントとは？　だれがそれをいえるだろう？　あんたかい？　ブーブー野郎の唾はおれたちにとっては脅迫だぜ。もしもだよ、全アフリカの全部族の全黒人のすべての唾をたった一日集めてみるとする、そこにしか吐いてはいけない井戸を穿ってみな、運河を、防波堤を、水門を、ダムを、水道橋を、だ。もしも大陸全体の黒人種によって吐かれた、われわれに向かって吐かれたすべての唾を河にして集めてみるとするならば、だ、ついには、地球に現われでた地面はわれわれにとって脅威の海に達するだろう、もはや塩辛い水と入り混じった黒人どもの唾の海のほかはなにも残ってはおらず、黒い者どもだけがやつらに固有の元素のうえを泳ぐことができるだろう。それをおれは、おれは見逃しにしておくわけにいかねえ。おれは行動用の人間だ、おれは男だ。あんたがしゃべるのを終えたなら、親爺さん、あんたが決着をつけてしまったら、オルン……。

オルン　まずのっけはおれに委せろ。わしがやつを説得するのに成功しなかった場合は……。

カル　あ、あ、親方。

オルン　とにかく、おまえは平静になるんだ、まずは。おまえの女みたいな神経を鎮めろ、くそったれ。

カル　あ、あ、親方。

オルン　いいかい、カル、わしの坊主……

カル　つべこべ抜かすなって。（吠え声、遠くで。カル、矢のように出ていく）

オルン　カル！　戻ってこい、これは命令だ、戻るんだ！

発車するトラックの音。オルン、残る。

XIII

枝のきしむ音。オルン、松明型の懐中電灯をともす。

アルブーリ　（闇のなかで）消してください！

オルン　アルブーリ？（沈黙）来たまえ。姿を見せるんだ。

アルブーリ　あなたの電灯を消してください。

オルン　（笑って）あんたはなんと、ま、神経質なんだ！（一瞬、明かりを消す）あなたは妙な声をしてますな、ひとを怖れさせるような。

アルブーリ　背中に隠しているものをこっちに見せてください。

オルン　ああ、ああ、わたしの背中のうしろ、ええ？　小銃、または拳銃か？　口径を当ててみて。（背中のうしろからウィスキーを二壜出す）はい、はい、これがわたしの隠しているものですよ。まだわたしの意図を疑っておいでかな？（笑い、ふたたび電灯を点ける）さあさあ、くつろいで。是非ともこれらを味わって頂こうと願っていたんです、こいつらはわたしの最良の品です。最初の一歩も次の一歩も、アルブーリさん、わたしが先に印したってことはご承知頂かないと。われわれがのちに振り返ってみるときに、そのことはお忘れになりませんように。あんたはわしのほうに来ようとなさらん、それでは、わたしのほうからあなたのもとに参りましょう。わが輩を信じて頂きたい、これは友情、純粋な友情からです。いったいあんたはなにがお望みです。あなたはわたしを不安にさせることに成功された、わたしのいいたいのはわたしの興味を引くことには、という意味ですが。(ウィスキーを示す) こいつはわたしの前で少しばかりあなたの胸襟を開かざるをえないように仕向けてくれますよ。グラスは忘れてしまった。あなたがスノッブでないことを願っています。それに、ウィスキーというものはボトルで飲むと一層旨いので、気が抜けるのを防いでくれますから。それでもって、酒飲みは見分けがつきますし。あなたに飲むことを教えてさしあげます。(小声で) あなた、良心の疚しさを感じておいでですな、ムッシュー・アルブーリ。

アルブーリ　なにゆえにです?

オルン　わたしは知りませんよ、わたしは。ただ、あんたはひっきりなしに視線をあらゆる方向に変えておいでだ。

アルブーリ　もうひとりの「白人」がわたしを探している最中です。かれは銃をもっていますよ、かれは。

オルン　知っています、知ってますとも、承知です。どうしてわたしがここにいるのだと思われます? ここでわたしと一緒におれば、かれはなにもしやしません。まさか、あなた、わが輩と同じボトルで飲むのは差し障りがあるとお考えではないでしょう? だといいが (アルブーリ、飲む)。素晴らしい、いずれにしても、あなたはスノッブではないわけだ。(オルン、飲む) あれにきちんと呑みこめる時間をやってください。かれが自分の秘密を明かすのにはいましばらく掛かります。(ふたり、飲む) ところで、あなたがカラテの名手だと伺いました。あなたはほんとに第一人者なんですか?

アルブーリ　その言葉、第一人者という言葉がどういう意味かによります。

オルン　あなたはわたしにはなにひとつ言いたくないんだなあ！　でも、いつかわれわれに時間があったら、一、二、手を習いたいですな。もっとも、ただちに申しあげたほうがいいと思うのは、わたしは東洋のテクニックには警戒心があるということです。例の古き、良きボクシング！　あなたはあの古き、良き、伝統的なボクシングをやったことはおありかな？

アルブーリ　伝統的なのは、いいえです。

オルン　じゃあ、そうすると、どうやって自分を守るおつもりで？　近々、一、二発、教えましょう。わが輩、とても達者だったんです、若い頃に、プロとして闘ったことさえある、こいつは断然忘れない芸ですな。（小声で）だから、ご安心、心配ご無用。ここはわたしの家、あなたはわが家にいる、わたしにとって、歓待は神聖な規則です。そのうえ、ここではあなたは実際上、フランスの領土にいるんです。かくて、あなたにはなにも怖れるものはありません。（ふたり、一本のボトルからもう一本に進む）あなたの好みがどちらにあるか、早く知りたいものだ、それは性格をつぶさに物語ってくれますのでね。（両者、飲む）こっちは、端的に、はっきりと尖っている、鋭いと感じるでしょ？　対して、もう一方はなにかとても円やかで、転がる。これは玉、無数の玉のようなもの、金属の、違います？　どう感じます、あなた？　そっちの尖った味は疑いない、時間を掛けて喉越しすると、ずっと小骨があって、口のなかで軽くふれてくる、違いますか？　どうです？

アルブーリ　わたしは玉も、尖りも、小骨も感じません。

オルン　ああ、だめですか？　でも、議論の余地はありません。もう少し試して。たぶん、あなたは酔っぱらうのを怖れておられる、ではないかな？

アルブーリ　その手前でストップします。

オルン　たいへん結構、結構、立派だ、素晴らしい。

アルブーリ　あなたはなぜここに来たのです？

オルン　あなたに会うためです。

アルブーリ　どうして、わたしに会いに？

オルン　あなたを見て、おしゃべりし、時間をつぶす。友情から、無垢な友情からです。まだほかにも多くの理由がありますが。わたしと一緒はご負担ですか？　けど、あなたは、いろんなことを学ぶのが楽しいといわれましたよね、え？

アルブーリ　あなたから学ぶことはわたしにはなにもないです。

オルン　素敵だ、ごもっとも。あなたはわたしを莫迦にしているんではないかとちゃんと思っていた。

アルブーリ　わたしがあなたから学んだたったひとつのことは、あなたの頭のなかやポケットのなかすべてを使っても、あなたの嘘の全部を納めておけるほどの隙間はないということです。結局はすべてみえてしまう。

オルン　素晴らしい。しかし、今度は逆で、真実ではありません。試してみてください、わたしがあなたを騙していない証明をしますから、なんでもいい、要求してごらんなさい。

アルブーリ　武器を一挺頂けますかね？

オルン　武器は除いてです、それは無理です。あんた方はみんな、鉄砲で気違いになってしまう。
アルブーリ　かれは一挺もっていますよ、かれはね。
オルン　あいつはやむをえないんだ。あの頓間のことはもうたくさん。あいつは最後にはムショに入るでしょう、それで幸いというものですよ。わたしのもとからあいつを厄介払いしてくれたら、大嬉しさ。あんたにいっさい合財を打ち明けるようなものだけれども、アルブーリ、あいつだよ、わたしのすべての面倒の種は。やつを厄介払いしてくれ、わたしは動かんから。ついでに、これもなにもかもを口にしているようなものだが、アルブーリ、つまり、あんたの上役たちの意図はなんなんだい？
アルブーリ　わたしに上役なんていませんよ。
オルン　だが、それではなんで、あんたは秘密警察の一員だなどと主張するのかね？
アルブーリ　「ドーミイ・クサラアーム」Doomi xaraam!「淫売の息子めが！」〔ウォルフ語である〕
オルン　やれやれ、あんたは隠れん坊ごっこを続けたいのかね？　お好きなように。（アルブーリ、地面に唾を吐く）こんなことで怒らんでくれ。
アルブーリ　いったいどうやって、ひとりの男は、あなたのあらゆる言葉と裏切りのなかにいた場合、どれが正しいか、見極められるだろうか？
オルン　だから、いってるだろう、アルブーリ。やつをあんたは好きなようにしていい、わしはあいつをもうかばい立てはしない、これは嘘じゃない、信じてくれ。わたしは策略を用いない、わたしは。

アルブーリ　これは裏切りだ。
オルン　裏切り？　なにを裏切っている？　いったいあんた、なんの話をしているんだ？
アルブーリ　あんたの兄弟を、だ。
オルン　ああ、やめろ、頼む、そんなアフリカの言葉は使わんでくれ！　あの男のしていることはわたしの問題ではない、あいつの人生など、わたしにはいっさい関わりはない。
アルブーリ　だが、あんたたちは同じ民族だ、違うか？　同じ言語、同じ部族だ、違うか？
オルン　同じ部族だ、あんたがお望みなら、ああ。
アルブーリ　ふたりとも、ここでは主人の側だ、違うか？　工事現場を開き、閉鎖できる、そのことで罰せられたりすることのない？　労働者を雇い、解雇する主人だろ？　機械を停めたり、動かしたりする主人だろ？　ふたりとも、トラックや機械類の所有者だろ？　煉瓦の小屋や電気、このあらゆるものの、ふたりともが、違うのか？
オルン　そうだ、お望みなら、あんたにとって、大筋のところ、そのとおりだ。それで？
アルブーリ　それでは、なんで兄弟という言葉に恐怖を抱く？
オルン　なぜならば、だ、アルブーリ、この二十年で世界は変わったからだ。そして、世界において変わったものとは、かれとわたしとのあいだにある相違なんだ、手に負えぬ、貪婪な気違いのひと殺しと、それとはまったく違う気質をもった人間とのあいだの、ね。
アルブーリ　おれは、あんたのいう気質なんてものは知らない。
オルン　アルブーリ、わし自身、労働者だったのだ。わしを信じてもらいたい、わたしは生まれつきの主人ではない、いいかね。ここにきたとき、わたしは労働者とはなんなのかを知った。だから、わたしは、白人だろうと、黒人だろうと、区別なく、自分がかつてそう扱われた労働者として、そのように処遇した。わたしのいう気質とは、まさにそれ、労働者を獣として扱えば、かれらは獣として復讐してくるのを知ることだ。それが相違だよ。いま、残りのことについて、ここでも他所と同じく労働者は不幸だといった事実でわたしを責めないで欲しい。それがかれらの条件なのであって、わたしにはそれをどうすることもできない。わしは、その条件を知るべく雇われたんだからな。もしかして、あんた、世のなかにはたったひとりの労働者でも、おれは幸福だなどということができるとでも思っているのかい？　それから、ひとりの人間だって、おれは幸福だなどといつか言うとでも考えているのか？

アルブーリ　労働者にとって主人たちの感情が、「黒人」にとって「白人」の感情がどうだというのか？

オルン　あんたはしぶとい、アルブーリ、そいつはよくわかっている。わたしは人間ではないのだね、あんたにとって、なにを言おうと、どんな行為をしようと、いかなる考えをもとうと、たとえわたしが真心を見せたところで、あんたは「白人」と主人しかわたしのなかに見はしないのだもの。(間のあとで)結局、どんな重要性があるっていうんだ。別にそのことはわたしたちが一緒に飲むのを妨げはすまい。(ふたり、飲む)奇妙だ。わたしはずっとあなたをすぐそばに感ずるんだ、まるであんたの背後にだれかがいるみたいに。あんたはなんてぼんやりしているんだろう！　いや、いや、なにも言わんで貰いたい、わしはなにも知りたくない。飲みたまえ。もう酔っぱらったのかい？

アルブーリ　いいや。

オルン　たいへん結構だ。ブラヴォー。（小声で）あんたに特別な計らいをお願いしたいのだ、アルブーリ。彼女にはなにもいわずにいて欲しい、なんであんたがここにきたのかはいわないでくれ、彼女《あれ》に死者たちやこうした下卑た事柄はしゃべらないようにしてくれ、彼女に理窟を吹きこむのはやめて欲しい、ここを逃げ出すかもしれないようなことはなにも教えないでくれ。すでにそんなことをしてないことを願っている。わたしは、きっと、彼女をここに連れてくるべきではなかったのだろう、それはよくわかっている、だけれども、このことにわたしはのぼせ上がってしまったのだ、かくて、こんなざまだ。正気の沙汰ではないのはよく知っている、でも、実際、これにいっぺんでのぼせ上がってしまったのだ、しかし、いまは違う、彼女を恐怖させてはいけない。わたしはあの女性を必要としている、付近に彼女を感じている必要があるんだ。わたしは彼女をほとんど知らない、彼女の欲望がなんなのかも知らない、自由にしたい放題にさせたい。付近に彼女《あれ》を見ているだけで十分なんだ、ほかのことはなにももとめていない。彼女が逃げ出すような真似はしないでくれ。（笑う）なにが望みだ、アルブーリ、わしはたったひとりで終わりを迎えるようなことはせんぞ、年老いた間抜けみたいに。（飲む）多くの死者を見たんだ、この人生に、な、沢山の死者――沢山の眼、死者たちの、それで、ひとりの死者の眼を見るその度に、わたしはひとり考えるのだ、自分が見たいもののすべてに大急ぎで、大急ぎで支払いしなくちゃならない、金はそのことのために急いで、急いで出費されなければならないと。そうじゃなければ、自分の金をいったいどうすればいい？　わしには家族はおらん、わたしは。（ふたり、飲む）こいつはよく入るな。そうだろ？　あんたはアルコールを警戒しているふうじゃないな、いいことだ。まだ酔っていないのか？　頑強な男だ。見てもいいか？（アルブーリの左手をとる）なんであんた、爪をこんなに長く伸ばしっぱなしにしているんだ、それも、ここだけを？（アルブーリの小指を凝視する）これは宗教に関わるなにかかい？　なんかの秘密か？　この一時間、この爪はわたしを不安にしているんだ。（爪にさわってみる）こいつは、使い方を知っていれば、恐るべき武器になるにちがいない、とんでもない短刀だ。（一層小声で）たぶんこれをあんたは女とのときに使うんだ？で、可哀想なアルブーリ、あんたが女たちも警戒しないのなら、あんたはお仕舞いだよ！（アルブーリを見つめる）。だが、あんたは沈黙だ、あんたのいっさいの小さな秘密を守ってる、わたしは確信しているよ、実は、最初の最初から、あんたはわたしを莫迦にしているってことは。（不意に、ポケットから札を一束とり出し、アルブーリに差し出す）ほら、若いの。約束しておいたな。五百ドルある。わしにできる最高額だ。

アルブーリ　あなたはヌーオフィアの身体《からだ》をわたしに約束しましたね。

オルン　身体、ああ、あのくそいまいましい死体か。それについて、もう一度話しあうわけにいかんか、ええ？　ヌーオフィア、それだ。で、こいつは秘密の名前をもっていたと言ったね？　その名はなんていうのだったかい？

アルブーリ　わたしたち全員にとっては、同名です。

オルン　それでわたしはかなり前進した。いったいそれはどういう者だったのかね？

アルブーリ　申しあげているでしょう、わたしたちみなにとっては同じですよ。かれは別なふうには発音されません、かれは秘密なのです。

オルン　わたしにいわせれば、あんたはあまりにも晦渋だ、わたしは明快な事柄が好きだよ。とりたまえ、さあ。（札束を差し出す）

アルブーリ　これはわたしがあなたにもとめているものではないです。

オルン　大仰にしないようにしようじゃないか、ムッシュー。ひとりの労働者が死んだ、認める、重大である、同意だ、わたしはことを過小に見積もりたいのでは微塵もない、これっぽっちも。しかしながら、さ、これは場所を問わず、時を問わず起こるひとつの事柄だ。フランスでは労働者が死ぬことはないとでも思っているのかね？　こいつは重大だが、でも、普通のことだ、これは、労働にありうる負担だよ。もしもかれでなかったなら、ほかのだれかになったろう。あんたはいったいなにを考えている？　ここでの労働は危険なんだ、だれでもが、リスクを背負うんだよ。しかも、ここでの危険はべら棒ではない、われわれは度はずれちゃいない、限度を越えてはおらん。はっきりさせようや、いいかね、労働というのは代価として要るものは要る、きみはどうしろというんだ？　いかなる社会であろうと、その社会のためにおのれの一部は犠牲を払っている、どんな人間でも、自分自身の一部は犠牲に捧げているんだ。あんたにもいずれわかる。わたしがなんの犠牲も払ってないとでも思っているのかい、このわたしが？　こいつは世界のどうにもならん理《ことわり》だよ、犠牲があったからといって、世界が続くことを妨げはすまい、ええ、地球がまわることの阻止はあんただってできはすまい、ええ？　ナイーヴなふりはやめようじゃないか、わが心やさしきアルブーリ君。きみが悲しくなるのはいいさ、そのことはわたしにも理解できる、が、ナイーヴをふるまうんじゃないよ。（札束を差し出す）さあ、受けとってくれ。

レオーヌが入ってくる。

XIV

稲妻、次第次第に頻繁になる。

オルン　レオーヌ、きみを探していた。間もなく雨が来る。きみは雨がここではなにを意味しているか知るまい。用事はいますぐ片づけるから、そしたら、ふたりで帰ろう。（アルブーリに向かって。小声で）つまるところ、あんたはわたしには複雑すぎるよ。あんたの考え方はごちゃごちゃで、晦渋で、本心を読みがたい、あんた方の薮や、あんた方のアフリカ全体と同様に。なぜわしはこれほどアフリカを愛したのかわたしには疑問だ、どうしてこんなにもあんた方を救いたかったのか怪訝さ。なんのことはない、ここではだれもかれもが常規を失ってしまうんだってことを信じてしまいそうだ。

レオーヌ　（オルンに）どうしてあなた、かれを苦しめるの？（オルン、彼女を見つめる）かれが要求しているものを渡してあげて。

オルン　レオーヌ！（笑う）ちくしょう、なにもかもがなんともはや、仰々しいものになってしまう！（アルブーリに）それでは、わかってくれたまえ、あの労働者の死体は探しだせないのだ。どっかを漂っていて、もうじきに魚やハイ鷹に喰われてしまうにちがいない。あれを回収することはきっぱり諦めてくれ。（レオーヌに）雨になるよ、レオーヌ、来なさい。（レオーヌ、アルブーリに近づく）

アルブーリ　わたしに武器を一挺下さい。

オルン　だめだ、くそったれ、だめだ。ここを屠殺場にはさせん。（間のあとで）分別をわきまえようじゃないか。レオーヌ、こっちに来なさい、アルブーリ、この金をとって、消えてくれ、手遅れにならないうちに、だ。

アルブーリ　もしおれが永久にヌーオフィアを失ってしまったんだとすれば、なら、おれはかれを殺した者の死を手に入れるからな。

オルン　稲妻、雷鳴だ、あんた。あんたの決着は天候とつけてくれ、でもって、いなくなってくれ、立ち去るんだ、失せろ、今度こそ！　レオーヌ、こっちへ！

XV

レオーヌ　（小声で）受けとって、アルブーリ、受けとって。かれは、お金さえ、親切にも、あなたにこれ以上は必要ないお金を申し出ているんじゃない？　あのひとは、問題を丸く収めにやってきたのよ、間違いない。それなら、ものごとを丸く収めなくては、だって、可能なんですもの。ひとが親切にすべてを丸く収めようと提案してきて、そのうえ、お金まで渡そうというときに、なんの意味もないことでそのひとと争って、それがいったいなんの役に立つというの？　もうひとりはね、気違いよ、それだから、充分注意するしかいまはないのを知って、そして、わたしたち三人で、かれがみんなのことを困らせるのを阻止することに首尾よく達しなきゃいけない、たしかよ、災いをもたらしてくるのを停止しなくては、そうなれば、なにもかもがすらすら運ぶでしょう。このひとはね、全然違うことよ、かれは親切にも話すために来たのよ、なのに、あなた、あなたは厭だといって、こぶし握り固めて、意固地なままでいる、ふぅ！　こんな強情なひと、わたしは見たことない。そんなふうにして、あなた、なにか得られると思っているの？　やれやれ、つまり、このひと、やり方を知らないんだ、まったく、あっちのひとも、全然。わたしなら、もし、ふたりがわたしに委せてくれれば、どんなふうに始末に掛かればいいか、知っている。こぶし握りしめたり、とりわけ、戦争みたいな調子だったり、頑固だったりというのは絶対だめ、ウイユーユーイユ。だって、わたしが生きたいのは戦争じゃない、違うわ、わたしが望むのは戦うことでも、たえず震えていることでも、不幸なことでもないんだから。わたし、わたしが願うのは、単に生きること、穏やかに、あなたが望む小さな家で．静かに生活すること。そう、貧乏がいい、どっちだってわたしにとっては同じこと、それで、とても遠くに水を汲みにいく、木々の果実を集める、などなど。わたし、絶対的になんにもまるでなしで暮したい、だから、殺すのは厭よ、戦うのも、こぶし握りしめて固執するのも断然厭、どうしてそんなに頑ななの？　じゃあ、わたしはもう半分喰われてしまった死体にも値しないのね、その価値もわたしにはないんだ！　アルブーリ、それって、わたしが白人であるという不幸が理由？　でも、あなたはわたしについて間違えようがないはずよ、アルブーリ。わたしは正真正銘「白人」というわけじゃない、違う。ああ、わたしはすでにしてそうあってはいけないものにあまりにも慣れてしまった、こういうことすべてを超えて、黒人であることなんてわたしにはなんの価値もありはしない。もしも、それが原因なら、アルブーリ、わたしの白さが問題ならね、とうの昔にわたしはそれに唾したし、それを捨てたのよ、そのことに悔いはない。では、あなたもまたもはやわたしを受けいれようはしないのなら……（間）ああ、黒、わたしのすべての夢の色わたしの愛の色！　わたし、誓うわ、あんたが家《うち》に帰るなら、あなたと一緒にいくわ、あんたがおれの家というのを見たならば、わたしは言うわ、わたしの家って。あんたの兄弟にわたしは言うことよ、兄弟たち、あんたのお母さんには、母さんと！　あなたの村はわたしの村になる、あなたの言語がわたしの言語になる、あんたの大地がわたしの大地になるの、あんたの眠りのなかまで、いいこと、わたし、そう誓うわ、あんたの死のなかまで、わたし、あなたについていくわ。〔この最後の一節は『綿畑の孤独のなかで』において「ディーラー」が成立しない連帯をもとめて「客」にいう言葉とほぼ同一であることは注意されてよい。〕

オルン　（遠くから）きみにはちゃんとわかっているのか、こいつはきみを受け入れていないことが。こいつはきみの言うことを聞いてすらいないんだぞ。

アルブーリ　「デマル・ファレ・ドオームゥ・クサク・ビ」Démal falé doomu xac bi！「あっちにいってろ、雑種の雌犬！」〔再度ウォロフ語である〕（レオーヌの顔に唾を吐きかける）

レオーヌ　（オルンのほうに振り向いて）助けて、わたしを助けて。

オルン　なんだと？　わたしの鼻の先で、こんなやつと一緒にいて、最低の体面さえもたぬふるまいをし、わたしが助けなくてはならんのか、いまさら？　わたしを糞のように扱えると、そして、わたしがそれに反撥しないとでも思っているのか？　わたしが支払いにだけ向いた男で、支払えば、それでポイ、あとは、わたしを糞として扱えると、そう思っているのか？　明日、そう、くそったれ、ああ、きみはパリに帰るんだ。（アルブーリのほうに振り向いて）おまえについては、わしは、ただの粗野な浮浪者みたいに、きさまを撃ち殺させることもできるんだ。じゃあ、なにか、きさまはここでわが家《いえ》にいるとでも思っているのか？　このおれを糞だとでもみなしているのか？　ここにいるわれわれ全員を糞だと見積もっているのか？　わたしがけがらわしい血を流すのが好みでないのがきさまにとってとてつもなく命冥加なことだと思え。だがな、言っておく、きさまはその尊大な態度を捨てることもあれば、自分の指を噛んで深く後悔することもありうるぞ。そんなふうにきさまは、フランス領にあって、わたしの鼻先でひとりのフランス婦人を甘い言葉で騙すことができると思ったんだな、いまになって、その重大な結果になすべき償いを果たそうともせずに？　失せろ。おまえの村のひとたちが、われわれをゆすって、きさまが「白人」女性を甘言で騙そうとしたというのを知ったら、どうなるか、かれらとの調停はきさまが勝手にやればいい。おまえを殺そうとこの結果だけ期待しているもうひとりの男に出会わずに、この土地を立ち退くのにどう窮地を切り抜けるかはおまえひとりで随意にするんだな。失せろ、消えろ、もし、この居留地でもう一度きさまを見かけたら、撃ち殺すからな、必要なら警察の手を使って、ありふれた泥棒のように。わたし、わたしはおまえの薄汚い命からは手を引く。

アルブーリは姿を消してしまっている。雨が落ちはじめる。

XVI

オルン それで、あなた、お願いだ、もう神経発作はやめてくれ、そうでなくてもひどいんだから、もうこれ以上は勘弁だよ。いや、だめ、だめ、だめだ、わしは涙には我慢できないんだ、そいつはわたしを逆上させてしまう。やめてくれ、頼むから、少しは品位を保って。おや、なんと、またも、あの手の考えが、ああ、例の考えが戻ってきそうだ、莫迦者！　やめて、やめて、やめて、お願いだ、ほんの少し威厳を。ここでは、なんでも聞こえるんだ、どんな小さな音もなんキロにもわたって聞こえる。われわれはみっともないだろうな、断言するよ、もしあんたがご自分を見たらば、われわれにどんな豊かなイメージを与えているものやら、だよ。しーい、さあさ、なんとか自分で処理して、こらえるんだ、とにかく、静粛に。ちょっとのあいだ息をするのを止めたら、好きなようにして、一気飲みをしたらいい、しゃっくりの場合と同じで、これ、奏功するはずだよ、いずれにしろ、まずはそいつをやめて。さあ、一杯飲んで。（レオーヌにボトルを投げる。レオーヌ、飲む）もっと、惜しみなく、それで少しは威厳が戻ってくるだろ、だって、そいつがことごとく抜けちゃっているんだから、まったく。カルとやつのいまいましい小型トラックはいったいどうしちゃったんだ？　カル！　くそったれ。お願いだ、あなた！　あの野郎が、この周辺に残っていて、もみ手しながら、われわれを眺めている、この嘆かわしい、恥ずべき発作を見てないと信じているのなら、ええ？　「白人」についてあんたはどんなイメージを与えることか。なんというとんでもない思いつきをわたしは抱いてしまったのだろう、くそったれ。レオーヌ、頼む、わたしは神経発作には耐えられないんだ。（四方八方に歩きまわる）今度は、わたしのほうがとても具合わるい感じだ、ああ、調子よくない、とてもわるい。（突然レオーヌのかたわらで止まり、小声で、非常に早口で）ちょっと聞いてくれ、仮に……仮に、ぼくらがここを去ったら、ええ？　いますぐわたしが工事現場を投げ出したら、ねえ……（レオーヌの手をとる）わしを……もう泣かないで……わたしをひとりで残さないでくれ。事前通告なしで出発できるくらいの金ならわしはもっているし、その場合、カルが交替要員を引き受けてくれるだろう、そうすれば、二日後にはわれわれはフランスだ、でなくば、他所、スイスか、またはイタリー、ボルセナ湖〔イタリア、ラティウムの地〕かコンスタンツ湖〔現ドイツ、チューリッヒに近い〕か、または、きみのお好みのままだ。わたしにはかなりの金がある、裕福だ。泣かないで、泣かないで、レオーヌ、わたしと一緒に、わたしは……言ってくれ、いいわ、と。わたしを残さんでくれ、もういまやわたしはとても具合わるいんだ、レオーヌ、きみと結婚したい、それがわれわれの望みだったろ、違うか？　言ってくれ、受けると！

レオーヌは身を起こしていた。彼女は石に向けてウィスキーの壜を粉々にし、素早く、叫びもなく、アルブーリが消えていった暗がりを見つめながら、ガラスの破片で両頬に、深く、アルブーリの顔にあった部族の徴に似た切り傷を刻む。

オルン　カル！　くそったれ、カル！　出血している、こんなこと、なんの意味もありやしない。カル！　血潮だ、どこもかしこも！

レオーヌ、気を失う。オルン、大声を出しながら、近づいてくるヘッドライトの明かりのほうに走る。

XVII

居留地、テーブルのそば。カルは銃を磨いている。

カル　明かりのなかでは、おれはなにもできねえ。なんにも、だ。警備員どもがおれのやることを見ているだろうし、そうすると、証言もできるだろ。やつらは警察に駆けこむかもしれないし、おれは警察とは関わりをもちたくねえ。ないし、あいつらは、村に駆けこむかもしれない、おれは村全体を背負いこむのもご免だ。このすべての明かりでは、おれにはなにひとつできねえ。

オルン　警備員たちはなにもしやせん。やつらはその仕事を得ただけでしごく満足なんだし、それにしがみつくよ、おれを信じろ。それに、なんであいつらが警察や、村に駆けこんだりするかい、わざわざ、自分の職場を失なおうっていうのに？　連中は動かない、なにも見ないし、なにも聞きゃしないだろう。

カル　やつらはもうすでに一回あいつがなかに入るのを咎めなかったんだ、今度も、だぜ。そこに木のうしろに、やつはまたいるんだ、おれにはあいつの息が聞こえるよ。警備員をおれは信用しない。

オルン　連中はあいつが入ってくるのを見なかったんだ、もしくは眠りこんでいたんだ。それに、いまはもうかれらの気配は聞こえない。連中は眠りこんでいる、動きゃしない。

カル　眠りこんでいる？　あんたは明瞭に見てない、親爺。おれには連中が見えるよ、おれには。やつらはおれたちのほうに顔を向けている、おれたちを見つめているんだ。やつらの眼を半分閉ざして、だが、おれには、やつらが眠ってはいないことも、おれたちをじっと窺っていることもしっかりわかっている。ほら、やつらのひとりが腕で蚊を追い払ったところだ、別のやつが足を掻いてらあ、そっちで、ひとりが地面に唾を吐いたばかりだ。こんな明かりすべてがあっては、おれにはいっさい、なにもしようがねえ。

オルン　（間のあとで）発電機《ジェネレイター》が一時的故障ってやつを起こさなくちゃなるまいな。

カル　必要だろうな、ああ。そいつが是非とも要る。でなければ、おれには手の施しようがねえ。

オルン　いや、いちばんいいのは、朝を待つことだ。ラジオで呼びかけて、村に小型トラックを送る。ようし、わしの迫撃砲を配置してやるぞ。

カル　なにをだって？

オルン　発射台、照明弾、わしの花火用の装備一式さ。

カルン　けど、もうじきに日が昇ろうとしているんだぜ、オルン！　それに、彼女はバンガローに閉じこもったままだ、観に出てこようとはしないだろう、あの女《ひと》は手当もさせようとしなかったんだ、破傷風に罹ったら、おれらが抱えこむことになるんだぜ。おかしな女だなあ、これからあの瘢痕を生涯保ち続けるんだ。が、彼女は可愛らしいよ。奇妙だ。それで、あんた……しかし、あんたはだれにそいつを観て欲しいのだ、あんたの花火を？

オルン　わしさ、わしが観るんだよ。わしが作ったのは自分のためだし、自分のためにそれを買ったんだからな。

カル　で、おれのすべきことはなんだ、こっちは？　ふたりで組んでいようじゃないか、親爺さん、あの野郎を決定的にやりこます必要がある、いまこそ。

オルン　おまえを信頼する。慎重にだぞ、それがすべてだ。

カル　いま冷静でいることは別として、おれには、なにをすべきかについての考えがもう種切れだぜ、おれ。

オルン　黒い皮膚は黒い皮膚にそっくりだ、そうだろ？　村は身体《からだ》を一箇要求している、ひとつかれらに渡さなくちゃいかん。身体をひとつ与えない限り、やつらとの友好はないんだ。今後、ただ待っていて、要求するやつをふたり寄越された日には、それこそもはやなす術なしだぞ。

カル　でもさあ、あれは労働者でないことはやつらにもはっきりわかるだろ。やつら自身のあいだでは、お互いを見分けているはずだからな。

オルン　やつらにあいつがわからないこともある。顔がわからなきゃあ、だれにいえるよ、これがやつだとか、他人だとか！　顔さ、ひとが見分けるのはただこの顔とかあの顔とかによってなんだ。

カル　（間のあとで）銃なしでは、おれにはなんにもできはしねえ。格闘で戦うのはおれは好かねえ、あいつらはみなやたら強いんだ、あの下司どもは、カラテをやっていて。それに、銃でなら、しっかり痕をつけてやれる、親爺、顔の真ん中に、な、どんな目に遭うかおわかりだろというような傷を、な。それで、警察を全員で背負うんだよ。

オルン　だからして、最良なのは朝を待つことだ。いっさいを規則通りにやること、わが倅、それが最良だよ。警察に話すんだ、それで規則通りにもっとも上手なやり方で片づけることだ。

カル　オルン、なあオルン、おれにはそこでやつが呼吸しているのが聞こえるんだ。おれになにができる、おれはなにをやればいい、おれ？　おれには考えが思い浮かばねえよ、おれは。見捨てないでくれ。

オルン　トラックでやつを轢いちゃえるだろ。どいつにいえる、これは発砲だとか、落雷だとか、または、トラックだとか、ええ？　発砲は、そのあとトラックが轢いていってしまってれば、もうなににも似ちゃいない。

カル　最終的に、おれは寝にいくわ。こんな頭だし。

オルン　莫迦者。

カル　（威嚇して）おれのことを莫迦扱いするんじゃねえ、オルン、二度と莫迦はなしだ。

オルン　カル、坊主、おまえのその神経！（間があって）わしのいいたいのは、あの野郎が村に帰るのをわれわれが放置しようもんなら、二人か三人連れ立ってまたやってきて、その二、三人と寄ってたかっておまえに教訓を垂れるだろうってことよ！　それに対し、明日死体を村に運ばせて、伝えさせる、この者は昨日、現場で落雷に打たれました、おまけに、ご覧ください、トラックに轢かれたんですと、な。それを経れば、すべてはもとの秩序に回復する、どっちかなんだ。

カル　だが、その場合、やつらはそいつについての説明を要求してくるだろう。やつらはもとめるぜ、どこへいったんです、その者は？　とな。

オルン　その者は労働者じゃないんだ、そいつに関して説明はないよ、見たこともないんだ。われわれはなにも知らない。となると？

カル　冷静にいえば、そんな按配だ、こいつは堅固だな。

オルン　やつらが数人掛かりで、そのあと、警備員らがどいつもがなかに入るのを放っといた場合、われわれはどうすればいい、そのとき？　ええ？

カル　おれにはわからない、おれ、おれにはわからん。教えてくれ、親爺さん。

オルン　雛鶏に説教する前に狐を根絶したほうがいい。

カル　そのとおりだ、親方。

オルン　そのうえ、わしはやつを腑抜けにしてやった。あいつはもう危険じゃない、若僧は。もうほとんど立っちゃおられまい。底なしに飲んだんだから。

カル　なるほど、親方。

オルン　（小声で）念入りに、顔のど真ん中だぞ。

カル　はい。

オルン　で、そのあとで、トラックだ、念入りにな。
カル　了解。
オルン　そして、慎重さ、慎重さ、慎重さだぞ。
カル　ええ、親方、わかっています、親方。
オルン　カル、なあ坊主、おれは決めたんだ、いいか、工事現場の閉鎖まではここに留まるまいと。
カル　親方！
オルン　ああ、坊主、そういうことだ、わしはうんざりなんだ、わかるだろ。アフリカはわしにはもうなにひとつ理解できん、きっと別の方法が要るんだろうが、けど、わしにはアフリカはなにひとつわからない。だから、もしもきみが必要とする場合は、事業を清算してくれ、カル、ちくしょう、わしの言うことをよく聞くんだ、理事会にはなにごとも隠すな、莫迦な真似はやるな、すべて話せ、かれらを味方にしておけ。かれらはなんだって理解できる、なんでも。かれらはなにごとも丸く収めてくれる、なんだろうと。きみの知らぬ警察でさえもだ。やつらは会社に申し立てすればいい。きみの会社の理事会が、存在しなければならん全部だ、きみにとって、つねにそのことを念頭に置いておけ。
カル　わかりました、親方。
オルン　二時間もすれば、夜は明けてしまっているだろう、おれはこれから花火をはじめる。
カル　女性のほうは、親爺さん？
オルン　彼女はもうすぐ小型トラックで出発だ。わしはもうその話をされるのは聞きたくない。あれは一回も存在しなかったのだ。われわれはふたりだけだ。それじゃあな《サリュ》。

カル　オルン！

オルン　なんだ？

カル　明かりがありすぎですよ、あまりにも多くの光が。

オルン、監視塔のほうに眼を上げる。警備員たち、不動のまま。

XVIII

バンガローの半分開いた扉の前で。

オルン　（内側に向かって話しかける）なん時間かしたら、小型トラックが都市《まち》に出発する、文書を運ぶ。クラクションを鳴らすだろうからね、支度しておきなさい。親切な運転手だ。それまでのあいだ、外に出るのは危険だ、部屋に閉じこもって、なにを耳にしようと、動かないで、小型トラックのクラクションが聞こえるまで。あなたが出発するときには、わしはもう仕事についているから、したがって、さようなら《サリュ》だ。着いたら、医者に診てもらいなさい、全部もとのように直してくれることを、ああ、いい医者があなたをまた人前に出られるように、なにもかも元通りに回復治療してくれると願ってる。それと、帰り着いたら、あんまりしゃべらないように。好きなことは考えてもいいけど、会社をあしざまにしないで欲しい。ともかくも、あなたを歓待してくれたのは会社だ、そのことは忘れないで。会社に害を与えるようなことはしないでくれ。あなたの身に起こったことは会社にはなにひとつ責任がないのだから。そのことを、あなたに……どういうか……ひとつの恩恵としてお願いする。わたしは会社にすべてを捧げた、わしはね、すべて。会社がすべてだ、わたしにとって、すべて。わしのことは好きに考えてもらって構わないが、会社のことは、それには損害を与えないで欲しい、というのも、つまり、これはわたしの過ち、わたし自身のせいなんだから。だからして、どうぞ、お願いする、だって、あなたが帰るのはわしの金で買った切符なんだしね。あんたはこっちに来る切符を受けとってくれた、今度は帰りの切符もしっかり受けとってくれなくては。それでは……さようなら《サリュ》。もうあなたには会わない、ぼくらは二度と会うことはあるまい、そうさ。（出ていく）

レオーヌ、手にスーツケースをもって、扉の敷居のところに姿を現わす。顔はまだ血が滲んでいる。突如、明かりが数刻のあいだ消える、ついで、ジェネレイターがふたたび動きだす音が聞こえる。カル、現われる。レオーヌ、顔を腕で隠し、カルが彼女を見つめているあいだ、終始そのままでいる。

XIX

明かりはなおいくつか不調で、そのために、ときおりカルの発言は中断する。

カル　気にするな、心配するな、バンビーノ、こいつは発電機《ジェネレイター》だよ。この巨大で厄介な代物は操作するのが楽ではないんだ。あたかも故障が当たり前のごとく、よく起こるのよ。オルンが取り組んでいる最中にちがいないから、心配には及ばない。（レオーヌに近づいて）おれ、洗ったんだ。（くんくん嗅ぐ）もう匂わないと思うぜ。アフター・シェービング・ローションをぶっかけたんだ。まだ匂うかい？（間）可哀想なバンビーノ、これから仕事を見つけるのは、簡単ではないな、なあ。想像できるよ、とくにパリでは。ひどい話さ。（間）パリはいま頃雪にちがいない、違うか？あんたが帰るのは理の当然さ、それに、おれにはそのことはわかっていた、しかも、おれには、やつは仕舞いにあんたを嫌悪させることを知っていたさ。おれには、あんたがなにをみいだしたのか、オルンに、よ、おれにはいまもって理解できない。最初に、遠くからあんたが着くのを見たとき、赤だった、赤だぜ！　その趣味のよさ、パリ女性のシックで、最新流行で、なんと壊れやすく見えたろう！　いま見ているあんたには面影もない……オルンってやつは、なんたる愚か者！　小さな子供に地下室や下水を見せてはいけないのだ、だめさ、やつはそのことを知っているべきだった。テラスや庭で遊ばせてもいいが、地下室に入るのは禁止すべきよ。だが、とはいっても、ああ、バンビーノ、ここで働くおれたちに、おれたちにきみはほんの少しの人間味をもたらしてくれた、きみは。結局のところ、そう、おれはやつを理解する、老いたオルンを、老夢想家を！（レオーヌの手をとる）どっちにしても、おれはあんたを知ってよかった、バンビーノ、あんたがきてくれたことに満足だ。たしかに、あんたはおれをいい目でみちゃあいない、確実だ、おれは見当はずれなことを考えてやしない。でも、それがおれにとってなんだというんだ、あんたの判断がさ、なぜって、あんたはパリに帰るんだし、おれたちはもう再会することはないんだからね。たしかに、あんたはあんたの女友だちどもに、しばらくのあいだは、おれの悪口を言うだろう、たしかに、おれを思い出せる限り、悪口《あっこう》だろうが、そういったって、最後にはそんなことは全部まったく思い出さなくなるんだし。ま、とにかく、おれのほう、おれはきみとやりとりできてよかった。（レオーヌの手に口づけする）もうこれからは、いったいいつ、おれたちは女に、あんたみたいな本物の女にまみえられるだろうか、バンビーノ？　女性と楽しくなる、いったいいつ？　この穴の奥底で、おれはいつふたたび女性とまた会えるだろう？　おれはこの穴の底で、自分の人生を失う、それも、おれが失うのは最良の歳月のはずのものだ。ひとりでいると、いつもひとりでいると、ついには自分の年齢がもはやわからなくなる。それだから、きみに会って、おれは自分の歳を思い出した。これからまたそいつをおれは忘れなくてはならないだろう。それに、おれはなんなのか、ここで、いったいなにであり続けているのかね？　無さ。これらすべては金のためだ、バンビーノ、金がおれたちのすべてを奪うんだ、われわれの年齢の記憶でさえも。これを見てくれ。（自分の手を見せる）これがまだ、若い男の手といえるだろうか？　あんたはフランスでこれまでにエンジニアの手というのを見たことがあるかい？　しかし、金がなくて、若くあるということがなんの役に立つのかね、ええ？　要するに、おれには訝しいんだ、どうして、そうさ、なぜおれは生きているのかが。（明かりが消える、今度は決定的である）心配するな、故障にすぎない、動くなよ。おれ、おれはいかなくてはならない、お別《アデュー》れだ、バンビーノ。（間があって）

おれのこと、忘れないでくれ、おれを忘れるなよ〔たとえば『西埠頭』で「シャルル」が言葉にするように、これは「コルテス」のテエマ系のひとつだが、ハムレットの父親、先王の亡霊の台詞のもじりでもある〕。

XX

遠い囲い地の最後の幻像

最初の光の花束がブーゲンヴィレアのうえにある空で静かに、短いあいだ炸裂する。銃身の青い輝き。石のうえを裸足が走る鈍い音。犬の苦しげな喘ぎ。松明型電灯の明かり。小さな口笛。撃鉄を起こされる小銃の音。風のさわやかなそよぎ。

地平線が、居留地に降り落ちる火の粉の、こもった、柔らかな感じの音と同時に、落ちてくる巨大な車火によってさまざまな色彩に包まれる。

不意に、アルブーリの声。闇から雄々しい、謎の叫び声がほとばしり出て、風に運ばれて旋回し、樹々の茂みから鉄条網に、鉄条網から監視哨にまで立ち昇る。

花火の断続的な閃光に照らされ、くぐもった爆裂の音に伴って、カルがアルブーリの動かないシルエットに接近する。カル、かれの銃を高く、頭のほうへと照準を定める。かれの額と両頰に汗が流れている。その両眼は充血している。

そこで、花火の爆発のあいだの暗闇の時間のあいだ、アルブーリと四方すべてにある高い哨所の者たちとの理解不能な対話が行なわれる、静かで、無関心な会話、短い質問と応答、笑い、反響し、振幅を拡大し、鉄条網に沿って上から下まで渦を巻き、空間全体を満たし、暗闇に君臨し、なおそのうえに、最終的な一連の閃光と爆裂する車火のなかで身じろぎもしない居留地全体のうえに響きわたる解読不能な言語。

カルは、まず腕を撃たれる、かれは小銃をとり落とす。監視哨で、ひとりの警備員がかれの武器を下げる、別の側で、別の警備員がかれの武器を上げる。カル、腹を撃たれる、ついで、頭を。かれ、倒れる。アルブーリは消えてしまっている。暗黒。

日が昇る、穏やかに。空にはハイ鷹の叫び。露天の下水溝の水面で、空のウィスキーの壜たちが衝突しあっている。小型トラックのクラクション。ブーゲンヴィレアの花々が左右に揺れる。その花のすべてが曙を照りかえしている。

レオーヌ　（とても遠く。夜明けの雑音にまぎれて、彼女の声はほとんど聞こえない。運転手のほうに身をかがめて）「ハーベン・ジー・アイネ・ジッシャーハイツナーデル？　マイン・クライト・ゲート・アウフ。マイン・ゴット、ヴェン・ジイー・カイネ・バイ・ジッヒ・ハーベン、ミュス・イヒ・ガンツ・ナクト」安全ぴん、オモチジャナイカシラ？　ワタシノわんぴーす、ホコロビチャッテ。ヤレヤレナノ、モシ、アナタガ手元ニオモチデナイナラ、ワタシ、全裸デイナクチャアナラナイ。（笑って、小型トラックに乗る）全裸よ！「ナッホ・パリス・ツーリュック」ぱりノホウニ引キ返シテ

〔ともにドイツ語である〕（小型トラック、遠ざかっていく）

カルの死体のかたわら。かれの粉々になった頭のうえに歯をみせた白い仔犬の死骸が乗っかってい
る。オルン、地面に転がった小銃を拾い、額を拭い、眼をだれもいなくなった監視哨のほうに上げ
る。

〔レオーヌのドイツ語も含め、この劇テクストの結尾は初版とは異同がある〕

（完）

「黒人と犬どもの闘争」手帖

Carnets de combat de nègre et de chiens

訳―佐伯隆幸

アルブーリはいかに最初の犬と対決したか

おれは考えていた、おれが一匹の犬に恐怖を抱くだろうか？　夜、そいつは白い小さな斑点をつってありとあらゆる悪魔を結束したみたいに吠えながら、おれと、ヌーオフィア、おまえのほうに向かってきたものだ。ときにその声は虎の咆哮のように恐ろしく思われたし、ときには、鼠の声みたいにか細く聞こえた。そして、おれにはいえなかった、こいつはでかい、逃げ出さなくては、とも、こんなにも小さい、足蹴り一発喰わせれば、あっという間に先祖どものとこへ送れるだろう、とも。それに、小犬が恐ろしい吠え声を、でかいのがか細い声をもっていることがありうるよ。だが、その白い小さな斑《ぶち》は相変わらずこっちに向かって駆け、なのに、おれにはいぜんとして逃げるか、立ち向かうかの選択ができなかった。おれはそのまま見つめ、そこに残って考えていた、だって、風がふたたび起こり、おれは魂のなかでおまえと一緒にいたんだから、ヌーオフィア。かくて、もはや逃げるには遅すぎた、ついにおれは敵の大きさと力を知ったのだ。

そいつがおれの真正面にきたとき、おれの耳に、やつの、とても速い、とても短い息が風の長いそよぎに逆らうのを感じたときもう、ようやく両者が眼で互いの寸法を測ったとき、もうそのとき、おれはそいつが小さいのを、蠍のように小さいのを確認した、白い斑点はおれたちのほうに駆けてくるのを見た地平線の位置から大きくなっちゃいなかった。眼はひどく充血していた、で、そいつの息があんまり速いので、おれの足でやつのちっぽけな先祖のちっぽけな場所につき返してやろうという気はなくなった。やつは笑いたい気にさせてくれた、というのも、やつには収まりよく座っている毛なんかもはや一本もなかったからだ、おれは尋ねたよ、そんなふうに、おまえは勃っているのかね、トゥーバブ？　けれども、やつはおれに飛びかかろうとし、おれには、やつがおれの足の親指を嚙もうとしているのか、腿を選ぶのか？　それを考える時間がようやくあった。おれは考えた、おまえはどこで人生を終えるつもりだ、ちび犬？　ところが、やつの脚の力と意地悪さをおれは誤って小さく見積もったな。なぜって、やつはひと跳びでおれの頭に掛かってきたのだ、それで、やつが嚙み、牙と爪で引っ掻いてきたのはおれの頭さ。やつは血の匂いを嗅ぎ、探り、その面《つら》と両脚をおれの髪の毛と頭の硬い皮膚と骨とに喰いこませてきたものだから、おれはえらい苦労してこれを引き剝がし、長いこと探してやっとみつけた虱みたいにつぶしてやった。

そのとき、おれはそいつをかざし見せた、ヌーオフィア、おれの魂、父、兄弟にしてわが種族の息子。おまえのほうにおれはわが手をさし延べる、おまえはいまこの手にある最初の死者を見ることができるだろう、なぜなら、砂漠で孕まれ、砂漠で死んだヌーオフィア、おまえにおれは第二の死者を、それからさらなる別の死者たちをもちきたるだろうからだ、なんとなら、わが種族の死者たちにトゥーバブの死も、かれに属することごとくの者の死も、やつの女たちも、やつの奉公人らも、やつの財産も、やつの犬どもも属するのだから、クァク・ビイー・デエルウル・シィ・クァク・イイ！ **Xac bi dèllul si xac yi !**「この犬はほかの犬に似ていない！」〔ウォロフ語〕

オルンによる、わが企業

わたしの真の家族、もしそんなものが必要だとすれば、それは会社だ。古き良き家庭、わたしが企業のために働きはじめて以来、うれしくも、いまやその家庭がわたしを知ってくれている！　わたしのほうも、企業を知ることをいまもやめていない。しかし、困難な場合も会社は厳然とあることをわたしは知っており、諸氏がみてくれるべきなのはそのことだろうな。もっとも、わたしは上層部がどんなふうに仕事しているのかは知らん。幸いに、企業は世界中に広がり、いたるところ、アフリカ、アジア、中東、アメリカに工事現場をもち、いったいどれだけの数の人間が働いていることか？　ところで、どんな場合も企業が面倒をみなければならないのはあたかもただひとりという感じなのだ。上部には、どのような頭《かしら》がいるべきなのか、いかなるただひとつのヘッドが、さ、はてさて！　このすべてを指揮している者をわたしは知りたいわけではない、ああそうとも。わたしはここや外で、末端を、部分ごとにみるほうが好きだ。頭のほう、すべてを指揮している本物の頭——たぶんパリにいるんだろう、いって調べてみたまえ——とは関わり合いをもちたくはない。なぜなら、そいつは殴りたい場合は、思いっきりきつく殴るにちがいないんだから、くそったれ！　ときおり、わたしはそれを考える、しょっちゅうじゃない、ときに。思うんだ、こんなひとつの頭は、どういうか……わたしは人間どもを怖れはしない、暴動も平気だ、大口叩きなぞ意に介さぬ、武器も怖くはない、野生の獣にも恐怖はもたん。戦争だって平気の平左だ、戦争は、みな同じ床のうえにいるんだから、だれだって他人と同じく自分の運をもっているんだ。けれど、ひとつの頭に対していったいどんな運がもてるかね、その頭たるや、世界の端から端まで、千もの工事現場をその頭のなかに納めていて、その度に、ひとつひとつの機械を、一台一台のトラックを、わずか一サンチームを、まるであんたがたったひとりであるみたいに、それぞれの者を、おまけに、そこにあるウィスキーのボトルまで、そこにボトルがあることまでも知っていて、わたしが吸う煙草の銘柄まで、わたしが煙草を吸うことも知っている、そんな頭脳に対して、だ。そのこと、それこそゆいいつのことさ、もしもわたしがときおり考えるとすれば……、ああ、それこそがわたしを怖れさせるんだ、くそう、まったく。

オルンと労働者たち

信じてもらいたい、アルブーリさん、ブルジョワなるものをわたしは好きだったことは一度もない。ご覧になっておわかりのごとく、ムッシュー、わたし、このわたしはプロレタリア《プロロ》だ、本物の、たぶんあなた以上に、それというのも、わしには家族はおらず、子供時分にはもう働いていたんだから。どうしてこのわたしがブルジョワを好きになれよう？　個別でも、全体でも。その点に関しては、わたしを信頼してくれていい。でも、労働者《プロロ》についても、同じだ、わしはかれらも好きじゃない——つまり、ひとりひとり、という意味だが——。それは、つまり、それぞれを分けて、わたしがなんびとも好きじゃないということではないよ。わたしは十分知っている、ひとびとを。で、プロレタリアは臭い、それがわたしの知るすべてだ。そのことで白人だろうと黒人だろうと、年寄りだろうと若かろうと、わしは区別をつけない。わたしにはそういう権利があると思う、だって、わたしがそのひとりだったんだから、本物の。プロロは臭いんだ、で、わたしはその匂いが好きじゃない、たとえわたし自身のものでも。わたしは機械か、ないし、エンジンのグリースのほうがよほど好みだ。プロロのことは、自分の給与よりもよく知ったよ、だが、わたしはそのひとりにだって一文も呉れてやりはしなかったろう、ご免さ、といって、そのことはわたしがブルジョワと闘うことや組合に入ることの妨げには全然ならなかった、それでも、わたしはプロロを唾棄するね。工場に入った頃、十六歳の小僧っ子だ……おわかりか、わたし、十六歳でわしがやらされたことが？　最初の三カ月、このぐらい厚い鋳物の部品を一個与えられた、アルブーリさん、鋳物で働いたことはおありかな？　命じられました、こいつを平らにしなって。そう言ったのは雇い主じゃない、いいですか？　ブルジョワじゃない、そいつはこんなことには無縁。違うんだ、ひとりのプロロだ、小僧、これを平らにするんだ、そう命じていたのは。それで、わたしが部品をしっかり叩き、汗みどろになって、部品がこのくらい、この指くらい細くなると……、やつは、それを屑鉄置き場に投げ捨てるんだ、あなた、それから、別のを寄越して、文句いうな、とくる。この全部はなんのためだ？　労働者を使いものにならなくするためです。そんなふうにして、労働者たちははいと言う、叩き壊すんだよ。そんな按配に労働者同士で壊しあって、そうやってお互いにそっくりになっちまう。たったひとりのプロロというのは雇い主以上に性悪さ、裕福でないというだけで、より一層吐き気を催させる。なによりも、一層許しがたいのですよ、ムッシュー・アルブーリ。

労働者たちの墓場

女たちはこっそりと、死んだ労働者たちの身体を、日差しとはげ鷲から守るために、木々の枝と棕櫚とで包む。日中は、工事現場はフル回転中、トラックがうえを通りすぎる。そして、夜がくると、女たちは戻ってきて、新しい枝葉をそのうえに載せるのだ。数日と数夜を経ると、そこには枝と肉とが混じりあった小さな堆積がかたちづくられ、その山は徐々に大地にと溶けてゆく。

レオーヌ

到着し、飛行機から降りたとき。彼女の顔には蜘蛛の巣の糸がいくつも吹き積もる一方、肩には泥のように濃い灼熱がのしかかっている。太陽も、雲もない空と、鷲たちの旋回する飛行が見え、河には、ふくれ上がり、ブクブクになり、すでに腐敗で白くなった、静かに漂っているひとつの死骸――かすかな叫びを押し殺し、口に手を当てた――のうえにとまった黒いハイ鷹の群れが見える。〔1〕

ひとははなんてちっぽけな砂の粒子なんだ、ふうっ！

〔1〕傍点は原文イタリック。この一節は、かなり早い時期に演劇学者アンヌ・ユベルスフェルトが著した出色の『コルテス論』に引用され、背景とともに解析されて、示唆的なポイントは夙に知られているけれども、「コルテス」がはじめてブラック・アフリカを訪れた際（ナイジェリアだった）、かつてのストラスブールの演劇上の師で、のち「カマラード」と呼ばれるユベール・ジニュー宛てに

かれが認めた大変長い手紙（一九七八年二月十一日）のなかに多くの通底するくだりをみいだすことができる。実際、作家の「劇作エクリチュールの中心的場となるアフリカ」の「発見」、ほとんど啓示に近いものが興奮気味に次々と主題化されるこの手紙には、ブーゲンヴィレアへの言及から、アフリカにおける巨大アメ車の横行、ウィスキー談義、階級闘争論、はたまた、コロニアリスム論、それに、植民地主義者の顔の皺までもが俎上に乗せられている。あいにくその細部にも重要な参照系たるユベルスフェルトの作品論にも立ち入る余白は当面ないから、『黒人と犬どもの闘争』の発想源《スールス》がいくつも開示されているとの指摘のみにしておく。（Anne Ubersfeld, *Bernard-Marie Koltès*, Actes Sud-Papiers,1999, Bernard-Marie Koltès, *Lettres*, Les Editions de Minuit, 2009）

レオーヌ、ブーゲンヴィレアの下になに者かを見る

わたし、あなたのためにひとつ計画を思いついた、でも、頼りないのよ！　動かないで、委せて、もうなにもかも眼に想い描いている。面倒かけないで全寸法を測るわ、大急ぎで縫うことよ、刺繍は速いの。この「黒」、わたしはそれに衣を着せたい、この影を光にして照らしたい、ほんの一瞬でいいから、わたしにあなたの動かない姿を頂戴。わたし、薄紫や、淡青色や、濃紫色のこれら小さな切れ端を、洋紅色の、朱色の、真紅色のこれら小さな花々を集めたい、そして、すべてを手で縫いたい。型にはめて裁つわ、袖ぐりは斜めに、腰まわりをぴったり合わせ、襟からウェストまで、わたしはあなたをみな緩めにかがる、総《ふさ》飾りをつける、あなたに透かしを入れるわ、あなたの背を蜜蜂の巣

で一杯にする、肩は蜘蛛の巣の飾り縫い《ステッチ》よね、首は流れこむステッチ、あなたにこみ入ったステッチで襞をつける、あなたをわたしのタッチングと飾り紐付き刺繡で包みこみたい、あなたを覆いつくし、装飾し、過重に彩りたい。「黒」よ、おお、色のうちで最高に美しいもの、わたしに委せてくれたら、その胸のうえ、茨のステッチで縁どられた赤紫色のハンカチに、あなたを煩わせることなく、やさしく、愛を込めて、あなたの名を、あなたの名を、よ、黒い影の素地に浮かび出る黄金の糸のステッチで刺繡してあげる！

ヌーオフィアの母親

ヌーオフィアの母親は、「白人たち」の工事現場で息子が死んだことを教えられるとすぐ、みんなが与えた警告にもかかわらず、そこまで赴く危険を冒すことに決めた、遺体のうえに、鳥たちから守れるよう木々の枝をかぶせるため。ただし、彼女は、用心して、自分の顔に白い絵具を塗った、そこを徘徊している死によって彼女が実際にはなに者であるかを覚られないように。

カル、不眠症のエンジニアの夢想

夜がありすぎだ、なにをやろうと、二十四時間に一回とは。おまけに、長すぎる、とてもではなく長すぎだ、そのなかを動く、名前をもたぬあらゆるものども、昼間のおれたちのように、その時間を好きなように生きていやがるあらゆるものを携えて長すぎなのだ、おれたちの自然な構成単位においては、こいつらが夜だ、樹木の背後に、壁に沿って隠れていやがる、草の褥に横たわり、棕櫚の木のずっとうえに隠れていやがる、そして、月のない夜には、まったくなんでもないもののうしろに、沿って、上に、なかに隠れていやがる、夜だけで充分だというのに。ところで、夜に、動いている、もしくは、不動のまま、要は、その自然な構成単位のうちに生きているものの数や寸法、そいつらの意図や目的がだれにわかるだろうか？　したがって、昼こそ窺っていなくてはならない、おれたちにとっていつか脅威になりうると認められるいっさいのものを追及し、捕まえ、殺害、虐殺、皆殺しにし、粉々に打ち砕かなくてはならない。

白昼にブーブー野郎をひとり捕らえ、よく切れる鉈で四つに切り裂いてやれ、また、それぞれの切片をさらに四つにするんだ。それで一六の切片ができる。その切片一箇一箇を、夜にならないうちに、やつらが静かにしているあいだに、もう一度四分する、それで無害なブーブー野郎の六四の切れ端ができるだろう、引き続き、その切れ端をしっかり四つに、また四つに、なお四つに、なおも四つに切断してやるんだ、一六、三八四の真っ黒で、小さな、それこそ極小で、平穏な塊が得られるまでだ。それから、地面を同じだけの分の区画に分割し、そのそれぞれ、とても深く掘ったところにその小さな黒人の端っこを埋めてくれ。そのとき、おれはついに眠ることを夢みることができるだろうか？

おれが信じているのは、その一六、三八四——四の七乗だ——の部分ひとつひとつから、眠れる世界から、またもや、巨大で、強い、なお一層脅威を与える、新しい肢体完全なブーブー野郎が再生してくるだろうということだ、下司が！　それというのも、やつらはそんなふうに繁殖するんだとおれは信じているからな。
いったいいつ、おれはいかなる不安も悪夢もなしに、眠ることができるのだろう？

レオーヌ

彼女が空港まで迎えにきた車に乗って、着いたとき。通りすがりに、道路脇にたたずむ、市場にいる、家々の前に座ったアフリカ人を見つめた、アフリカ人たちは、せわしげで、まどろみがちで、怒りっぽく、陽気だった。他方、彼女のかたわらで、オルンは額をぬぐい、〔傍点は原文イタリック〕

この陽光の一筋だって、凄いもので、あなたのためにひとりの男を素晴らしい目に遭わせてくれるんですよ！

工事現場、稲妻の閃光に映しだされて

無限に延びる、逆さまにひっくり返った地所で——植物たちは根を空に向けて出し、葉叢を地面深く埋めている——〔1〕、一匹の白いチビ犬が、恐慌をきたし、莫迦でかい水牛の脚のあいだをほっつきまわり、水牛は水牛で、土盛りのあいだで泡《あぶく》となった煙る泥の沸騰の真ん中で唸り、足踏みしている。

〔1〕劇本体にもあった、この世界は雨が逆さまに降る。それを劇作家のフィクショナルな設定、かれの修辞だと思うのは易しいし、だれしもそう考えよう。間違っているわけではない。『黒人と犬どもの闘争』には対決、アフリカのある工事現場で、おのが兄弟の死体をもとめてやってきたアルブーリと三人の『白人』、現場の長オルン、エンジニアのカル、到着したばかりのレオーヌとのあいだの『葛藤《アゴーン》』がある。攻撃、口論、交流ときわめて強い、ディダスカリーによって壮麗化された空間との関係。『突然、犬の泣き声を運ぶ赤い砂塵の渦が草をなぎ倒し、枝々をへし折り、他方、逆さまになった雨のように、自殺的で狂乱した虫の雲霞が地面から立ち昇り、いっさいの明るさを曇らせる』」(sous la direction de Robert Abirached, *le Théâtre français du XXe siècle*, Editions Avant-scène théâtre, 2013)。壮麗化といえば、たしかにそのとおり、すさまじいイマージュには相違ない。しかしながら、ただのレトリックだとはいい切れない。訳者はたまたまスペイン絵画論の本を読んでいて、次のような一節をみつけた。なにか一致するので、引いておく、「しかし汽車が海岸線を離れるにしたがって大地は渇きを増し、後に飛行機から見た、あの褐色と黄土色と灰色――これは岩石の色である――といった貧しい色による単調なモザイックさながらの眺めになってきた。私が驚愕したのは、汽車がサラゴーサ地方にさしかかった時である。草木の全くない白に近い灰色の山並みが、線路と平行に蜿蜒と続くのである。風雨の痕跡――といっても雨がいつ降るのか私は知らない――をそのまま留め、手を触れたら切れそうな激しさを持った石灰岩の山また山である。ゴヤは、こんなすさまじい土地に生まれ育ったのか、と私はただただ感嘆するばかりだった。この想像を絶する眺めが、ヘミングウエイに短篇『白い象の山々』を発想させたことを後になって知り、感銘を新たにした。そして、スペイン語の力もまだ覚束ないマドリード大学での一年目に、詩人としても有名なカルロス・ボウソーニョ教授の『スペインでは、雨は下から上に降る』という詩人らしい表現を難なく理解しえたの

も、この横たわる白い象のような山々の印象が、あまりにも生々しく脳裏に焼きついていたからであった。つまり、スペインでは降雨量よりも水分の蒸発量が多いというか、そういう地方が圧倒的な部分を占めているという意味である」(神吉敬三『プラドで見た夢』。中公文庫、2002年)。いいたいのは西アフリカがスペインに似ているということではさらさらない。おそらくこの工事現場のある場所と神吉描く土地とはなにも共通してはいまい。それでも、この話、まるっきり無縁とは思えないということだ。それに、ロベルト・ズッコの「白い犀」に限らず、「コルテス」の世界はヘミングウェイに通ずる要素をもっている——アメリカ・インディアンものですら——という感触である。

オルンの語る、旧植民者たちの金銭軽視

相棒らも、親方らも、連中、金はちゃんと作っていた、作らなくちゃいかんだけのものは、くそっ。かれらは浪費の術をよく知っていたよ、あいつらは! ひとり、完全に酔っぱらったやつを覚えているな、街のキャバレエでピアノを買おうとしたんだ、金は払った。ところが、戸口が狭すぎて、なかに入れることができないもんだから、やつ、ピアノを鋸でふたつに切らせ、部品全部を外に出して、海に放りこんじまったよ。もうひとりは、女房に騙され続けたやつで、その女房、綺麗な下着がお好みなんだ。てなわけで、やつは半年ごとに訪れる行商人のもとにいき、女の下着をみんな買うのよ、それで大きな山を拵え、広場でそれに火をつける、さあ、やれるものなら、いま着てみろ、だと。もうひとり別のやつも覚えている。そいつは、一年のうち優に四カ月のあいだ、べろんべろんに酩酊さ、

てめえの出費で酔っぱらって、自分の銭を使い果たすまでしたかったんだ、挙げ句の果ては、やつ自身がくたばっちまった、とにかく稼ぎすぎていたからな。そういうこと、そう、要は、金はなんのために使われるに値するかってこと。

オルンの語る、植民者たちの別荘への夢。

どいつもこいつもフランスを夢みる、が、全員ここに残る。だれもかれもがフランスの田舎の家を話題にする、それで、なん年ものあいだ計画をつくるんだが、ふたりでそれにとり掛かってみな、ふたりとも結局ここから動きはしない。連中は文句をいう、もちろんがあがあわめく、しかし、わたしにはひとつのことはわかっている、わしには。金があるところでは、どんなに尻を蹴とばしても、そこにいて、味をしめているやつを動かすなんてことはできないということさ。アフリカには、金が転がっている。ところで、やつらの田舎とか、やつらのフランスとかから、わたし、わたしはこれら夢想家たちのどなたからもいかなる絵葉書も受け取ったことはないな。

カル、さらなる悪夢

ここでは、性器がすべての場所を占める、アフリカでは、いっさいは生殖器官に絶対的に集中している。アボカドの肉を見るといい、すべての果実、植物を見てみろ。こいつは恐ろしい、おれには、これは不気味に思える、おれ。

おれが死体に近づいてみたとき、そのとき、おれにははっきり見えた、死んでいた、確実に死んでいた、死んでいてさえ、この下司はなおも勃起していたのだ！

飢えに関する決まり文句

オルン　黒人は腹が減ることなぞ決してないし、満腹することもまるでない。黒い者は沢山食べることも、ほとんど食べないこともできる、昼夜いく時と問わず、非常に長く飯を抜かすことも可能だ。われわれ、ヨーロッパ人の食習慣に則って考えるべきではない。黒人は、ヨーロッパ人のように、空腹をひどく感じることも、満足をしっかり覚えることもない、やつはものがあるときに食べる。がつがつ喰うもののどんな小さな欠片でも、かれの滋養になるんだと、わたしはきみらに請け合うぞ。
カル　飢える、ブーブー野郎が？　なら、やつらを見てみな、あいつらはみんなおれたちより二倍も大きいいし、おれたちより強えんだ！

女性たちはなにを考えているのか？　とレオーヌは自問する

わたし、「白人」や「黒人」、男のひとでも女のひとでも、金持ちでも貧乏人でも、かれらを見ると、思うの、女性たちはなにを考えているんだろう？　と。だって、お乳をやり、両方がぎゃあぎゃあ泣きわめくのを聞いても、よくもまあどっちもヒールの一撃で踏みつぶさない女性がいたんだから。とすると、彼女ら、気難しい女性たちは、よく知っているということね、どちらかを生みながら、出口はないのだということを。つまり、彼女たちは殴る者か殴られる者をこしらえるわけでしょ。どっちがよりましか、あの女性たち、わたしにいえるかしら？　それでも、彼女らはつくり続けている、あり余るほど、莫迦女たちは、自分たちが、真っ先に自分らを殴る者を養っている、あるいは、もっとよく殴られるようにと子供らを成長させていることをとてもよく知りながらよ！　ありうる組み合わせの話もわたしにしないでね、白人で女性とか、黒人で金持ちとか、白人で貧乏とか、黒くて雄とか、そんな混ぜ合わせは勘弁よ、そんなのはみんな同じで、それ以上の値打ちはないわ、否よ、それはね、半分殴る者で、半分殴られる者だということ、生涯を、なんにも残らなくなるまでそれぞれの自分自身を殴りあうふたつの部分に分裂して過ごすのよ。大幸運を引き当て、震えもせず、雄で、おまけに、金持の「白人」をつくる女性たちのことなんて！　ないし、あんなありえないこと、女で、黒人で、教会の鼠みたいに貧しい、そんなことを後生大事に愛玩している別の者たちなんて、でも、だったら、その女性たち、いったいなにを考えているというのよ？　わたしいうわ、そんな女たちこそ踵の一撃で踏みつぶさなくてはならないの。

オルンによる、アフリカ人について

最終的に、アフリカを手に入れるのはだれか、ロシア人、アメリカ人？　そいつはだれにもわからん、そもそもそんなことにだれが関心をもつかね？　確実なのはアフリカ人じゃないってことだ、ああ、確実に違う、それで、かれらは正しい。アフリカ人は健康な精神を、汚されてない頭脳を、われわれには欠けているありとあらゆるものをもっている。説明してやろう、連中を、かれらを笑わせるものはなにか、わしら、なにがわれわれを笑わせるか？　というのも、だ、小生の意見によるなら、ひとはなにをもって笑うか、その理由をもって、精神の健康状態を測ることができるのだからな。で、ヨーロッパなら、くすり笑うのに、いったいなにが必要かね？　地口の類い、ほのめかし、参照系、その他、わし自身、これ以上は非常によく理解できているとはいいがたい大変複雑なことどもだ……。対するに、アフリカ人、かれらの場合、雨が降りはじめる、肩に三滴ほどのしずくが当たるだけで十分なのだ。それで、かれらは、まるで頭がおかしい者みたいに、笑いだす、くすぐったさ、続きも同じ。そして、雨が土砂降りにでもなろうもんなら、かれらは転げまわり、もうなんにも使いものにならない。これを、わたしは明快にして健康な精神と呼ぶんだ、汚されていない、な。パリで雨が降ってきたとして、どうなるよ……。わし、少なくともわたしはこの喜びをかれらからすでに学んだ。わが輩の楽しみは、かれらが自分を洗うのを、朝、河辺で眺めることだ。かれらは髪の毛から足まで石鹸を塗りたくり、まっ白、泡だらけになって、水にもぐるんだ、それで……水が自分たちをゆすいでくれるのを見る、自分たちがまた浮かび出てくるのを見る、かれら自身げらげら笑っているのに気づく、わたしもまた、笑わずには、そこに喜びをみいださずにはおれないのさ、そして思う、アフリカをだれが獲得し、だれが失うだろうか？　と。だれにもわかりはせん。だが、かれら、アフリカ人が苦しむことは絶えてあるまい。かれらは笑い続け、太陽の下にうずくまり続け、待ち続けるだろう。わし、わたしも同様に、なん時間も眼をぼんやりと宙空に漂わせ、なにもせず、なにも考えずにいる喜びをかれらから学んだのだ。

レオーヌ、連続する人生という考え

わたし、わたしが信じるのは、最初の人生においてはあのカルみたいな男でなきゃならないってこと、恐ろしいタイプよ。ああいう男らというのは、ものごとをひどくわずかしか理解せず、とっても間抜け、そう、実に血のめぐりがわるい、最初の人生では、だれもがあの種に属さなくちゃならないの、ならず者ども！　わたしはね、男たちの生がそうであるような、滑稽で、偏狭で、粗暴で、怒鳴り散らすだけのいくつもの人生のあとで、ようやくひとりの女が生まれることができるんだと思う。そして、やっと、ええ、やっと、女の幾多の人生、たくさんの虚しい意想外の出来事、いくつもの実現されない夢、厖大な小さな死のあと、そのときやっと、そのときに、ひとりの黒人が生まれうるんだ、その血のなかにどんなほかの血にもまして多くの生、多くの死、多くの凶暴さと蹉跌が、はるかに多くの涙が流れている黒人が、よ。ならば、わたし、このわたしは、まだなおいく度死ななければならないだろう、わたしのなかに、この先なお、どれだけの思い出と役にも立たない経験が積み重ならなくてはならないのだろうか？

わたしがついに本気になって生きる人生ってほんとにあるのかしら、ないんじゃないかな？

カルの精神状態

カルは苦しむことなく、自分を幸福と感ずることも決してない。けれど、あるときは、かれの前に、静かで、やさしく、平穏な風景が広がり、別のあるときは、世界がかれには灼熱とおぞましい暴風雨の攻撃に屈服している一連の荒涼たる大地と映るのだ。

暁の視像《ヴィジョン》

居留地と村の上方に、屋根のうえで入り混じる一晩中の夢の蒸発と眠るひとびとの毛穴と息づかいを通して焼け、気化してしまったアルコールと数々のルサンチマンによって、人間たちの熱によってできた重たく、色のついた靄。

カル

汚れた指のふたつの跡形のようにきわめてかすかだが、ふたつの縦皺が両方の眼の目じりから発して頬のくぼみまで、ついで、非常に深く、ほとんどえくぼのように、縦に、唇のそば、右側に、一本の皺。

かれの心の底で。草原のうえを一羽の緑の大きな鳥、それとともに、かれの温室のなかに、女の眼をしたチビ犬、耳元すぐ近くでその喘ぐ息。

レオーヌ

双方の眼のまわりにただふたつの皺、両方とも等しい、完璧な円形。

彼女の心の底で。男の子なのか女の子なのかいうのが難しい年頃から、草のなかに横たわって、顔のうえと身体のそれぞれの深奥に自分よりもはるかに昔の悲しみを抱くひとりの子供。

オルン

樹木は、切り倒したときにその年齢を読むことができる。かれもまた、その眼と口のまわりの沖積層状にゆっくりと積もったかれのいくつもの皺を勘定するとよい。

かれの心の底で。ひとりの見知らぬ、全身黒ずくめで、顔を暗がりに向けた老婦人が毎夜、定期的にやってきて、かれのかたわらに朝まで腰を下ろす、一言も口をきかず、いっさい物音なく。その女《ひと》をおれは知らない、かれはそう言い切れるであろう。

プロローグ

Prologue

訳——佐伯隆幸・西樹里

男の名

もうそのときから、そして、ひとときのあいだ、われわれが語るだろうその悲しみはある固有名をもった、夜、あそこで、バビロン中がわざわざ正確に見ようとせずとも、木の下で躰を縮こめているのを見分けていた男の名だ。それから、ひとびとは、大文字に対するバロック的な趣味から、夜そのものを名づけた、悲しみの「夜」〔1〕と。以下くだんのごとし。もうすでに普通名をもっているものには固有名を与えること、ついで、固有名にはあだ名をつける、そうやって、呼称が互いを参照しあい、仕舞いにはそれぞれがその自己の生を生きてしまう、事物を、あらゆるものが嗅覚と触覚で示され、香りとかたちをもたぬものはなにひとつ存在しない沈黙と野蛮の年代へと追い返してしまうことに至る、呼称の無限の重ね合わせこそ適切だとする決まりの力のなせる業《わざ》だ。

さて、この男、一晩中木の下にうずくまって、だれもが見ることのできた男以前にも以後にも、バビロンには長いこと、かれ以上に野蛮で、かれよりも名なき者はひとりもいなかった。とはいえ、生涯のあいだかれは、二重、三重の意味を帯びたかなりたくさんの名、固有の、普通の、威厳ある、また、親しげな名、通俗的な名で呼ばれたのだ、半分はかれがいつだって知らないもので、半分はかれだけが知っているものだった。けれども、なんびとも、かれを個別的に名で指し示すことは絶えてしなかった。それらはむしろ、つねに、属を表わす種《しゅ》の名であるか、類比《アナロジー》の名であり、ときとして衣裳や顔つきからくる名ですらあった。ところで、ある朝、まったくの偶然から、ある時間、かれはそんな時間に外にいる習慣はもたなかったが、ブールヴァールをかれが渡ろうとしていたある朝――ほんとのことをいうと、時間だけが異例なので、かれの靴底のこつこついう音やかれの腕の振りはいつもどおりだったのだが――、瘦身で有色の、もうすっかり化粧して、ハイヒールですらりと立った背の高い女性――それまでかれは一度も遭ったことはなく、以後も二度と会うことはなかった――が、かれの通りすぎるのを見つめ、奇妙でありながら、ありふれているその名でかれを呼んだのだ――、声の美しさのわりにはかなり低く、でも、その美しさが朝の十時の微風にまじってしまうほどには十分強く。そして、かくのごとく命名されて、マンは彼女を見つめることもなく微笑むだけで満足し、その音節を背負った様子で急ぎ道を渡り、散歩を続けた。ただ――そして、そのためにこそ、かれを、じれったげな調子でも確信した足どりでかれが通りを渡ったあらゆる時と同様に今日そう名づけることが妥当なのだが――、普通なら人気《ひとけ》のないバビロンのその未知な時間の香りと清々しさは、その名前とともに、長いこと、かれの肌のうえに、かれの衣服や髪の毛のなかに夕方まで、それから、さらにもっと長く、その夜、自分を締めつける悲しみへとその名をかれがゆだねてしまうまで残った。バビロン中がはじめて、かれがたったひとりで木の下に身を縮こめているのを見分けたその晩、マンは、理由もなく、勝利した戦いの夜、多くの勝利者を泣かせてしまうと俗にいわれるあの軽い、一時的で、なんとも形容しがたい悲痛を感じていた。かれにとって、その非物質的なひきつりは、木の下に自分が居ることがそう信じさせるようにはかれを孤独にすることなく、反対に、ずっと長い以前から忘れられてしまったさまざまな存在《プレザンス》へとかれを神秘的に近づけていた。かれは自分がそこに居る《プレザンス》ことが遠くから知られ、見つめられているのを感じていた、夜のこの時間に、かれ自身があるままの姿でじっと凝視されているのを感じとっていたのだ。かれは、大通り《ブールヴァール》のうえのほとんど眼には見えない九階のあるテラスのてっぺんから、変質した香水の濃厚な残り香が自分のもとに漂ってくるのを知覚していた。かれにはまた、雑音の彼方に、ボンゴを叩く片手の規則的で、ゆっくりした、瞑想的な響きがバビロンの背後の闇の向こう側のある通りから、家々のうえを渡ってくるのが聞こえていた。だものだから、その夜からふたたび立ちあがったときには、かれは、もはや自分の名前をわからないでいた、その妙な朝、ひとりのアメリカ女性の低い、魅惑的な声がかれに与えてくれた名前さえ。

使っているうちに、マンは、ほかのものと変わらず有用で、申し分ない名であることがわかった。他のものよりそれをかれは愛撫したし、どれにもましてそれがマンの興味を惹いた。かれは溜め息まじりにその名を口にし、その名の自分にびんたを喰わせ、その名の自分をすっかり爪で引っ掻き、心地よく、なんの努力もなく言葉《フラーズ》を終えるのだったし、その言葉にある種の調子、とりわけ問いの物腰を与えさえするのだった。そして、もしも、その名がそうきちんとは書かれず、遠方から、バビロンの朝の大気と光のなかにはじめて座礁したのではないとすれば、それはきっと、その名を発した女性が完璧には書く術をいっさい知らず、おまけに、それを受けとり、受けいれたマンがきちんと読むことがまるでできなかったからだろう。おそらくそのもっとも正確なかたちは、この単音節が、その時代にも、その夜以前にも、いく度となく公衆電話に向かって呟かれ、吐きかけられたかたちだった。そして、もっとも正しく書かれたかたちは、いまでもなおブールヴァールのとある壁に見ることのできるあのMだ。いずれにしても、ひとがときおり、大通りのまん中で悲しみが、夜、「木」の下に座っているのに出会うとき、それを記憶の留める時間のあいだわれわれが語るであろう悲しみは、そういう名前で呼ばれるのだ。

〔1〕「悲しみの夜」と称されるものが世界史にはある。一五二〇年のメキシコ（メヒコ）での出来事にからまることだ。黄金を強奪し——壁を剝がしてまで——、アステカの古老たちや貴族らを虐殺するなどのエルナン・コルテス軍の残虐非道のふるまいに堪りかねた原住民戦士の蜂起が、ちょうど首領コルテスが別の地方に赴いて不在だったことも手伝って、首都テノチティトランで勃発した。このとき、終始侵攻者側に宥和的であった皇帝モクテズマは殺され、また戦いの激しさのため、スペイン軍は戻ってきた司令官ともども、都から撤退しなければならなかったが（とはいえ、メキシコは翌二一年には完全敗北する）、その退却中の六月三十日の夜、何百人かの兵がテスココ湖に落ちて死んだ。この六月末日より七月一日に掛けての夜を「悲しみの夜《ノッチェ・トリステ》」とスペイン語ではいう（スペインの年代記作者たちの命名になる由）。ベルナール＝マリ・コルテスがここで「悲しみの夜」という心象を出した事由は訳者らにはとくと腑に落ちたとは申せないのが実状だけれども、かれがこの事態とその用語を意識していなかったはずはないと考えて、註記しておく。（*le Petit Robert 2, dictionnaire universel des noms propres*, etc., G・ボド／T・ツヴェタン・トドロフ『アステカ帝国滅亡記』〔菊池良夫／大谷尚文訳。叢書・ウニベルシタス、法政大学出版局、1994年〕）

かれの臍

ひとりの男の来歴物語はそいつの父親の来歴譚からはじめなくてはならないというのが決まりごとだ。マンもまた、大部分のひとと同様、頭を先にしてこの世に出てきたのだけれども、大部分のひとより早く眼を開けた、そして、自分が見たもの――いや、むしろ、アラブ式公衆浴場《アマム》〔1〕の夕暮れの風呂場の暗がりにほんのかすかに見たもの――、それをかれはみんなと同じように、パパと呼んだ。より正確には、かれをそこから引っぱりだしている両手のことを呼んだのだ、パパと。それから、即座に、かれがまだ完全には外に出ていないその前にもう、かれに向かって、人生だとか、男たちだとか、歴史だとか、神や地獄のことを、おまけに、進むにふさわしい方向までも説明しはじめた口を、パパ、と――もしくは最低そうしたいという欲望をかれがもっていたとしての話ではあるが、かれの欲望が、赤ん坊たちのあの最初の手に負えない叫び声のように浴場中に響きわたった。マンのこの世への落下、日が落ちてくる時間のトンブクトゥ〔2〕通りのアラブ式公衆風呂《アマム》第三浴場の一角への転落（他のいかにも神秘的な幾多の観点によるならば）が続いたのはあの全面的沈黙の四分、女たち専用の時間（十四時から十八時）と夜の客専用の時間（二十時から朝の五時まで）とのあいだの四分であり、その時間のあいだに、マンは、かれのうえにかがみ込んだアリの手と口と髪の毛によってアリに、肉体、魂、過去、怨恨、血と色と呪いへと、ちょうど樹木にからみつくヒルガオのごとく接木されたのであり、そこからもはや離れることはなかったのだ。

マンがアリのかたわらで、アリの手のなかで飲み、食べ、アリの足のあいだで眠り、すべての年寄りが、たとえどんなに寡黙で、どんなに自惚れない者でも自分の庇護の元に落ちてきた者用にとっておく、かつまたアリの父権を永続的なものにした繰り言を消化不良になるほど耳にしながら暮したのは（例のもうひとりの男とともにいまだ真相は不明の、あの陰気な物語に至るまでの）十二年間だったと信じてよかろう。もし事情がこうだったとすれば、繰り言の問題に関する限り、この父ほど父親らしい父親はいなかったと認めなくてはならない。つまり、今日アリがほとんどしゃべらず、あの時期以前にもアリが無口で、人みしり屋で通っていたのは、たぶん、マンがかれの手中で成長していったその十二年間が、かれのうちでいっさいの言語形態を、ごく当たり前に倹約家である人間ならその人生の最期までしゃべるのを可能にしてくれる単語の根っこまでをも使い果たさせてしまったからなのだった。とにかく、アリはマンに対してなにひとつ絶対に出し惜しみしなかった、とくに、格言、罵倒、教訓、規則、禁止において、断定的フレーズにおいてそうであった、朝であろうと晩であろうと、かれはありとある時間をそれらでいっぱいに満たしていた。その全時間のあいだ、かれはおのれの分かちがたいボンゴをほとんど顧みなかった。かれは寸刻もマンから眼を離さなかった、たとえ仕事をするためであっても。マンを浴場のタイル床へ一緒に連れていき、床雑巾のうえに座らせ、客をマッサージしているときは子を肩車していた。アリがマンを見つめるときは、まるで「教えの神」のように、いつも眉をひそめ、指を立てていた。昼も夜も、かれは、ふたりがともに現にいる場の脈絡にはてんで関係なく、「叡智《サジエス》」をいくつかの短い命題に切り分けて——秘密の書の命ずる厳密な順序なのか、アルファベット順なのかは、おれには決してわからなかった——、そうして、かれがふたりのあいだに上手にしつらえた静寂のなかで、不平不満と、すべての父親らしい父親が自分の子供に贈る最初の富である無害だが尽きることのない罵詈雑言で子を叩きのめすのであった。

その点で、アリは、十二年間、一箇の名人だった。かれは絶えて聞かれたことのない罵りと冒瀆から開始して、まるで呼吸するように呪詛し、子供の怪物的で侮辱的な家系を思いつくのであった、それから、こんなにも莫大な恐ろしさにうんざりすると、自分自身の先祖のほうに向かうのだ。そういうとき——公衆浴場の入口の前に座って、マンを膝のうえであやしながら、手でマンの額を覆ってやりながら——、アリは、自分をこの世に生んだことを非難するため、おのが父モハメッド＝ル＝タンドル〔「やさしいモハメッド」〕に釈明をもとめ、かれの父親の父親アリ＝ル＝ベーグ〔「どもりのアリ」〕を咎めて、三番目の妻を身ごもらせたことに不平を述べ、ついで、あのもうひとりのモハメッド、別名「黒いの《ル・ネーグル》」、かれの祖父の父親を召喚し、同様の非難を浴びせかけるのであった。種族の父親という父親を、アリによれば、毎夕、この時間、長い夜のお勤めの前に説明しがたくかれを襲うもの憂い気分を含め、なにもかもの責任があるのだと、すべての者のもっとも最初の者、二九世紀前よりシリア＝メソポタミアの砂漠の土の下に葬られているアッカド男の名前まで、種族の父という父の名を違えることなく挙げて。[3]

　これが十二年間全体にわたって（ある日、忽然とマンがトンブクトゥ通りを去り、その同じ夕方、アリが永劫にボンゴを再開し、口をつぐんでしまったあの恐ろしい出来事まで）続いたというのは本当である。がしかし、マンをアリの真の息子にしたのは、繰り言でも定期的に与えられる無償の食事でもなく、まして、マンが生まれてくる前の何カ月も何カ月もの抽象的受精がそうしたわけでもなかったろう。それに、この抽象性については、だれひとりその秘密を突きとめられなかったのだ、というのも、知られているいっさいは、マンが「いにしえの蒸気風呂《ヴィエヤマム》」のマッサージ師兼夜警のアリの助けで、もっとも高温の浴室の深い暗がりの四分間のあいだに生まれてきたということだけだからだ。かれがどこから出てきたのか、それをひとびとはのちになってわかろうとはするだろう。しかし、かれらは、マンが一度も役立ったことのない、なぜなら、それはしなびて小さく、干涸びていて、世代から世代へとだんだん小さくなりながら伝えられはしても、とっくのとうに無駄なものとなってしまっている虫垂のような外観をしていたからなのだが、そんな臍帯をつけて生まれ出たということはすでに少なくとも知っている。だからして、かれの臍は、この時代に習慣的に見られるもの——代母たちがひどく興奮するあの小さな窪み——とは反対に、かれの場合、平らで隙間がなく、なんびとをもなんら熱狂させなかった。だが、あの四分のあいだに、自分の手のなかに落ちてきた子供に、アリは、おそらくうっかりしてであろう、ちょうど口づけを通してひとからひとにうつるあの伝染病類のように、異常に暑く、多湿の空気のなかではあっという間に成長する種を伝えたのである、マンをアリの古くて、深い根につなげることで、かれはマンを、無秩序な、密集するジャングルに結びつけたのだ、その植物繊維が、ちょうどブラジルの「低木の多い草原地帯《カンポ》」〔リオ・デ・ジャネイロ東部の市の意でもあるが、普通名詞とみなす〕の入り組んだ根株が地面を貫き、スールー海〔フィリピン諸島とボルネオ島のあいだの太平洋の内海〕の名もなき岸辺で養分を吸いあげるごとく、世界と時間の闇の心臓部に張りめぐらされているジャングルに、だ。

〔1〕ローマの浴場にも温浴形式と蒸し風呂式があった由だが（『地中海事典』）、うち、蒸し風呂式の公衆浴場をひとまずこのように訳すことにした。六五〇年にシリアのダマスカスを根城に創建され、次の世紀にはイベリア半島まで勢力を伸ばすウマイヤ朝——そのキリスト教ヨーロッパへの展開は、七三二年に将軍アブド＝アル・ラーマン率いる軍勢がポワティエでメロヴィング朝のカール・マルテルによって前進を阻止されるまでとどまるところを知らない。「ピレネーの斜面を下り、アラブ人たちはアキタニア〔アキテーヌ。フランク王国の四地方の一つ。ボルドーを中心とする現フランス南西

部、「ロワール河、ピレネー山脈、セヴェンヌ山脈に囲まれた地域」〔ティエリ〕〕を踏破した。七三二年に、ユード公爵〔アキテーヌ公〕の勝者となったかれらはボルドーに侵入、その教会すべてを焼き、ポワティエの門まで進出、サン＝イレール＝オール＝レ＝ミュール教会堂に火を放つ。続いてかれらは、ガロワ・キリスト教の首邑、すなわちトゥールに殺到する。かれらの目的は精神的なものであるとともに物質的でもある。聖マルタンの威信に一撃を加え、その神殿の財宝を奪うことだ。が、かれらは目的を叶えられない、十月のある土曜日、フランクの首領カール・マルテルがポワティエからほど遠からぬところでかれらを止める」〔デュフールク〕――のイスラム圏都市化により登場をみた「熱気と蒸気」式の共同風呂のことである。アラビア語でハンマーム。単に衛生上の施設であるばかりでなく、身体を清めるという限りで、宗教的意味合いも帯びる重要な空間だったといわれる。ウマイヤ朝ではなく、その後の、バグダードを首都とするアッバース朝期（750-1258）では、『「清浄は信仰の一部である」』――とは、予言者の伝承が語り、今日でもイスラム教徒諸国で万人が口にするところだ。アラビアには、ムハンマド以前、公衆浴場に言及した物語はない。予言者自身も公衆浴場に対しては反対の偏見をもち、ただ洗浄のために男子が一枚の衣を纏ってなら、〔浴場に〕入ってもよいとしていた。／しかし、ここで研究対象とする時代には公衆浴場（単数形、ハンマーム）は、儀式的洗浄や健康上の効果のためではなく、娯楽や奢侈だけの場所として、流行化していた。女性はとくに指定された日に、その使用が許された。／〔中略〕アル＝ヤアクービは、バグダード建設後間もないころの数字を一万としている。一三二七年にバグダードを訪れたムーア人の旅行家イブン＝バトゥータは、バグダードの西郊を含む十三区のそれぞれに、もっとも凝った造作で、湯と水が流れっ放しになっている浴場が、二箇所ないし三箇所ずつあったと報じている。／浴場建築は、当時も今日と同じように、大きな中央の部屋を取巻いている、モザイク状の舗床と大理石を張った内壁をもつ、数個の部屋からなっていた。この一番奥の部屋は、光線を入れる小さな丸いガラスの玉をちりばめたドームを戴いており、水盤の中央の噴水孔から出る蒸気で温められていた。外側の部屋は、談話や飲物や茶菓を供するのに使われた」(『アラブの歴史』)。

なお、話の軸が若干それるかもしれぬにしても、これら風呂というものに関わる発達条件としてこの文化圏における水のふんだんさと水道の整備があったことも指摘しておく必要があろう(「ホムス、アレッポ、その他の町と同様に、アラビア人は部族関係にしたがって自分たちだけ別の区域に住んでいた。家の戸口はいつも開け放たれ、街路から中庭に入ると、オレンジやシトロンの木が繁茂し、その傍にはベール状の水煙を断続的に吹き上げる噴水のついた大きな溜め池があった。ウマイヤ朝こそは栄光を不滅にした。当時他にまさるもののない水道をダマスカスに設けたのであり、それは今日なお使用されている。ダマスカスの郊外にあるアル=グータの豪奢な庭園は、まさにバラダ川のおかげで存在している。この川は北方から流れ出て、銀色の流水がふさのようにほとばしりながら平原を横切り、その運河が都市全体を爽快にし肥沃にする。現存する約六十の公共浴場は、モザイクや模様タイルを敷いたものもあり、また給水が豊富であることと、その分布範囲を示しているのである」(『シリア』))。

もちろんこれは東方や、アラブのしきたりであって、ヨーロッパもそっくり同一の方式だったわけではたぶんないだろう。ちなみに、エジプトは「新王国時代の第十八王朝アメンホテプ三世の治世から第十九王朝の最初の王ホレムヘブ(あるいはハレムヘブ)の時」、「だいたい紀元前十四世紀にあたる時代」を舞台にしたフィンランドの作家ミカ・ワルタリの歴史小説『エジプト人』にちらり断片状に描かれるクレタ島においては、まことか否か、「建築も他国の神殿や宮殿のごとく、人を威圧することがなく、外形の均斉よりも、便利と贅沢を目的としているのである。クレタの人は外気と清潔を愛する。だから、その格子窓からはふんだんに微風が吹きこんでいる。住居には多数の浴室があり、栓をひねるだけで、銀色の給水管から銀の湯舟の中に、湯でも水でも流れこむ。便所まで勢いよく水がふきだし、便器を洗い流してしまう。これほど進歩した贅沢は他で見たこともないのだ。こうした様式の生活をしているものは、富貴貴顕の士に限らず、すべてがそうなのである」(『エジプト人』中)だとか。

時代順にこだわらず例を綴ると、膀胱結石のため紀元前二七〇年に没したとされる哲学者エピクロスのその最期は、「かれはそのとき、熱い湯に満ちた青銅づくりの浴槽に入り、強い葡萄酒をもってこさせてこれを飲み干し、友人たちに自分の教えを記憶するよう勧めてから死んだ」。これまたいささか唐突か、ヨーロッパでは、アーサー王は戦いのあと入浴もするし、異類婚姻譚のひとつ、『メリュジーヌ』では女主人公が風呂に入っていて、半身蛇体であることを見破られる。それに、こっちもフィクションだから必ずしも当てにはならないにせよ、マリ・ド・フランスが書いた中世の物語(大略十二世紀)に、熱いお湯のたぎるふたつの浴槽が室内に運びこまれ、ふたりの人物が熱湯で殺害される場面をみいだすことができる(『十二の恋の物語』)。この四つはむろん公衆浴場ではないけれど、形態は現代の西欧で一般的なもの、浴槽に湯を張る仕組みの風呂にちがいない。で、これはまるっきり唐突とはいえない、マルセル・カルネの映画『天井桟敷の人々』に登場するロマン派的反抗者で、詩人・人殺しのラスネールが公衆浴場でアルレッティ扮するギャランスのパトロン、モントレー伯爵を殺す景があったと憶える。その風呂が温浴式だったか蒸気式だったかなかなかぐれず(何十年かぶりに澁澤龍彦書を開いても解けず)、註釈者としてじれてしまい、面白からず、カルネにもジャック・プレヴェールにも、またアナーキストにも通暁する友人高橋治男に教えを仰いだ。大きな浴室があり、そこを通って、犯行は奥の個室で行なわれるが、風呂はオリエント式だと。ああ、そうだった。かれの話によると、当時パリにはこの手の風呂は結構あったらしい。なるほど、つい先頃刊行されたばかりのこの死刑になった男の回想録の日本語訳書の註にも「シャルドン母子は一八三四年十二月十四日、シュヴァル＝ルージュ小路の自宅で殺害された。最初にシャルドンに飛びかかったのはアヴリルで、ラスネールが刺した。その後ラスネールは母親のほうに移り、顔を執拗に刺したという。盗んだのは五百フランと小物類だけだった。二人はトルコ風の公衆浴場で血を洗い流し、劇を観に行った」とある（澁澤にも同記述あり）から、「トルコ風」は流行していたのだろう。話をもそっと広げるなら、「ヨーロッパでも十六世紀のころまでは公衆浴場が栄えていたが、ペストの流行後その風がすたれた」とフロイスの『ヨーロッパ文化と日本文化』の訳註は記す。この風呂がどんなものだったかはあいにく十分には把握しにくいのだが、湯を張るものだったのかどうか、アラブ、トルコ的様態だった可能性はないだろうか。

前置きが長くなった、実にここからが本題。完全にアラブ式であれ、そうでないであれ、ハンマーム（フランス語ではアマム）と呼ばれるものは、いつ頃からだろう、昨今、フランスでは（ヨーロッパの他の地域はここでは対象にしない）大人気といっても過言ではない。パリにも結構あって、カルティエによってはすぐ見つけられる（モンパルナス墓地のすぐそば、ヘンリー・ミラーがしょっちゅう話題にした、また、サルトルの住まいがそばにあったエドガール・キネ大通りから入って歩けばテアトル＝モンパルナスが左手に臨まれるゲッテ街にも、キネの反対の出口側のアヴニュ・デュ・メーヌ寄りに一軒ある。この通りは劇場がいくつかある関係で、よく足を踏み入れたが、さびれたポルノ・ショップとクレープ屋が目立つ場末街の佇まいだった。たまたま繙いた一八九五年のパリ――この年かれは収監されるのだから、ちょっと年代が合わない気もするけれど、同性愛が厳罰に処される大英帝国からオスカー・ワイルドが逃げてくる――を舞台にした隕石の落下と当時の新機軸たる二酸化炭素を使った連続殺人の犯罪小説でも、「この通り〔ゲッテ街〕では、闇の売り子たちがカフェ＝コンセールやテアトル・デュ・モンパルナス〔ひどく紛らわしいが、このままの名の劇場は見つからない。誤記か、テアトル・モンパルナスの旧名？」用の一時外出券を割引値段で現金化していた。郷土衣裳のブルトン人たちがクレープとスモモ入り焼き菓子をレンヌやサン＝マロの紋章で飾ってある酒場の前で身ぶり手ぶりに忙しいおかみさんたちに売っていた」〔『地獄小路の待ち合わせ』〕というのだから、世紀末から今日まで雰囲気はそう変容していない）。肌がつるつるになるので大贔屓だと友人の子の若い娘らが異口同音に褒めそやす（九〇年代の話）そうした共同浴場の営業形態や中身がさっき述べた往時のままのはずもないと思えもするし、小説『プロローグ』の描写のようであるかどうかは入った経験をもたぬ註釈者には覚束ないけれども、本来、蒸気で身体を温め、湿らせ、場合によっては三助が垢すりをし（パリにあるものにこれが伴うか否かの確信なし）、洗い流す方式というのが常識的でもあれば、資料にも承るところだ。明治三十九（1906）年、つまり、日露戦争終結の四年後にインド洋からスエズ、カイロを経て、「聖地」の面影はすっかり失せていた――これが書き手の印象、かれは幻滅する、なにせキリスト者なのだ――エルサレムに赴き、コンスタンチノープルから東欧をくぐりながらロシアに入り、敬愛のレフ・トルストイ宅に逗留して、モスクワより鉄道でウラジオストックへ、そして、海路、敦賀に帰ってきた徳富健次郎が語っている、「ロシアにありて日本に欲しきものはトルコ浴。貸切もあれど、混堂可なり。アラビア文字を壁に金書し、トルコ楽器をかけ、ぐるりとソファを据えたる広間に着物を脱げば、番頭石鹸《しゃぼん》と白髪昆布のごとく木を線にしたるもの一圏《わかね》を渡す。下り行けば広きながし場なり。その一方の戸を排して入れば中は蒸風呂、一方には熱せる石あり、湯気満ちて、二分にして満身に汗す、上気を避くるため頭冷やすべき水溜あり。五分乃至十分にして出づれば、ロシアの三助客を長兵衛のごとく大理石の俎に蒲《かば》むしろ敷き枕高くしたる上に仰臥次に俯臥せしめて脳天より足の裏まで隅なくかの垢すりにて流しくる。終りて別室に驟雨浴場あり、上より下より驟雨のごとく湯迸る。十分に浄め終り、ここを出づれば径四間深さ胸《むね》に及ぶ清水池あり、泅ぎて上り、もとのソファの室に入れば、番頭折返して体を掩うほどの大タオルもてつつみくる。ここにてクワスを飲む者もあり。贅沢に足の爪とらすもあり。床屋もあり。湯銭心づけを合わして一円五拾銭ほど」。連想を続ければ、そのレフ・トルストイをして、「『どうして湯に入らないでいられるものかね。汚いじゃないか。』とアンドレイ公爵は言った。／『それどころか、かえって自分の生活をできるだけ愉快にするよう、努力しなくちゃならないよ。僕は生きているさ、しかし、それは僕の罪じゃないんだからね。してみると、当然、他人のじゃまをしないように、死ぬまでどうにかこうにか、ちっとは気のきいた生活をしなけりゃならないじゃないか』」とわざわざ書かせるほど風呂が好まれた土地柄だといっても脱線にはなるまい（チェーホフは「蒸風呂の蒸気は痔にさわる」という妙な短編を書いたけれど、レオーノフなら、ネップ期を枠組みにした小説『泥棒』において実にこうなのだ、「子孫には残されなかったこの施設に立ち入ることを許されたのは、選ばれたごく少数の人びとだけであり、フィルソフにいわせれば、風呂芸術がこれほどの勢いでさかえたことは世界のどこにも例を見ないという……まっさきに裸になると、ドゥーシキンは氷のような水を壁にあびせかけた。有害な一酸化炭素を洗いおとし、これから味わうだいご味のきびしさをやわらげるためだった。それから、炉石の口に白樺のハタキを招待客の人数分だけかけつらね、灼熱した火口に最初の何杯かの水をかけた。じゅっと音をたてて湯気の渦が白樺のハタキを打ち、ちぢれた葉が身動きして、皺をのばし、荘厳なほど熟した空気を春の魅力でいっぱいにした。それにつづいてあとの連中も、むずがゆくなるような、祝福されたこの焦熱地獄へどやどやと入ってきて、健康や年齢の段階に応じて思いおもいの場所に陣どり、てんでに好きな仕事にふけった。『湯気でふやけた木の葉が、短く力強く身体を打ち据えながら、淀んだ血を追い払い、血液の循環をうながして、それと同時に俗世のさまざまな幻滅の垢をこすりおとし、ほかならぬそのことによって、霊感にみちた活動へ人間をふるいたたせるのだった』フィルソフは、民族の悲しむべき狂信行為への、生まれながらの愛着ぶりを露呈しながら、感激した様子でこう記している」)。同トルストイがらみなら、グレタ・ガルボが主役だった映画『アンナ・カレニナ』の最初のほうで、数人の男が箒で躰を叩きながらの入浴場面があったし（それともあれはサウナだったか）、これらは共同浴場を外れる場合もあるにしろ、ロシア式風呂の基本図だった模様である。風呂屋については違う回路でなおも、盧花と同時代に近いのを重ねると、その頃はもう完全に世俗化していたのだろう、ギリャローフスキイが述べた以下の章句が類縁化しうる、「どんなモスクワ人もこれなしにはすまされないというただ一つの場所――それは風呂屋だ。職人であれ、貴人高官であれ、素寒貧であれ、金満家であれ、ふろ屋がなくては暮していけなかったのだ。／前世紀八〇年代に全能の〈都の主人〉である総督ヴェー・アー・ドルゴルーコフ将軍はサンドゥノーフスキエ浴場へ行き、そこのしゃれた家族風呂で銀のたらいと手桶を出された。総督の御殿には当時のモスクワには珍しい大理石の湯ぶねがあった。だが代々蒸し風呂で汗を出すため小ぼうきで体をたたき、脱衣場でひと休みし、仲間と〈だべる〉のが大好きなモスクワっ子にはおいそれとなじめないものであった。／それぞれの階層にはお気に入りの浴場があった。金持ちや一般に資産のある人びとは〈貴族〉浴場、労働者や貧乏人は五コペイカの〈平民〉浴場へ行った。／水、熱気、湯気は同じだが、調度だけが別である。浴場はともかく浴場だ！　あかすりが十三コペイカ、石けん一個が一コペイカ。浴場の多くは今も昔ながらに、前世紀の終わりと同じ家にあるのだが、客のほうは全然別で、昔の主人も今は亡く、浴場の記憶もやがて消え失せよう。語る相手がいないからだ」。かれの話によると、いわゆる三助もおり、「朝の五時から夜中の十二時まで、へそからひざまでの短い前掛けをしただけの裸ではだしの男が、自分の体の全筋肉を使って列氏（沸点は八十度）十四度から六十度までにも変わる温度のもとでひっきりなしに、そのうえ、いつもぬれたままで働」き、きわめて「苛酷な労働」を強いられていた。この三助にはアジア人もいたふう。むろんそれ以上の出自までこの書は明瞭にしているわけではない。

ところで、先のチェーホフの『サハリン島』にもおそらく似た種の「家族浴場」なるものが出てくるのだが、それは、一見そぐわぬ感じ、ユダヤ人経営の様子である（ヘンリー・ミラーを読む限り、ニューヨークのユダヤ人街にも「トルコ風呂」があるのは瞭然だから、不思議はないが）。だとすれば、要するに、かつてアラブやトルコ専売だったものがビザンツ経由にちがいない、ロシアに入って幅広く根づき、そして、それとはどうやら別系統、アラブ（マグレブ）からじかに入ったハンマームがフランスで評判を集めているという成りゆきだろうか。こうした前提で考えると、『プロローグ』の共同風呂は神聖だったときの気配も残っていれば、いわくいいがたく世俗調でもあり、そのちょうど中間のかたちを備えている気がしてくる。

〔地中海学会編『地中海事典』〔三省堂、1996年〕、ジャン・ドゥロルム『年表世界史I』〔橋口倫介訳。クセジュ文庫、白水社、1982年。なお、参考文献は以後を含めいずれも訳者が参照した版の刊行年で示す〕、フィリップ・K・ヒッティ『アラブの歴史』上巻〔岩永博訳。講談社学術文庫、1991年〕、同ヒッティ『シリア』〔小玉新次郎訳。中公文庫、1991年〕、ミカ・ワルタリ『エジプト人』中、下巻〔飯島淳秀訳。角川文庫、1965年〕、『エピクロス——教説と手紙』〔出隆・岩崎允胤訳。岩波文庫、1976年〕、トマス・ブルフィンチ『アーサー王物語』〔大久保博訳。角川文庫、2006年〕、クードレット『西洋中世奇譚集成　妖精メリュ－ジーヌ物語』（松村剛訳。講談社学術文庫、2010年）、オーギュスタン・ティエリ『メロヴィング王朝史話』上巻〔小島輝正訳。岩波文庫、2000年〕、マリー・ド・フランス『十二の恋の物語』〔月村辰雄訳。岩波文庫、1990年〕、高橋治男「20世紀の文学シャンソン」in 雑誌『感情』第6～8号〔風都社、2014年3、7、11月〕、ピエール＝フランソワ・ラスネール『ラスネール回想録』〔小倉孝誠・梅澤礼訳。平凡社ライブラリー、2014年〕、澁澤龍彦『悪魔のいる文学史』〔中公文庫、1987年〕、ルイス・フロイス『ヨーロッパ文化と日本文化』〔岡田章雄訳注。岩波文庫、2005年〕、S・ワイントラブ『ビアズリー伝』〔高儀進訳。中公文庫、1989年〕、徳富健次郎『順礼紀行』〔中公文庫、1989年〕、レフ・トルストイ『戦争と平和』第二巻〔米川正夫訳。岩波文庫、1993年〕、チェーホフ集『結末のない話』〔松下裕編訳。ちくま文庫、2010年〕、レオーノフ『泥棒』〔原卓也訳。「集英社版世界の文学」5、1978年〕、ヴラジーミル・ギリャローフスキイ『世紀末のモスクワ』〔中田甫訳。群像社、1985年〕、チェーホフ『サハリン島』下巻〔中村融訳。岩波文庫、2009年〕、*le Petit Robert 2, dictionnaire universel des noms propres*, Le Robert, 1990, Ch.-E. Dufourcq, *La vie quotidienne dans l'Europe médiévale sous domination arabe*, Hachette, 1978, Claude Izner, *Rendez-vous passage d'Enfer*, coll. 《Grands Détectives》, Editions 10/18, 2008)

〔2〕トンブクトゥとは、いわずと知れた「黄金の都」の符号、現在のマリ、植民地主義時代には仏領西アフリカと呼ばれた一帯の中央部、砂漠のなかの都市の名である。大事と思われるので、類比や跳躍も入れて勘どころをつまむ。地図の十九世紀の部でみると、この西アフリカはサハラ砂漠の北回帰線の南というあたりだが、そのさらに西、海寄りが「仏領スーダン」、下がれば、『黒人と犬どもの闘争』の場所である（かもしれない）「セネガル」、東の「ニジェール」の南、大西洋沿岸が、『西埠頭』でエピグラフにされたメルヴィルの『幽霊船』にその名が顔を覗かせる「アシャンティ」、それにエメ・セゼールの『クリストフ王の悲劇』でも言及される、黒人奴隷貿易港をもった「ダオメ」などであって、「奴隷海岸」や「黄金海岸」、「象牙海岸」ともども、厳密な細部は知らずとも、妙に既知感のする地ではなかろうか（一八七七年ジュネーブに生まれたロシア女性で、先の犯罪小説とちょうど同じ頃マルセイユからモロッコ、チュニジアの砂漠の遊牧民の地を男装して動いた、フランス語名イザベル・エベラールの興趣溢れる、こちらは旅の記録、要約すると、ゴーティエ、ネ

ルヴァル以来のロマン派流「オリエンタリズム」という時代の気分を濃密にたたえている書の、それ自体がオリエンタリズム的記述、大麻が吸える闇の場所に集った群像の活写場面でもかくのごとしだ。「この隠れ家に出没するバラニア（外国人）や放浪者たちも、時には、大麻の喫煙者たちに加わることがある。喫煙者たちがひどく閉ざされた小さな結社を作っていて、そこに入り込むのはかなり難しかったにもかかわらずである。というのも、イスラムの国々を通して彼らの夢想を運んで行く旅人たち、このケナドサに集まる幻覚的な喫煙の崇拝者たちは、彼らもまた、高い知識階級に属しているからであった。／背が高く痩せたタフィラレトの男、日焼けし、穏やかな顔を内面の光によって照らし出されたようなハージー・イドリースは、家族もなく、定職もない、イスラム教国では非常によく見かけるタイプの放浪者の一人だった。二十五年来、彼は、町から町へとさまよっては、場合によって、働いたり托鉢したりしている。／彼は『ゲンブリ』という、亀の甲羅の上に二本の弦が張られ、もち手のところには彫刻を施された、アラブの小さなギターを奏でる。／ハージー・イドリースは荘重で、澄んだ、美しい声をしていて、哀愁に満ちたひどく優しい旋律をもつ、アンダルシアの古いレチタティーヴォを歌う。／メクネスのモロッコ人、青白い顔に親愛の情のこもった目をした、まだ若いムハンマド・ベハウリー氏は、アラブの伝説や文学を求めてモロッコやアルジェリア南部をさまよう詩人である。日銭を稼ぐため、彼は、愛の悦楽や苦悩について、物語や詩句を作っている。／ジャバル・ゼガウン山出身の男もいる。医者にして魔法使い、小さく、ひからびて、筋肉質、肌は長年旅したスーダンの太陽になめされた彼は、隊商と一緒に、セネガルの海岸からトンブクトゥまで放浪して回っている。彼は、薬を調合したりモロッコの古い魔術書のページを繰ったりしながら日々を過ごす。／偶然によって、この者たちはケナドサに集まった。明日には、彼らは出て行き、反対の道をとり、運命がどう成就されるかなど、まるで気に懸けることなく、それぞれの道を進んで行く。／共通の趣味が、彼らをこのいぶされたような隠れ家に集め、そこでは心配事を免れた生のゆったりした時間が流れていく」等）。

黄金、奴隷、象牙等は海岸の名として痕跡を留めたわけだが（胡椒海岸というのもあった）、トンブクトゥはこの前二項に密接に関係する。都そのものの淵源はずっと古く、もともとは現在のアルジェリア（アラビア語名アル・ジャザーイル、「島」。地中海と砂漠に囲まれた島の意味からきていると最近知った）との国境近くに位置するタウデニ塩田に塩をもとめ往来する隊商の出発点であった。その隊商宿《キャラヴァンセライユ》の拠点が地中海側とスーダン地方との交易市に発達、マグレブを経た内陸ノマド型商人が地中海方面の物品をスーダンから運ばれる奴隷、ならびに黄金と交換しにやってくる大市場都市となり（おおまかには塩と黄金が交換された古来よりこんな按配だった。「北方へ運ばれるものは、南の国々から集められた黄金や黒人の奴隷で、のちに、西スーダンの交易の中心が、ニジェル河沿岸のトンブクトゥやガオに移ってからは、この地方の沼沢地でとれる米なども加わったようである。八七〇年のアラブ人ヤ・クービの記録には、サハラ西端部をガーナからモロッコへ運ばれる黄金や、列をなして連れられてゆく奴隷のことが語られている。ほぼ同時代の、イブン・アル・ハマダハミは、この『黄金の国』について、『ガーナの国では、黄金は恰もにんじん（ジャザール）のように、砂の中から生え出る。人々は夜明けにそれを抜きとるのである』（中略）と記している。当時からすでに、西スーダンの『黄金の国』の噂は、かなり誇張され、なかば伝説化されて北アフリカに伝えられていたことがうかがえる」（川田順造「十五世紀のアフリカと地中海世界」in『西アフリカ航海の記録』）。推察は容易くできる、時間的には「金」が先だったに相違ないとしても、それと「奴隷」はある時代までは等価だったはずだ。ところで、これは斜めからの情報にすぎないから、参考になるかどうか、紀元三世紀頃の「クロライナ」、われわれのよく知る名で「楼蘭」においては、「奴隷」

は男性が「羊一二頭」、ないし「弓一丁」、ないし「三歳ラクダ一頭」、女性が「七歳ラクダ一頭」に相当する値であった〔加藤九祚〕)。

十五世紀来、ポルトガル人先導(エンリケ航海王子!!)の「大航海時代」がもたらした変化、大西洋沿岸部が西欧に開かれたことに主因する内陸ルートの衰微という事実はあるものの(あったればこそ!?)、トンブクトゥは伝説のトポス=彼方となるのである。ヨーロッパの探検家が足を踏み入れた時期には(フランスの探検家ルネ・カイエがこの都市を訪れたのは一八二八年、かれもまたその旅をアラブ人に変装して行なったとか)、ここはもはや遺跡のみで、富はなにもなかったようだが(十九世紀前半、より具体的にいえば、四八年の革命の時代に西欧の奴隷制は表向き廃止された。そうとはいえ、もちろん、先のエベラール書にも「ハルタミ」と呼ばれるスーダン出身の「奴隷」はいくらも登場してくる)、にもかかわらず、たとえば「しかし大樹林のなかに黒人の村トンプクトゥーがまだあるのは確かだった。小道を曲がったところで突然暗い丸屋根が見えてくる、四つの大きな蟻の塔がそれだ」(『夏休みの宿題』)と記されるヴァレリー・ラルボーの一九一〇年代の思春期小説の子供の遊びにしてもそう、「トンブクトゥ」を夢や財宝の郷とするファンタスムは残ったし(すでに度々登場願ったヘンリー・ミラーでも、「チンブクツ」はかれの憧憬の空間だ)、皮肉も嚙ませてそうした定位を物語化する作品は今日だって少なからず存在しよう。ポール・オースターがトンブクトゥを名とする犬の小説を発表すれば(犬も入れ、なにやら「コルテス」通底的ではないか)、筆名を変えて二度ゴンクール賞をとったことでいく重にも著名なロマン・ガリ、またはエミール・アジャール(一九一四年現リトアニアに生まれたフランス作家。小説のデビュー前は空軍パイロット、ド・ゴール派でレジスタンスに参加するなど、マルロー流とは限らぬ「冒険家」の肖像的挿話は数々、かれにも犬の長篇がある。ミーハー的興味レヴェルをつけ加えると、女優ジーン・セバーグの夫、七九年の妻と等しく、八〇年に自殺を遂げた)の死の三年前の小説、シャタン・ボガット名で刊行された――その戯れを徹底的に楽しんだこの男にかかると、名前はどんな自己同一性も証してはくれない――『ステファニーの首たち』、スーパー・モデルが撮影の仕事で中近東にきたはいいが、そこは石油がらみで権力争い中のきな臭い場所、彼女は影の政治やら陰謀やらに巻きこまれ、やたら斬られた首を配給される、諜報もののパロディといおうか、「世界史」ものの茶化しとでもいう感じの話の冒頭はこんな調子である。

「千夜一夜は、かれらがこのアラビアの地、イエメンの東のテウザに着陸したとき、真っ昼間、耐えがたい暑さのもとではじまった、この地の歴史は西側にはほとんど知られていないが、伝説は非常によく知られており、永久にアラジンのランプが照らしているようなものなのだ。ステファニーは、舷窓に額をくっつけ、口元に幸福な微笑を浮かべて、いまもって世界のすべての子供本の紙上で王さまたちが治めているこの地を眼の滋養にするのをやめなかった。トンブクトゥと同じように、首都の南にあるナハールのオアシスは、地図のうえの現実というよりは、それらの名の魔術的響きと夢に由来しており、その途方もない財宝はそこにある砂地や宮殿にではなく、われわれの想像のうちに埋もれているあのほとんどこの地上のものではない場処のひとつだった。トンブクトゥ、海賊海岸、紅海、ペルシア湾、数十万の椰子の木が生えるナハール……想像力のオアシスであり、現実にそこを訪ねたのではない限り、われわれの夢のキャラバンはそこへ水を飲みにいき……われわれがノスタルジーや思い出を失うことは絶えてない地だ。ステファニーはトンブクトゥを知っていた、とりわけ、彼女がディオールの実に見事な創作――シガリーヌのドレス、一二メートルのフリル、六〇メートルの派手な飾り《シン》、金色の網状のヴェスト型ブルゾン――を身にまとい、ボボ〔小説の中途で殺される写真家、ヒロインの相棒〕のカメラのむさぼり喰うような怪物の眼の下でポーズを保とうと努力していたあいだ中、ずっとひとつの身ぶりをせざるをえなくさせた蚊たちのことをしっかり覚えていた。すでにこの五年、ステファニー・エドリッシュは世界でもっともギャラが高く、いちばん売れっ子のカバーガールだった」。さよう。それにしても、「イエメンの東」とはどこだろう。もしやポール・ニザンの都市アデンではないか。それとも、晩年のランボーがいたハラル？いや、それはイエメンの西だ。

　残る問題はトンブクトゥ通りである。この名称をもつ通りは、打ち明けてしまうと、パリに現存している。十八区、ピーター・ブルックの根拠地「ブッフ＝デュ＝ノール」に至近距離の一角にある小路地、ゲッテ街どころではない、もろに十九世紀的な場所だ。同劇場にいったある晩、終演後、意を決してその周辺を散策してみたのだが、暗い夜中のこととて「風呂屋」があったかどうかは突きとめられなかった。というか、わたしの眼にはあった気がたしかにするのだけれども（それも「ハンマーム」が）、もうなん年も前なので記憶は当てにならないといわざるをえないのは口惜しい限り。しかし、訳者のひとり、わたしが考えるに、この物語の通りは移民の蝟集地とみえるあのカルティエ、北駅が間近い十八区の一地区を投影していることにおそらく紛れはない。だが、そうでありつつ、そこが単一的なモデルというわけではないだろう、よしんばパリが十九世紀と同じく、「現代のバビロン」と称されることが間々ありはするにしても（スコット・フィッツジェラルドの二〇年代後期のパリが舞台の小説に『バビロン再訪』というのもあった）。ここは、「世の大都市の話がでると、人はテーベとバビロン、ときには、これにニネヴァ——この都はついぞ見たことがないのだが——を加えて話をする」と前述の『エジプト人』上巻が語る、かの宮中庭園や楔形文字のバビロンであるわけはないはずだが、それでも、シリアやマグレブのどっかみたいでもあり、あるいは、もう菩提樹など生えていないと伺うウィーン、シューベルトの「菩提樹《リンデンバウム》」の街であっても一向に構わない（森本書参照）、いやもとへ、それはいくらなんでもいいすぎ、仮にパリだとすれば、ここは、いうなら、マックス・エルンストの「パリ――夢うかぶ沼」式のパリか、さらには、かこつければ、その昔豊崎光一がボードレールにからめてきわめて見事に読み解いたシャルル・メリヨンのエッチングふうのパリ（ともにイメージは、砂漠ではなく、海と船だ。なお、かなり以前のことになる、雑誌『ロマンティスム』の「グラン・ブールヴァール」特集で十九世紀パリのブールヴァールを「アレゴリックな河」に見立てる匿名氏の秀逸なパリ案内記のあることを（題名のみ挙げると、*Le Petit Diable boiteux, ou Le Guide anecdotique des étrangers à Paris* par M***）、同テクストの要諦部の引用とともに、知ることができた〔ボリス・リヨン＝カーンの論文〕。おまけに、その書にはブールヴァールの劇場評まで記されているのでなかなか示唆的）であり、それやこれやを一種無意識的記憶《レミニッサンス》の対象として抱懐しながら、ひとまず架空の都市（マリやエチオピアが話題になり、アフリカかと思わせられるにしろ）「バビロン」で話は遂行されるのだと見当をつけるのが賢明なようだ。グラン・ブールヴァールを想わせかねない大通りとそう豪勢とはみえぬ公衆浴場が混在する都市の祖型的な形姿（ひとつのアナロジー、「男性用公衆便所《ピソティエール》――ユシェットやノクタンビュール、バビロン座等、五〇年代に『前衛劇』が初演されたパリ左岸の小劇場を指す隠語」〔アルフレッド・シモン〕、それに、六〇年代の新宿はほとんど照応的だし、想像しやすいのではあるまいか、「男色家たちのひそかな集合場所、シャルリュス男爵が相手を物色するために一時間も立ちつくしたというあの『ピソティエール』」〔工藤〕）がバビロンと名づけられた感が強いのである。

（前掲 *le Petit Robert 2*〔固有名詞はすべて同事典をまず照合したので、今後当事典の記載は略す〕、前掲『地中海事典』、同『エジプト人』上巻、イザベル・エベラール『砂漠の女』〔中島ひかる訳。晶文社、1990年〕、ヴァレリー・ラルボー『幼なごころ』〔岩崎力訳。岩波文庫、2009年〕、森本哲郎『ウィーン』〔「世界の都市の物語」8、文藝春秋、1992年〕、フィッツジェラルド『パリ再訪』〔沼澤洽治訳。集英社文庫、1991年〕、*Grand Dictionnaire encyclopédique Larousse*, vol. 14. Larousse, 1985, Jacques Hillairet, *Dictionnaire historique des*

Rues de Paris, Editions de Minuit, 1963, Paul Auster, *Timbuktu*, Faber and Faber Limited, London, 1999, *Tombouctou*, traduction en français par Le Boef, coll. «Babel», Actes Sud, 2006,『世界史年表・地図』〔吉川弘文館、2003年〕、エメ・セゼール『クリストフ王の悲劇』〔尾崎文太、片桐祐、根岸徹郎訳、監訳佐伯隆幸。れんが書房新社、2013年〕、加藤九祚『シルクロード　文明の旅』〔中公文庫、1994年〕、アズララ、カダモスト『西アフリカ航海の記録』〔後掲「大航海時代叢書」巻Ⅱ。岩波書店、1967年〕、Romain Gary, *Les têtes de Stéphanie*, coll. «folio», Gallimard, 2013, Alfred Simon, *Dictionnaire du théâtre contemporain*, Larousse, 1970, Boris Lyon-Caen, 《l'énonciation piétonnière》 in *Romantisme* n°134, Armand Colin 2006, 工藤庸子『プルーストからコレットへ』〔中公新書、1991年〕、マックス・エルンスト『百頭女』〔巌谷國士訳。河出文庫、1996年〕、豊崎光一『ファミリー・ロマンス』〔小沢書店、1988年〕）。

〔3〕このくだりが『西埠頭』の結尾で母セシールがケチュア語で悲しむ「母」の系譜の呪いと多分に対称的であることは留意されてよい。なお、アラブの場合、すでに引いたデュフールクもいうごとく、子孫が喚起するのはつねに「父」である。

運命の奇怪な計算

あの娘《こ》に三年、その息子に三年、主よ！　あの頃「運命」はなんと算術的だったことでしょう。マンがわたしのもとに転がりこんできたとき、あれはかれこれ十二歳、それ以上でも以下でもなかったはず。わたしには、その年齢がなにももっていないことでそれとわかるのです、腰も、胸も、お尻も、コサック的なところもいっさいもってないことで。かれはバビロンの路上をうろつき、厚かましい態度で通行人を眺めやり、同じ敏捷さと同じような糞ったれのしかめ面で蚊を呑みこんでいました、偉大な神、主よ！　それでもってわたしは、遠くから、ただちにかれを認めた、ネカタの仔だと。またそういう理由で、わたしがテラスの縁に身を乗りだして、口笛を吹いて、上がってくるよう合図したとき、主よ！　あれは一も二もなく受けいれ、まるで道は知っているみたいに、即刻上がってきたのです、あたかもそのすべてが自然であるかのように、まるで、十五年前、ネカタ、愛しい天使がまったく自然で、あらかじめ運命に定められていたとでもいう態度で上がってきたのとそっくりに。ですが、偉大なる神、あっちの天使が眼を伏せ、その部族特有の慎みをたたえていた（可哀想な花）のと同じだけ、こっちの天使（犬）は、図々しい様子でひとを正面から見据えているのです、だから、わたしはかれのために扉を開けた途端、宿命的に内心思いました、あの娘《こ》はおまえの下女だった、が、これからはおまえがあの娘《こ》の子孫の下女になるだろうと。そして、まさにそのとおりでした、わたしという女のなんと愚かなこと、三年間、わたしはあれの下女でした、あれがわたしの手から逃げだすまで、あの恩知らずが蚊どもと老年とともにわたしをただひとり残して捨て去るまで、それに、遊び女《ココット》の老年なんてあまり愉快なものではありません、偉大な神、全然。今日、さらに十五年後また（この十五年、十五年という歳月はただ積み重なり、それぞれにつけ加わり、一語の言葉をいう時間も、このすべての意味を考える時間も残しておいてくれはしません）、もう一回あれを見たばかりなのです、夜のはじめからあそこ、木の下に留まっているのはあれ。わたしは三度、あれが、なんとまあ、例の同じ糞ったれのしかめ面で蚊を呑みこむのを見かけました。それでもって、あれだと間違いなくわかり、やつがネカタの息子だと保証します、膣かお尻かのどちらかを通過した、彼女の仔であると、そうですとも、大いなる神よ、確信します。でも、今度はわたし、身を乗りだしもしないし、口笛も吹かないでしょう、しませんとも。運命そのものが無秩序になり果て、あらかじめの定めがこの部族からさえ消されたのですもの、世界は、わたしがそれについて知っていたあの自然な感じではもはや動かないでしょう。そうですとも、あれはわたしのほうにやつの頭を振り向けることも、あえてわたしを認めることもしない。呻け、花よ、非情なるもの、悲しみの「夜」の冷気のなかで。

男の分娩

『世界百科事典《エンサイクロペディア・ユニヴェルサリス》』（これは長年のわたしの愛読書なのですが）には、死のさまざまな儀礼に当てられたとても長い項目が載せられています。ネカタがわずか三時間の不在ののちに腹這いになって帰ってきたとき、彼女はとても立ってはいられなかったので、テラスまで腕に抱えてやらなくてはならなかった。主よ！　あの娘《こ》のそのときの重さをわたしは忘れないでしょう、わたしの腕と腰に彼女が掛けてきた苦痛も。あんなにも小さきもの、あんなにも愛おしい小さな天使が！　わたしはあれを屋根のないタイル床に横たえました、というのは、彼女は息も詰まりそうな高熱を発しており、ほどなくこと切れるのだとはっきりみてとれたので。それゆえ、彼女の最期の息が絶えるまで見守ってやろうと敢然と決意し、彼女のかたわらで、肘掛け椅子に腰を下ろしました、そして、時間をつぶすべく、わたしの『エンサイクロペディア・ユニヴェルサリス』のすり切れた頁をとても静かにひも解きました。死の諸儀礼に割かれた項目のなかに、記載されたもののうちでもっとも複雑なもののひとつが、いまはもうわからないけれどアジアだか、インドだかの（それは重要ではありません）部族によって実際に行なわれていて、肉体がそうやって分解し、大気のなかで花か蝶に生まれ変われるようにすべく、死者の躰の各部分を（焼いてしまう髪の毛を除いて）鳥たちの啄むままに委せるというものです。〔1〕けれど、主よ、心穏やかに読むのはとても無理、なぜって、わたしの足元で断末魔に喘ぐ智天使《ケルビム》〔天使の位は九つあるが、その第二に属し、神の知恵と正義を司る。通常「童子」の姿で表象される〕がああもすさまじい騒ぎでその最期を迎えていたんですもの！　彼女の額、腋の下、両足のあいだからは滝のような汗が流れだしており、恐ろしい熱のせいで、髪の毛の束は赤茶色に焼け、無数の蛇のようにのたうっていました。というのも、偉大な神、事実あの娘《こ》は恐ろしい熱を放っていて、その熱が彼女のまわりの大気と音とを震わせ、わたしにはもう彼女を、ぼやけ、わずかにバラ色がかった霞をくぐってしか識別できないほどだったのですから。その信じられないような叫喚は、彼女がその騒がしさを抑えようとするかのごとくひっきりなしに手を押しつけるにもかかわらず、大きく開きっぱなしになってしまったあの娘《こ》の口から直接出てきていました。まるでそのなかで本物の戦いが、いずれにしても恋人たちのやるような姦しい議論が行なわれているみたいで、そこでは、扉がばたんと閉められたり、いくつものものが乱暴に床に投げつけられたりしているのです。実際に、なにか巨大なものかひどく怒っただれかがそこから出てこようとしているのだという感じをわたしははっきりもちました、そして、わたしは、いまにも出現するものを眼にするという覚悟をしていたのです。ところが、莫迦な娘は指という指が白くなるほどの力でそのうえに手を押しつけているのです、わたしは思った、偉大な神、主よ、この娘《こ》がつまり自然の為すままに委せるように、なにかがそこから出たい、出なくてはならないのなら、それならば、出てこさせればいい、その後はみんな気分よく感じられるだろうと。わたしはわが『エンサイクロペディア』を放りだし、彼女のうえに身をかがめ、その手をとりました、主よ！　その手はそれでもなお普段より凍りついていました、ひとにくしゃみをさせるほど、だのに、身体の残り部分は、彼女の唇から流れでる血でさえ蒸気の渦巻となって立ち昇るほどの高熱を発し続けておりました。たしかにこの娘《こ》の口の穴蔵で行なわれているのは議論だった。その歯は扉の挿し錠のようにガチガチ揺さぶられ、舌は踏みつけられ、ねじくれ、喉はまるでメトロが通過するみたいに振動していました、けれど、なにも、なにひとつ判読できることは、張りつめたせいでひび割れた唇の端からは出てきませんでした。わたしは、あれの口のうえから手をはずしてやり、耳を近づけました。そのときに、ネカタの眼は引きつり、あれは息絶えた。きっかり三分のあいだネカタは休むことなく息を引きとりました、そして、その時間のあいだずっと、彼女の胸から立ちいでてきたのです、驚くべき量の香しい空気が、ちょうど秋にジュラ山脈〔スイスとの境界のフランス東部、森林の多い高地地帯〕の林間の空き地で、嵐の夜などに、湿った葉っぱや掘りかえされた土や、夜行性の鳥たちと苔が発する押し殺した叫びや、巨木の陰鬱な軋みにまじり下草にしみこむ雨のかすかなざわめきをいっぱいに背負って出てくる風のような香気が。

〔1〕申すまでもない、いわゆる「鳥葬」のことである。この遊び女《ココット》は好奇心の塊で、ネカタの死にも連結するから、一応のことを註記しよう。意外な場所で偶然飛びこんできた。明治三十一（1998）年、約四十年後の昭和十一（1936）年に二・二六で蔵相として暗殺されることになる高橋是清がヨーロッパに派遣されたときの船旅の道中記録、ボンベイでのことだ。「一日寂滅塔（Tower of silence）を見

に行った。これは印度《インド》における或一派の宗教の慣習によって、死人の屍を鳥に食わすところである。その宗派の人が死ぬると、その屍をこの寂滅塔の大きな円形の搭上に運んで横たえておく。すると鳥どもはその屍の上に群がり来って争って食い啄む。死人が少い時は綺麗に食い去って骨ばかりを残すのであるが、多い時はすべてを食い切らず、余った肉片を啣えて空に舞い上がり、時によると水源地などに落すことがたびたびあるということであった。私の行った時も四百羽ばかりの物凄い形をした鳥がいた。これが人間の屍を食う鳥かと思うと不快な感じがした」。

この日録には出発地神戸からアデンを経て、スエズを通り、マルセイユに至るのにどのくらいの日数を要したかの記載などもあるが、寄り道する紙幅はない。続いてもうひとつ、この角度のほうが重要かもしれないので、半可通でも、関与事項に手探りの当たりをつけておく。「鳥葬」（もしくは、「風葬」と称されるもの）はゾロアスター教徒が行なう／行なっていた葬送形態だったことは大方がご存じであろう。同教徒にとっては、屍を土中に埋めることは大地を穢すものと考えられた。紀元前六世紀頃実在と推定される（もっとずっと前とする説もある）ゾロアスター――ダリウス〔三世〕の敗北後、アレクサンドロスによってその一帯の文化全体が破壊されたため、断片しか残っていない聖典『アヴェスター』で古代イランの宗教、アフラ・マズダー神と対話する予言者にして（前田耕作に拠ると、赤子のとき泣くのでなく、笑ってこの世に生まれてきたという予言者）、その教えは、ユダヤ教、キリスト教、マニ教、イスラム教に先行する古代宗教と目される――の信徒たち、北東イラン（現在のアフガニスタンやウズベキスタンあたり）、ついで移動先のボンベイに居住したペルシアのパルティア人の宗教的風習であることまでもみな周知とは丸めないけれども、高橋是清が「沈黙の塔」、「ダフマ」を見た場所はこの地理に符合する。ところで、ゾロアスター教徒たちは歴史上しばしば「拝火教徒」と呼ばれたごとく、火を崇拝していたことは知られていよう。

「ゾロアスター教徒にとって、火はアフラ・マズダーの臨在の可視のしるし、神力のエピファニーであり、光をもたらす天使であり、アシャ（正義）の象徴でもあった」（前田）。また、かれらはこの火の信仰のほか、マニ教と等しく、善であるアフラ・マズダーとダエーワと呼ばれる悪神との戦いの世界観という完璧な二元論、加えて、最後に善の勝利と審判が到来するという「終末論」をもっていた。「ゾロアスターとかれが紀元前六世紀に予言者であった宗教の場合は論争の種であって、確とした結論を下すのは困難である。異論の余地なき資料の欠如のため、ふたつの対立する解釈に道が開かれることになるのだ。最初の解釈によれば、ゾロアスターはいくぶんブッダ流の改革者であり、かれが予言者であったと思われる宗教は善なる精神の『力』と悪しき『暴力』とを争闘させる二元論に特徴づけられる。一万二千年にわたり流れる線的な歴史の枠で、ゾロアスターは、善なる者の甦りと幸福によって認められ、他面、神に見放された者たちの復活がその者らの罰であるような最後の審判に行き着く最後の三千年を開始するのである。／もうひとつの解釈は、ゾロアスターなる個人の存在を否定し、古代イランの二元論的な伝統のうちに物質不信というものの太古の表現をみることにある。マズダ教は国教であり〔アレクサンドロスによって滅ぼされたアケメネス朝に代わるパルティア王国を打倒して二二六年に興ったササン朝ペルシアの宮廷には多くの拝火教僧がいる〕、バビロン捕囚の者たち以来知られたユダヤの伝統からとりわけ歴史の線的な概念を借用することで、謎の始祖を考え出したというもの。ここでこのふたつの解釈に決着をつけることはわれわれの役目ではない。ただ、二元論《マニケイスム》は古いイランの伝統に源をもち、西欧中世の真ん中でカタリ派〔十一世紀から十三世紀に出現したネオ＝マニケイスムの宗派で、教会と世俗権力によって異端として弾圧された〕に後裔をもったということだけに注意しておこう」（ロービエ）。自由意志の問題やニーチエの「ツァラトゥストラ」への転回など、敷衍すべき問題域はなおあるが、むやみな複雑化は当面避ける、要点はここまで、ゾロアスター教は「メシア」思想を胚珠したもっとも起源の古い「救済」宗教だと、最低限必要な位置づけをしておく。

さて、「武装しない小さな一群の人びとが偉大なローマ帝国へ侵入していきました。そしてその捕吏や賢者に頑強に抵抗し、ことばだけによってかちどきをあげたのです。しかしなんということばでしょう！　腐った異教はこの見も知らぬ男や女たちのことばを聞いておそれおののき、ぺしゃんこになってしまいました。野獣の前足もおそれず、もっと野蛮な人間の憤怒もおそれませんでした。その男女の新しい天国を予告し、古い地上のものはなにひとつ恐れませんでした。……なんとなれば彼ら自身が剣であり炎であったからです」と、「トイフェル」談義の好きなハイネ——『黒人と犬どもの闘争』のレオーヌの前身とでもいおうか——ならいう。ユダヤ・キリスト教と競合、いわば「世界（史）化」的な時間のヘゲモニー争いに敗れる宗教はむろんゾロアスター教だけではなかった。すでに「コルテス」は『ロベルト・ズッコ』において、太陽崇拝の世界像をユング媒介で活用していたことを端的に思い起そう。ゾロアスター教と微妙に交差するミトラ教のことだ。これもどうやらイランが出自で（『アヴェスター』にも前田著ほかにも出てくる）、ペルシアからカルデアを経て、ローマ帝国に入ったものだが、ミトラは暗黒と戦う空と光＝火の神という、ここでも構成はきわめて二元論的、かつまた、原初に堕落があり、その贖いを最後にミトラが担うという予見《ヴィジョン》をもつという意味で、終末論もあれば、ユダヤ・キリスト教にも酷似した（事実、ミトラの祝日は、昼が夜よりも長くなる季節の変わり目の十二月二十五日である）。単純化すると、こう、「出発点に、闇の神々と戦う天空の神々によって特徴づけられる神統記がある。賭け金は人類の幸福である。悪しきデーモンは地上を不幸《ミゼール》の場所にと変えようとする」。ひとの魂は始め天上にいたのだが、各天体（七つ）に暫時滞在して、たとえば土星なら理性の働きと計算、木星は活動のエネルギーを、火星は情熱の激しさを、太陽は想像力と感情を等々といった具合に、この地上滞在用のさまざまな能力を付与されつつ、地球に落下してきた（「カタバーゼ」）。この生は宇宙規模の前史を有するというわけだ。のみならず、未来も。「ミトラは魂にその逆の道（「アナバーゼ」）を辿り直す方法を与え、それによって、人間は原初の、純粋に魂の条件をとり戻す」。信徒にとっての秘儀伝授のイニシエーションは種々あったものの、そこは割愛、総括すると、「ミトラは、人類のために戦い、苦しんだのち、炎の戦車に乗り、天空に再上昇、最後に一回地上に戻ってくる、神秘の牡牛を生贄にして、信徒たち、幾多の試練をくぐった者たちに永遠の存在を約束し、それとともに、天上から落ちてきた嘗めつくす火が悪しき魂と悪の原理そのものを殲滅してしまう」（ラヴダン）。最後の審判、原初の無垢への回帰と救済《サリュ》。同著者によるなら、この教えはキリスト教と密通しつつ、二世紀頃ローマ帝国に入り、バール神などと同じく太陽神の形式で崇拝され、当分のあいだ雌雄は決せず、キリスト教が国教化されてもミトラ秘儀は存続、テオドシウス期に（三八〇年、コンスタンチノープル公会議直前。「聖書」内容が確定するのはこの時代だ）、ようやく鎮火したという。

「コルテス」がふたつながら「火」の終末論をもつ、ユダヤ・キリスト教に繋がる古代宗教に関心をもっていたことは、かれが「旧約」通であったことからして格別異とするには足らない。ユングはともかく、太陽崇拝に劇作家が固執していたことはどうも間違いなさそうだし、『ツァラトゥストラかく語りき』のニーチェ言説との関与性もあながち設定しえない布置ではないと思える。が、いかんせんそこまでの確証や材料はいまはまだ充分ではない。当註は手探りの素描のみ。

（高橋是清、上塚司編『高橋是清自伝』下巻〔中公文庫、1984年〕、メアリー・ボイス『ゾロアスター教』〔山田由美子訳。講談社学術文庫、2013年〕、『アヴェスター』〔伊藤義教訳、前田耕作解説。ちくま学芸文庫、2012年〕、前田耕作『宗祖ゾロアスター』〔ちくま学芸文庫、2007年〕、エミール・バンヴェニスト／ゲラルド・ニョリ『ゾロアスター教論考』〔前田耕作編・監訳。東洋文庫、平凡社、1996年〕、フェルドウスィー『王書　古代ペルシャの神話・伝説』〔岡田恵美子訳。岩波文庫、2006年〕、ハインリヒ・ハイネ『流刑の神々／精霊物語』〔小沢俊夫訳。岩波文庫、2009年〕、Patrick de Laubier, *L'eschatologie*, coll. «Que-sais-je ?», Presses universitaires de France, 1998, Pierre Lavedan, *Dictionnaire illustré de la Mythologie et des Antiquité — Grecques et Romaines*, Librairie Hachette, 1931)

冒険者の不動性

子供はトンブクトゥ通りのアラブ式大衆浴場《アマム》から消えた、十二歳の頃——まあだいたいのところ、というのも、アリの家では歳を数えることなどまずないわけであるし。アリが女たちの時間と夜の時間とのあいだのタイル掃除で忙しいとき、こんな時間にはいいことはなにも起こらないとアリにいわせるとき、毎度《まいたび》かれが意気消沈と鬱ぎの気分を覚えてしまうお定まりの刻に子供は姿を消した。子供は音もなく消えた、その前のなん日かのかれの態度にはなにかを予感させうるようなところはなかったし、またいつか帰ってくるかもしれないといった思念の気配を残すこともなく。アリは、ふたたびうえに上がってきたとき、おまえの息子は消えたぞと教えてくれるようなものはなにも見なかった。子供はよくハンマームの一角で遊んでいたし、それにまた、このところのごく数日は、通りを渡り、ポーチの下で遊んでいたからだ。したがって、アリは、なにも特別な事態を告げられることもなく、うえに上がり、毎日この時間にやるように、米の用意をした、そこの空気のうちにもいぜん、アリ、おまえの息子は消えたぞと告げる特別なことはなにもなかった。アリは米が煮えると、鍋をテーブルのうえに置き、米をかれの手にとり、団子にした、すると、米はかれの手のなかでたちまちのうちに乾いた、それから、アリは米がみなあっという間に乾き、捨てたほうがいい小石の寄せ集めの外観を呈した鍋を見つめた。アリは乾いて、ごみにうってつけの米をじっと見つめていた。かれは理解し、そして米をごみ溜めに捨てた。それがすべてだった。

それからなん年も経ち、なにもかも忘れられた、ないし、少なくとも怒りや遺恨は鎮まったと信じてよい頃――それはまた、おれのほうは、ボンゴの言語がわかりはじめた直後だったが――、ある晩、おれはアリの愛情《タンドレス》と嫉妬が表明されるのを耳にした、それから、リズムの不意の減速と打楽器の断続音とで、かれが子供を呪っているのを聞いた。アリは、子供が奴隷であること、犬どもにとっての犬であり、二度断罪された者であること、一度目は出生によって、続いて裏切りと遠くへの出奔によって劫罰に処せられた者であると子を責めていた。かれは、神がかれを白くつくっていたものを黒くみせかけ、神がかれに黒く与えていたものを白にみせかけていると子供を断罪していた。アリはただ子を呪うのみならず、その世代を、また、あるいはその世代から出てくるかもしれぬ世代という世代を呪っていた、かれの嫉妬と愛の力が及ぶ限り遠くまで。その点こそ、かれが正しいと同時に間違ってもいることだった。それというのも、マンがかれの種族を裏切ったのは真《まこと》で、神がかれに黒く与えていたものを白くし、白く与えていたものをかれが黒くしたのは真であるから。その点でアリは正しかった。しかし、間違ってもいた、なんとなれば、右にいったり左にいったりし、自分のうしろも前も断じて見ないという支離滅裂な運動によって、マンは一歩たりとも動いてはいなかったのだ。実際、かれはアリの両足のあいだにひそかにうずくまり、その手のなかで食べ、いっさいの心地よさの規則性と無償性とを待っていたのである。かれは、風によって動かされ、苛まれ、砂丘の上になり下になり、散らばったり、また寄せ集まったりするが、流砂の広がりにおいては不動でいる、沙漠の真ん中のごくわずかの砂みたいなものだったのだ。

天使と遊び女《ココット》の友誼

なにしろ、その当時は「運命」がまだわたしのことを少しばかり気に入ってくれていたのですから。ある朝、わたしはテラスの縁からバビロン大通りのうえに身を乗り出していた、そして、菩提樹のあいだのあちこちにできたいつもの小さな雑踏のなかに、ひとりの智天使《ケルビム》が見えたのです。それは、眼を伏せ、ただ通行人とぶつからないようにだけ気をつけてうろついていました。ときおり、身をかがめて葉っぱを拾い、それを控え目な小さな歩幅で、くず籠に捨てにいくのです。その存在のうちのことごとくが清潔さに満ち溢れていました。歩いていくにつれて、油に汚れた紙はなくなり、アスファルトは湿り気を帯びて太陽に一層照りはえるようで、樹木は葉っぱをまき散らすのを停止し、自分たちの枝に葉をしっかり繫ぎとめていました。わたしはこの細心な智天使がはぐれた一匹の蚊をぱっくり呑みこむのをすら見ました。そこにわたしは「運命」の徴を認めたのです。わたしはさらに身を乗り出し、小さく口笛を吹きました。当時はまだわたしに愛想よく、親切だった「運命」に導かれ、智天使は、眼を上げることもせず、階段を昇ってき、わたしは扉を開けてやりました、あれが死ぬまでわたしに仕え、過ごす三年の歳月に向けて、可哀想な花、ネカタ。わたしはあの娘《こ》になにもかも与えてやった。

というのも、主よ！　わたしがこの智天使《ケルビム》を間近に見たとき、この小さな生きものはまったくなにももっていませんでしたから、これ以上奪われた者は想像しえないまでに。実際、いったいだれがこの存在に、年齢を、生まれを、名前を、性別を、過去を、未来を与えることができたでしょう、このわたしのほかのだれに？　もうすでにわたしは膝まで隠れるシャツをあれに与えていました。紐でくくる古い縁なし帽を頭に被せてやりました、だって、主よ！　あのケルビムは、恐ろしいもじゃもじゃ頭でしたもの！　その髪ときたら、ぐるぐるからみつき、蛇がひゅうひゅういうみたいな毛の束になって四方に突き出ていました。それこそがこの存在におけるゆいいつ挑発的な場所、それで、主よ、そのあちこちに照りかえすすべての集まりをわたしの紐付きの小さな縁なし帽のなかに収め、縛ってやってどんな不都合がありましたろう！　わたしは長々、陽気にあれに話しかけ、首と両腿をポンポンと叩いてやり、横柄さは微塵もない、無口な、ひとに馴れぬこの小さき者を気楽にしてやろうと努めましたが、娘は眼を上げることも、その小さな口を開くこともしなかった。偉大な神、主よ、動きのはしばしでわたしにはあれの眼がよくわかりました、黒く、きらきら輝いていて、アラブ人のそれのように底の窺いしれぬ眼。そこで、わたしが三度平手打ちを喰わせてやると、あれの頬はぶたれた小娘の頬みたいに真っ赤になった、で、わたしは楽しげに聞いてやりました、じゃあ、わたしの召使いになりたいのだね、そうだね？　ただちに彼女はわたしに仕えましたよ。こうして、あの天使は女になった、仕え、定期的に平手打ちをもらうおかげで、わたしが願っていたであろうものをはるかに超えた女、大いなる神、主よ、なぜって、彼女は、わたしにも、まったくだれにもあれの謎を突きとめる時間を残すこともなく、お仕舞いに子供を生んだのですものね。今日彼女は死んでいます。そして、花の性をいったいだれに決められましょう？

さて、あれはわたしに仕えた。これ以上完璧な下女はだれも夢みることは絶対できないでしょう。活発で、目立たず、眠らないほど丈夫で、一ドルの金を望むこともなく、咎め立てする点を見つけるのに大変苦労するほど非の打ちどころなし、それで、わたしは彼女を名で呼ぶ機会をついにもてなかったのです。これが、テラスの隅で、六月の暑さが匂いを感じさせはじめていたあれの肉体というかたちをわたしが捨てなくてはならなかったあの悲しい夕刻まで、わたしが彼女に名を与えることをすっかり忘れてしまった（なにもかも与えてやったこのわたしですのに）理由を説明してくれるものです。たしかにときには、あれがわたしを苛々させて、そうですとも、主よ、平手打ちを喰わせ、罰したい気持ちを起こさせることはありました、あれがわたしに与える苛々のせいで、偉大な神よ、あれを罰するということがなるほどときにありましたよ。だって、彼女が、顔と眼を伏せて、いったりきたり、服従したり、働いたりしていると、ときおり恐ろしいほど癪にさわるのですもの。これほどの従順さは、わがコサックども[1]の眼にわたしが冷酷だと映りかねないのでないか？　これほどの謙虚さに対しわたしはしみったれだと？　こんなにも完璧であることは最後には、避けようもなく、裏になにかあると疑いを呼び覚ますのではないでしょうか？　結局のところ、これらすべてがときにあの人生は悲惨主義《ミゼラリスム》の雰囲気（おお、あの娘《こ》の引きずるような小股の足運び、あの娘《こ》の黙り、あの娘《こ》の目立たない仕事の能率！）を帯びてしまい、それがわたしの気にさわってしまうのでした。でも、その瑕瑾をどければ、ブールヴァールで偶然に手に入れた智天使《ケルビム》として、ネカタが、わが家で素晴らしい驚き《メルヴェイユ》を発揮したことは認めなくてはなりません。

わたしがあれを、今日なら普通女中に割り当てられている家事とか台所仕事に使っていたなどとは一瞬たりともお考えになりませんように（主よ！）。わたしは「女」です、偉大な神、わたし自身が、はばかることなく、マットレスの掃除や窓ガラス拭きを含めて家事に従事します。台所のことなら、わたしを知り、ネカタを知っていた者ならだれでも、あれがレンジで料理していたなどと想像するだけで、大笑いでしょう（羽虫しか食べないあの娘《こ》が、わたしやわたしのコサックたちになにを用意したというのです！）。それに、わたしは料理の名手です。そんなことはみな些細なことです、ええ。ネカタが仕えてくれた三年（あの不可思議な三年《メルヴェイユー》）のあいだ、あれはきっちり三つの仕事でわたしに仕え、それを完璧に果たしてくれました。わが家のテラスから蚊とあぶを追い払うこと、毎度使う前と使った後のベッドを掃除すること、それと最後に……ああ、そうです、三番目の務めもあの娘《こ》は実に見事にやり遂げてくれたことを認めなくてはならない（だけど、「あのこと」は、わたし、一語もいいたくありません）。

蚊についていえば、春にブールヴァールの木々の樹皮の下で孵化し、夏は、ぶんぶん唸るじっと動かぬ雲霞の大群となってわがテラス上に淀み、秋が苛立たせ、狂乱に駆り立て、冬には、客間内に、肘掛け椅子の溝模様のなかやカーテンの襞のうちにまで逃げ隠れにくると、まことこれは惨憺たるものですが（もっとも、その愛もわたしから離れ去った現在は、壁掛けも絨毯も捨て去られ、蝕まれ、繁殖力あるあぶたちの巣、蛾たちの放牧場となって、もはや、この難攻不落の昆虫らがうようよする吹き溜まりに人間の居場所はありません、コサックが今日もはやひとりたりともわが家の呼び鈴を鳴らさないわけですわ）、その蚊どもに対してネカタは、テラスや客間を、夜も昼もいったりきたりして、腕を不意に伸ばし、にぎりこぶしでそいつを敏捷につかまえ、主よ、音もなく舌を突き出す一気の動きでそれを呑みこむのです。または、彼女の開いた口が、まるで空中にぶら下がる前代未聞の掃除機のように、蚊どもをぱくっと銜えとるのです。おかげで、最悪の暑さの季節でも、どんなに恐ろしい寒さの季節でも、その三年間というもの、可哀想な花、わたしたち、わたしとわたしのコサックたちがその災いに耐えなくてならないということはまったくありませんでしたよ。

あの娘《こ》の第二の仕事は、コサックが出ていったあとの半時間、そして、次のコサックがやってくる前の半時間、シュミーズを腿のなかばまでめくりあげ、奥の客間の大寝台に横たわることでした、シーツやクッションから、すべてのコサックが避けようもなくその躰にわかせ、動きを中断する度にまき散らすおびただしい寄生虫、虱、毛虱、マダニ、赤い蚤《のみ》、黒い蚤《のみ》、南京虫やカメムシ（咬まれると、頬がお尻みたいに腫れてくるといわれるやつ）をとり除くのが目的です。コサックの毛の一本一本の根元に、皮膚のひとつひとつの毛穴にたかっていて、ベッドでの激しい動きの過程で剝がれ、ベッドの幅全域にわたってとり残されてしまうあらゆる種類の外部寄生虫がそこでわが天使の和毛にくっつき、あれの肌の生あたたかな襞々のなかに身をひそめ、そうやって、あれがふたたび起きあがり、客の呼び鈴の音に急いでシュミーズを整えると、もうあの娘《こ》のあとには、ジャヴェル水〔漂白・殺菌用の次亜塩素酸ナトリウムの水溶液〕に浸したよりももっと殺菌され、衛生的になったシーツが残っているだけ。

承知していいます、余すところなくの義務からいえば、「あのこと」、わたしがネカタを使い、あの娘《こ》が務めを果してくれたときもっと喜ばなかったことに今日苦しんでいるほど彼女が完璧だったあれの最後の仕事について話さなくてはならないことは。でも、だめ、わたしはひとりの「女」です、「あのこと」を、嫌悪と不快さで顔を赤らめることなしには思うことさえできません、ですから、断乎として、わたしは、主よ、それにふれることも、もうこれ以上長くそのことを考えることだってお断りします。

〔1〕煩瑣でも、ひとまずコサックに関する基本知識をR・ヒングリーに借りておく。「コサックの実態はロシア人でない読者には、いつもはっきりわかるわけではない。彼らは他と区別される一民族ではなくて、ロシア人やウクライナ人が他の種族を同化して生まれたものであり、主として農奴制や税をのがれて国境地帯へ逃亡したギリシア正教徒の農奴の子孫であった。なおポーランド支配地からの逃亡者の場合は、宗教的、民族的迫害をのがれるのが目的であった。／コサック（カザーク）という言葉は、自由気ままな人間、戦士を意味するチュルク語派の言葉からきている。彼ら独自の共同社会は十六世紀ごろまでに、ドニエプル川、ドン川、ウラル川（そのころはヤイール川と呼ばれていた）流域に生まれていて、自治共同体として、狩猟、漁労、略奪、トルクやタタール相手のゲリラ戦闘に従事した。十七世紀には彼らは農耕に転じた。この世紀にはまたステンカ・ラージンの反乱（1670）があり、その後百年をちょっと越した年（1773）にはプガチョーフの反乱があったが、両方の蜂起の参加者は大部分コサックであった。プーシキンは『プガチョーフ反乱史』（1834）を書き、またプガチョーフの反乱を主題にして『大尉の娘』（1836）を書いた。コサックの共同体のうちいちばん有名なのは、ドニエプル川下流のザポロージェ・コサックの『セーチ』で、ゴーゴリの十七世紀を舞台にした小説『タラース・ブーリバ』（1835）のなかに描かれている。このセーチ〔訳註によれば、「本拠地」の意〕は一七七五年、エカチェリーナ女帝によって廃止され、そのアタマン（隊長）

カルニシェフスキイはソロヴェーツキイ修道院に幽閉された。／このことで見られるように、十八世紀には政府はコサックを厳しくおさえつけたのだが、このころから正規兵としての性格をより多く持つ国境守備戦力として使われるようになった。北コーカサスやアストラハン、オレンブルグ地域、シベリアの一部では、コサックの共同体が中央政府によって創建された。コサックの指導者はかつては民会で選出されたのに、他の高級将校たちとともに皇帝か陸軍省によって任命されるようになり、コサックにも土地所有貴族が生まれることになった。ドン・コサックはコサックの共同体のうちでもおもだったもので、二十世紀初頭には平和時のロシア陸軍の三十五コサック連隊のうち十七連隊の人員を供給していた。コサックは国家の柱石となり、皇帝の最も忠実な兵士とみなされ、政治的無秩序、労働争議を鎮定する暴動鎮圧隊として使われた。コサックは、馬、装備などを自前で調達して義務兵役に服したが、その代償として税の免除を含む特権を得ていた。／コサックは荒々しい開拓者としてロマンティックな過去を持ち、ロシア帝国の発展につれて一種のロシアの『野生の東方』となり、かくしてその銃後《ヒンターランド》の地の同胞にとっては絵のように美しい姿として映じたのであった」。

このように、自治共同体は複数あったにせよ、おおむねは、ショーロホフでも知られるとおり、ドンその他の流域に居住した騎馬部族をいうわけだが、馬に跨がり、それを御する「戦士」の遺憾なく突撃していく「野生」性の評判が高まれば高まるだけ（マゼッパを連想）、その心像がある種の世界では性の定型的隠喩に転用されるのは避けがたかろう。ちなみもちなみ、ごく平俗な相で、ゾラの小説『ナナ』に競馬の情景があったのを思い出されたい。ナナの名が彼女のパトロンによって出場馬につけられるが、あいにくそれは「やくざ馬」なので、賭け率がてんで上がらぬところを、策を弄して一派が荒稼ぎする筋になっていた。そのカラクリはさして重要ではない。つまり、その馬の話とナナ自身と、彼女は二重に話題の種になる箇所である、いま問題なのは。『ナナに乗るのはだれだい？』ラ・ファロワーズがたずねる。／そこへちょうど本物のナナが姿をあらわした。すると男たちはラ・ファロワーズの言葉にわいせつな意味をつけくわえ、大げさに笑った。ナナが一同に会釈して、／『プライスよ』／そこで議論がむしかえされる。プライスはフランスでは知られていないが、イギリスの名騎手だ／ふだんナナに乗るのはグレシャンときまっているのに、なぜヴァンドゥーヴルはこの騎手を呼びよせたのか。しかもおどろくべきことに、ラ・ファロワーズの言によれば《一度も勝ったことのない》このグレシャンをリュジニャンに乗せるそうな」（以下略）。

はたまた、一四九四年のシャルル八世の「イタリア戦争」開始によって、フランス兵や傭兵だったスペイン人のあいだで流行し、またたく間に燎原の火のごとくヨーロッパ中に広がった病い、梅毒がフランスからは「ナポリ病」、他からは「フランス病」と命名された古い典型的事例もある（事柄は種村書であらためて確認した。また、いみじくも一五〇〇年生まれというから、パラケルススやラブレー、ミケランジェロらとそう隔らない年代の子ということになる、ペストと戦争とロレンザッチョの時代を王侯貴族相手の作品制作と無類の喧嘩っ早さで実に七一年まで生きたイタリアの天才的彫金師・彫刻家のベンヴェヌート・チェッリーニが当時の「フランス病」の様態を面白くも自分の罹疾記をまじえて回顧している）。コロンブスの航海を経て、この病いが「新世界の復讐」の具現となる顚末（アタリ）も忘れえぬことながら、それはそれ、この命名性、アニェス・ピエロンのいい方なら、「色情烈しきはいつだって『他者』だ」から、ということだ。かくなる次第で、当小説では、舞台がバビロンだからではあながちあるまい、「コサック」のもつそうした含意をとりいれ、語り手の遊び女《ココット》によってかれらはその娼館の客の謂いとされている。

（ロナルド・ヒングリー『19世紀ロシアの作家と社会』〔川端香男里訳。中公文庫、1984年〕、エミール・ゾラ『ナナ』〔山田稔訳。「世界文学全集」巻16。河出書房、1967年〕、種村季弘『パラケルススの世界』〔青土社、1986年〕、『チェッリーニ自伝』上下巻〔古賀弘人訳。岩波文庫、1993年〕、ジャック・アタリ『1492』〔斎藤広信訳。ちくま学芸文庫、2009年〕、Zola, *Nana*, Garnier-Flammarion, 1968, Agnès Pierron, *Dictionnaire des mots du Sexe*, Balland Editeur, 2010〕

マンとかれの永遠性

ただひとつのことだけが、そのとき以来近くなり、避けがたいものとなったアリの死からおれを慰めてくれる、それは、なんびとも、やつらも——なぜって、かれがあの牛みたいにぼんやりした態度で、手を空《くう》に振りかざしたまま止めている例の写真の大部分のプリントをおれは見ることができたのだから——、このおれも、おれがその完結からとりかかっているこの殺人における本質を把握することは絶対にできないだろうということだ、すなわち、「いにしえの蒸気風呂《ヴィエヤマム》」の戸口でボンゴを叩いている男と、歩道に沿って流れる汚れた水に注がれたかれの眼のことだ。

アリはとうとう死のうとしている、だが、そいつは莫迦げている、とうに歴然とかれは他界してしまっていて、そんなことはかれの身に起こりえない。おれ自身、観光客どもがあの通りに押しかけるようになりはじめたとき、連中にちゃんといったのだ、写真はやめて下さいよ、お願いですから。アリ、かれは知らなかったのだ。警戒心もなくカメラを見つめ、最初のカシャという音にもとくになにも感じなかった。後になって、つい最近のことだが、おれはアリに尋ねてみた、ほんとになにも感じなかったの、神経の衝撃とか、警告とか、直感によるなにかとか？　しかし、そんな事柄がわが身に起こりうると警戒するには、アリはありふれてひとが死ぬのを見ることに慣れすぎた男だ。だからして、かれは、観光客らに平気で写真を撮られるに委せた、写真というものがなにを意味するのか知らぬまま。おれが見たすべての焼き付けにおいて、かれは、あのぼんやりした様子で、下のほうからレンズより下を見つめている――その視線は、かれを知る者にとっては、熟練したマッサージ師のものだ、それは肩に、上半身に、両の足に注がれる。それから、このことがあった、つまり、観光客らは違う種族《ラス》だったということだ。たぶんそのこともまたかれの用心深さを鈍らせたのだ。というのも、自分に属す種族ではないという事実はかれをなんら驚かせはしないだろうからだ。加えて、かれ自身の種族そのものが予測不能なものになりはじめたときからすぐ、その新しいふるまいにもはや驚かないことに慣れてよりこのかた、アリは、爾来なん年も、かれのボンゴと蒸気と、かれ自身にしか生きた眼を向けていない。残りすべてに関してかれはなにもいわず、なにも考えず、見つめはするが、無警戒だ。したがって、最初の観光バスがこの通りにくるようになったとき、かれは驚きもせず、見つめた、とはいっても、観光バス一台、観光客ひとり、この通りにきたことはなかったし、ここまでやってきても、大急ぎで、あそこまで、大通り《ブールヴァール》のほう、例の直角の方角に通過していたのだ。で、やつらがブレーキを掛け、向きを変えはじめた最初の回も、アリはただボンゴを叩くのをやめただけだった。そして、おれが回収できたすべてのプリントには、かれが空《くう》に手をかざし、ぼんやりした様子なのがみてとれる、アリは、やつらがしはじめていたことゆえに、かれ自身もまた、最終的に死のうとしているということを知らなかったのだ。いや、これは莫迦げている。アリはそんなことを必要としていなかった。

　だって、アリは想像しうる限り、もっとも死に運命づけられていない男だったのだ。かれが、だれでもいい、ごく当たり前の男と等しくおのれに襲いかかってきた生命の危険をくぐり抜けるのを可能にしたのは、おそらく、おれがこの先で語るあの奇妙な恐怖心ではないのか。そうはいえ、おれはこの奇妙を超えて奇妙な迷信を結構嘲弄していたが——だけれど、それは習慣上の軽侮だった、なぜなら、結局のところ、おれは、つねにあの計算しえない齢を、夏のときおりの晩などに、アリの記憶がボンゴによって伝達してくれる打ち明け話をおれ自身の知識、つまりは、やんぬるかなだ、ただの本当らしさと突きあわせしつつ見積もろうといく度となく試みたその年齢を讃美していたのだから。そこで、アリはとても議論の余地のないいくつかの事実を語りきかせ、かれ自身が目撃した戦いをあまりに豊かな詳しさで描写してくれたのでおれはさっさと本当らしさへの配慮などは捨て、真実への関心に身を委ねなければならなかったほどなのだ。かくして、おれは、アリがたまたま手に入れた舟で逃げ出そうと懸命になっているほかの十一人の若者とともに捕まり、おれもよくは知らぬが、アラブの高官のひとりがフランス領事の横面〔1〕をついうっかりして張りとばしたのが原因で、そのとき三年来アルジェを包囲していたシャルル十世の軍隊の捕虜にされ、その士官用召使い部局に引き渡されたときに、かれの最初の自由と放浪の日々を終えた顚末を知ったのだ。けれどまた、暑さが格段と激しく、かれのボンゴが昂揚するそんな晩には、たくさんのもっとはるかにときを経た海賊行為《ピラトリー》、西欧の海のことごとくを支配下に置いたアルジェリアの私掠船《コルセール》たちの話も聞かせてくれた、あるいはまた、民衆暴動や蜂起のことも、六十年のあいだアルジェリアの都市を震撼させた十四回のクー＝デタ話や、シャルル・カン[2]の誇大妄想的で、破滅的ないく度もの遠征譚のことも。アリは一時期、トルコの有名な海賊バルバロッサ——ないしはケイール・エディン・パシャ[3]——の寵臣か、少なくともその家門の出で、かれらに見捨てられたとき、かれ自身がマルセイユでフランス軍に合流すると決めたのだとわかったとさえおれは信じたのだ。要するに、アリがおのれの人生から紡ぐ物語が要求してくる結論を科学的に引きだすのは、おれにとっては、いつも極度に厳しく、困難なことだった——一か八かのことだったとさえいわなくてはならない——、思い出せる、ある晩アリがかれの記憶をチュニジアのスルタン、おれの冷静さを失わせるのも恐れず、その名前の綴りをかれは念を入れて言葉にしたものだ、おれの教科書類を信ずるとすれば、一四一一年にアルジェを奪ったアブド・アル＝アジス・アブ・ファリス[4]の眼も覚めるような強権措置にまで遡りもした。だから、おれはとても早くから、アリには年齢がないのだと納得しなければならなかったのだ。

　それでもやはり、アリが、緊急でパリに呼び戻された将校たちの荷物に入れられてフランスに連れてゆかれたこと、そのフランスでかれがみいだした光景はほとんどかれを驚かせはしなかったということはわかっている、というのも、かれは自分が後にしてきたばかりの廃墟とまるでそっくりの廃墟を、死体や瓦礫になった家々を、あちこちのカルティエが革命によって火事で焼かれてしまったパリを見つけたのだから〔この革命は四八年か、パリ・コミューヌか等、判断に迷ったが、最終的に大革命だろうと考えた。が、厳密な具体性が必要かどうか、諸革命が融合した像であって差しつかえはない〕。そして、その戦火こそがおそらくはおれがあんた方に語ってきたあの奇妙な恐怖の由来なのだ。なぜなら、アリは心をかき乱すなど不可能なこのうえなく冷静な男で、ありきたりの恐怖心など近寄ることはないのに、あらゆる恐怖のうちでもっとも嗤うべきものである恐怖の虜だからだ、つまり、かれは火事を病的なまでに恐れているのだ。このおかしな恐怖はときとして唖然とするようなスケールになってしまう。おわかり頂きたい、かれは腕に縄梯子を抱えずに、トンブクトゥ通りのハンマームを離れることは絶対ない——どうしようもない運命で、平屋ではない家に入ることを強いられた場合のためだ。それに、かれは平屋でない家を憎んでいる。忍耐に忍耐を重ねてやっとのこと、この男から、たとえば一瞬ボンゴを叩くのをやめてもらうとか、あんたの眼を見つめてもらうとか、あんたの話を聞いているふりをしてもらうとか、返事をしているふりをしてもらうとか、時間前に椅子から動いてもらうとか、一緒に通りを三歩歩いてもらうといったなんらかの好意的な計らいを得るのはできても、二階よりうえに上がってもらうなんて約束をとりつけるのは問題外、あんたになにか好意をもっているようにみえたにしろ、かれが、火事を招くとかれ自身に思える以下のような行為のどんな些細なものでも受けいれるなんて信ずるのはお目でたいというものだろう、つまり、こんな行為だ、映画にいく、窓のない部屋に入る、窓がたくさんありすぎる部屋に入る、ほんの一瞬でもまどろんでしまう危険があるのに横になる——万々一やむをえない場合、おれの知る限り、そんなことは一回あったきりだが、開けた中庭にフランス窓が面している一階は例外だ。向かいの家でシチリア人の牛乳屋が殺されたあの事件のとき、アリとおれは両親を勇気づけにその家にいったのだが、そのとき、アリは——間違いなく、その話にあることは全部すでに理解してしまっていた——、その時代にはまだ説明がおれにはつかなかった不安に襲われてしまい、長椅子にかれを寝かさねばならなかった。そんなわけで、アリが火の恐怖に内心で悩まされずにいられるゆいいつの場所はハンマームなのだ、あらゆる形態で水の王国、水の勝利、火は地下のパイプを這うのみ、永遠に鎮火すれすれの限界でだけ棲息を許された火の隷従の場所。

　だからして、アリはハンマームでしか眠らない——もしも、ボンゴのリズムと強さを暗闇が落ちてくるに従ってだんだんと緩慢にしていき、ときにその打つ音が台所の流しにしたたる水滴のようにトンブクトゥ通りに伝わるほどになることや、半分眼を閉じ、感じとれないような鼻の呼吸で蒸気の濃さを監視し、時間の進行を耳で聞き、永遠に座っている人間に似てくるという事実をして眠るといえるとしての話だが。けれども、アリの眠りは並みの人間のいかなる別の眠りにも似ていない、まさしく「いにしえ《ヴイエ》の蒸気風呂《ヤマム》」がわれわれ普通の人間の夜とどんな関係も有しないように。それゆえ、あんた方にはおわかり頂けよう、観光客たちがあらかじめバビロンに飽食してしまい、突然かれらの例の直角の通りを見捨て、トンブクトゥ通りに騒がしく殺到し、アリを襲ったあの瞬間をおれが苦痛をもって思い返すことを。そして、いまでもなおおれには、連中が品のない文句をおれの両耳にわめき立てるのが恐怖とともに聞こえてくる。じゃあ、この男のいったいどこが驚くべきとこなんだ？　こいつの種族のすべての者たちより優れているか劣っているかする点はなんだというのだ？　なぜこいつは気が利いてさえいないんだ？　なんでこいつはあんな嘘っぽい様子を、あんなとらえどころのない目つきを、宙に止まったあんなおかしな手つきをしてわれわれのネガに写るんだ、本物じゃないさま、どうみても間抜けのさまだ——そうなのだ、やつらは「いにしえ《ヴイエ》の蒸気風呂《ヤマム》」の戸口のところでボンゴを叩いている男のことをこんなふうにいった。で、実際、あの連中がどうして間違えずにいられただろうか？　おれとしては、やつらによくよく警告しておいたのだ、写真はだめですよ、とくにいけませんよと――そして、あのとき、そういうものがアリのなかに引き起すかもしれない害を怖れていたからばかりではなく（でも、おれがやっているのは長引かせることだけだ、だって、もしも観光バスの列が変わらずあそこで、直角のところでバビロンのほうへ去ってくれていれば、おれは、誓うが、決してこんなことは書かなかったろうし、いままさにおれはあの静かだった、でも、永遠に過ぎ去っていってしまった時を懐かしんでいるのだから、アリとおれが歩道に沿って汚れた水が流れていくのを見つめていたときを）、おれは考えてもいたのだ、なぜなら、かれらには、第三浴場の熱気と湿気のなかで死ぬべく無言でやってくる者たちのようなひとびと――ないしは、少なくともおれと同様その者たちの証人――になる必要があったのだろうから、おれと同じように、最低でも一回は、アリを、かれの椅子に座り、無口のまま動かず、夕暮れが訪れるや否や、トンブクトゥ通りの端から「死」の種族《ラス》の者らが後ずさりで歩いてやってくるのを見つめているアリを目撃したことがある必要があったのだろうから、と。

アリはいつでも、日が落ちるとすぐ、いかなる抗弁の余地も与えず、おれを自分のそばから追い払った。たぶんおれがいると夜の客の妨げになるのだろう。けれど、おれはかれの知らないあいだに、いく度となく、夜じゅう「いにしえの蒸気風呂《ヴィエヤマム》」のほぼ向かいのポーチの影から窺った。で、おれが見ていたもの、おれがボンゴの暗号化された言語を得たときのような辛抱強いつきあいによって、アリの謎の視線を倦むことなくじっと見つめることによって、夜も昼もずっとかれの匂いを呼吸し、かれの肩にふれることで見抜き、理解したことを、それを、理解し、解き明かすなんてことがどんな普通の、急ぎ足の人間にやりえようか？　だからして、おれは、もし洩らしたらアリがおれを呪うであろう秘密暴露の罪は犯していないと誓うのだ。そして、もしもアリが死ななければならないとしても、そのいちばんの原因として責められるのはおれではない、なぜって、あらゆる読者とは急ぎ足の、忘れっぽい人間であり、現実を科学的に検証するよりお話に感激しやすく、現実をすぐにお話ととり違えてしまう者だからだ。アリに関していうと、かれが書かれた言葉に苦しむなどはありえない、というのも、かれはそんなものの存在自体を知らないからだ。それゆえに、おれは凍てついたポーチの下に隠れて、いく晩かは夜じゅう、「いにしえの蒸気風呂《ヴィエヤマム》」の戸口にいるアリを見つめたのだ。

　夏、客は稀だ、なぜなら、空気は暑く、澄み切っているから。が、反対に冬の夜は、タオルと腰布を手にした男が鍵を手首に引っかけて洩れている蒸気のなかに降りていくのが見られたと思ったら、もう別の男がトンブクトゥ通りの角を曲がり、盲《めしい》みたいに壁に手を這わせてためらいがちに、歩くのを覚える子供とは逆さ向きののろさと悲しい酩酊とでもって進んでくるのだ。[5] そこで、客が到着する度に、なん時間ものマッサージで疲れきったアリはやっとの思いで椅子から立ち上がり、一瞥もくれず、ロッカーの鍵と折り畳まれたタオルとナイロンの腰布を差しだし、お金を受けとる、そして、おれは遠くから、客がかれの耳元に尋ねる避けがたく、決まりきった質問にぶつぶついって答えるのを拒むかれを見る——おれにとってはまだ謎だが、単純で一般的な、おそらくはつましい願いごとか、アリのようにずいぶん生きた男には期待してもいいような種類の当たり前の説明をもとめているのだとおれにはわかっている質問。でも、アリは頑なに、当たりさわりのない、ただの礼儀上の、さらにはただの商売上の返答もしないで、かれの椅子に、永遠の姿勢へと戻り、その一方、かれの背後で、廊下の小さな黄色いランタンのほのかな明かりに照らされて、着いたときよりもっと陰気になった男が階段を下り、地下から立ちのぼり、タイル張りの床にくっついて離れない蒸気の靄の切れ切れのうちに入っていくのである。

そうして、おれにはわかっている、この男は、おしゃべり用の間である最初の浴室を横切り――この時間にはもうだれもしゃべらない――、マッサージ用の間である次の浴室も通過する――この時間にはアリはもうマッサージをしない――。これもおれの知っていることだが、客はときには十数人で、たぶん一晩で百人ほどいたのではないか、かれらにとっては身体が眠りこむことはそれほど不可能だが不可欠でもあったので、第三浴場はなんとしても六三度でなければならなかった――だって、たとえうしろ向きに進む者のおぼつかない歩みであるにしても、かれらが直接やってくるのはまさにそこだからだ――苦しみを和らげに、だ。それゆえに、夜、「いにしえの蒸気風呂《ヴィエヤマム》」は開かれっぱなしで、「死」の種族のうちもっとも冒されているひとびとのために厳正にとっておかれている、かれらの苦しみはあまりにも切迫しているものだから、ランプ一灯照らしていない第三浴場の闇のなかの強烈な熱さのみが鎮めうるのである、鉄格子から出ていくときに蒸気が立てる鋭いひゅうひゅうという音とふたつの無人の浴室を隔てて何倍か弱められた通りのざわめきと、各人が眼を閉じる前にいぜん大声で自分自身に向ける答えのない問題の難しさに入りまじる、気体化のこれ以上はない高温にある蒸気内の熱さだけが。こんなふうに、いく晩ものあいだ、おれは凍え、トンブクトゥ通りに水滴のように響くボンゴの音を聞きながら、また、歩道に沿って流れる水を眺めつつ、それを見たのだ。

それから、朝が白々明けるときに、アリはふたたび動きだす――もう少しして、九時頃には、十三時までの男たちのマッサージの時間がはじまる、そして、十四時から十八時までは女たちに当てられた時間だ。この時間のあいだ、アリはいつもどころでなくひと嫌いで、「いにしえの蒸気風呂《ヴィエヤマム》」の入口の前にいて、歩道に眼を据え、ボンゴを獰猛に叩きのめすだろう。だが、その時間は、火の維持や圧力の点検、タイル床の掃除や毎日の洗濯の前に、第三浴場のひとの影らを選り分けるという仕事がかれにはある。そこでかれは、風防付きランプを手に降りていって、用心もせずにいきなり乱暴な叫び声を挙げ、ドアを蹴破る、浴室を光と音で満ちあふれさす。いったりきたりしながら、湿気と熱さに浸されて眠りこんでいる者らをかれはひっぱたいて歩く。外からの大気と通りの最初のざわめきが波のように侵入してくるにまかせる、眼を眩ませ、ひっぱたき、さらにまたひっぱたいて、有無をいわさぬ声で蒸気の宙空を漂っている魂たちを呼ばわり、それらを互いに区別し、ぐったりと床に転がっている躰に戻るよう厳しく追い立てるのだ。そして、最初の男たちがすでに起きあがり、眼を細めながら日の光のほうに進んでいくのに、別のやつらが溜め息をつき、呻き、懇願されてやっと半分だけ立ちあがり、いく人かは眼を開けるのに血が出るまでひっぱたかれたままになるあいだに、アリはほどなく、魂が液化して溶けてしまい、換気口から逃げ出してしまった者らを見つける、そうなると、もうかれには回収できない——それに、そういうやつの大方を、アリは前夜、そのいくぶん速い歩き方と、連中が自分に向けたもっと漠然とした質問とで眼をつけていた——。それから、かれは、動かない躰を、足を引っ張って、廊下をくぐって上まで、待機しているトラックへ運ぶのだ。

〔1〕一八一四年のナポレオンの失脚によって迎えた王政復古政体最初の王ルイ十八世をその没（一八二四年）により引き継いだ王。大革命期には亡命貴族の頭だったアルトワ伯、三〇年の七月革命で追われる直系ブルボン家最後のフランス王である。二七年四月、アルジェの太守が扇で仏領事を打つ

事件があり、シャルル十世は翌年六月現地に兵を送り、七月革命とあまりにぴたりと時期は重なるのだが、三〇年にアルジェを奪取、以後七年で軍はほぼアルジェリア全土を征服、同地のフランス領土化の歴史第一歩を標す（さりながら、占領や同化政策、アルジェリアをフランス「本土の不可分の延長とする領土」とみなし、現実には「保護領」と化す事態がすんなり進行、成立したわけではないことはむろんである。アルジェリアは他のマグレブ諸国と違い、異国に占領された経験をもたなかったから、反撥は著しく、なによりもまず、三二年にオラン県のスルタンを自称したアルジェリアのアミール、果敢な反仏抵抗でアラブ史にその名を残すアブド・アル＝カリール、または、アブド・エル＝カデールの武装闘争は一万の兵を有し、フランスは制圧するのに十五年掛けねばならなかったほどであった。アミールはモロッコのスルタン、アブド・アル＝ラーマンを戦いに巻きこんだものの、やがて裏切られ、追われ、四七年にフランスに降伏、本土で収監された。一八四七年十二月二十三日にかれが大勢の幕僚を引き連れて降伏する光景はオーギュスタン・レジの絵によって不朽のものとなっている。アラブ贔屓で知られたナポレオン三世がかれを釈放、しばらくパリの社交界で人気を博したのち、この元アミールは中東に帰還、八八年シリアで没す。そして、前世紀六〇年代、いわゆる植民地主義終焉期にその遺骸はアルジェリアに帰った）。

(Patrick Eveno, *L'Algérie*, coll. «Marabout», Le Monde Editions, 1994, Sous la direction de Mohammed Arkoun, *Histoire de l'islam et musulmans en France*, Albin Michel, 2006, Sous la direction de Jean Tulard, *Dictionnaire du Second Empire*, Fayard, 1995, ジャン・ドゥロルム『年表世界史』Ⅳ〔橋口倫介訳。クセジュ文庫、白水社、1989年〕)

〔2〕カルロス一世名でスペイン王、フランス語表記にしたが、一五一九年に選定されたドイツ皇帝、すなわち、神聖ローマ皇帝カール五世である（生没年、1500-1558）。やや時代を遡ると、ボヘミア、ハンガリーを獲得、ネーデルランドまで手を伸ばすなどハプスブルク家の帝国圏を拡大し、そして、デューラーら、ドイツ・ルネサンスの代表画家たちを庇護したことでも知られるマクシミリア

ン一世の次の代に当たる（同皇帝の孫）。皇帝選定の対抗馬だったフランソワ一世のフランスとは一貫して対立するものの、スペインにおける「レコンキスタ」に続く「大航海時代」（ちなみに、ポルトガル人だがスペインに仕えたマゼランの世界周航はまさに一五一九〜二二年である。提督のマゼラン自身は、その航海でかれが「見つけ」、その「発見」が聖ラザロの日に当たっていたため当初「サン・ラサロ諸島」と命名、かなり先の一五四四年にカルロス一世の王太子フェリッペにちなんでフィリピンと改名されることになる地で二一年四月二十七日に原住民と交戦、死を迎えたが、周航そのものは翌年まで掛かった）と反動宗教改革《コントル＝レフォルム》期に、「西はベルギー、アルトワ、フランドル、フランシュ＝コンテ、南はカスティリア、アラゴン」、それに、「新世界」のイスパニア植民地（かれの統治期はエルナン・コルテスのメキシコ殲滅——メキシコ陥落は一五二一年、皇帝モクテズマの死は前年、二四年にはアステカ最後の皇帝が処刑されている——やフランシスコ・ピサロによるペルーの侵略——最後の「インカ」たるアタワルパが死刑になるのは三三年——、「ナポリ、シチリア」を領有、「ボヘミア、ハンガリー王」として、息子フェリッペ二世の代に絶頂となるスペイン大発展時の帝王（ドイツ皇帝なのに、カール五世はドイツ語が達者ではなかった——ハプスブルク家のこの王はフランドル、ガンの生まれで、父はオランダ君主フィリップ・ル・ボー〔マクシミリアンの子〕、母はレコンキスタを完遂した「カトリック両王」の娘ファアナ狂女王という系譜であり、母語はしたがってドイツ語ではない（アタリによればフランス語）——とか、ポルトガル出のイサベルを王妃にアンダルシア地方グラナダで新婚生活を過ごしたが、王妃は早世、それが元だともいう、再婚せず、二度とグラナダにくることもなかったとか——にもかかわらず、かれの宮殿はグラナダに現在も残る——、逸話は種々伝わるけれど、一五五六年に病気を理由に譲位、広大な領地は弟フェルナンド〔後継ドイツ皇帝フェルナンド一世〕と王フェリッペのあいだで分割され、後者の君臨下、ポルトガルを併合して「日沈むことなき帝国」を謳われることとなったスペインの覇権は、少なくとも、一五八八年のイギリス侵攻の企てで「無敵艦隊《アルマダ》」がエリザベスの国家に粉砕されるまで続く。想像できようか、このときのアルマダたるや、「陣容は総数一三〇隻、旗艦サン・マルティンが陣頭に立つと、その左右を巨大なガリアス〔漕座に就く漕ぎ手がオールを用いて進ませる伝統的なガレー船に帆船を組みあわせた形態の船〕がぴったりとくっついてこれを守った。三雙を先頭にして全艦隊は鷲が翼を広げたような隊形を取り、左右両翼にはスペインとポルトガルのガリオン船〔高い船首楼や船尾楼をもつので、大砲をより重装備しうる船、将来の戦列艦やフリゲート艦の前駆形態〕一〇隻ずつが戦列を作り、それぞれ西インド貿易船四隻とナポリのガレーの四隻を後方に従えた。その後方には、一〇隻ずつの大型商船を主力とする四艦隊が横陣を作り、さらに快速船隊と補給船隊が後続するという、これが敵に面した場合の無敵艦隊の陣形だった。／アルマダは総勢約三万人、スペインが支配するあらゆる方面からかき集めた、言語も生活慣習も異なる人々の混成部隊ではあったが、これにパルマの軍勢一万八〇〇〇人が加わるとすれば、まさに空前絶後の大艦隊である」〔杉浦昭典〕。スペイン国家の威光たるや絶というべきだが、なんのことはない、これで一敗地にまみれるのだ）。

本筋へ。シャルル・カンは、フランソワ一世、ならびに、それと結んだ教皇クレメンス七世と世俗の支配権のみならず宗教的権力をも争い、一五二一年より四四年までのあいだしばしばイタリアに侵入（訳書には綿密な注もついているが、既出のチェッリーニは「全世界がいまや戦渦のなかにあった」と無駄のない一行で時代をいい当てる）、いうところの「ローマ劫略《サッコ・ディ・ローマ》」を惹き起こし（1527）、「盛期ルネサンスの一大中心であった」（ブルクハルト）この都を瓦礫の山にしたことは有名（インカ帝国を亡ぼすピサロ配下の荒武者には「ローマ劫略の従軍者もまじっていた」）。ついで、その翌々年には攻撃がウィーンに迫ったオスマン＝トルコの大帝スレイマン一世の軍勢をきわどいところで撃退した。もうひとつある、シャルル・カンはオスマン＝トルコや、ここでも言及される海賊バルバロッサとのあいだでアルジェやチュニス争奪戦を行なうが（次註参照）、いささかまわり道の確認ながら、一五五九年のフェリッペ二世のスペイン艦隊のジェルバ島遠征（七一年の「レパントの海戦」への前哨戦）に関するブローデルの記述ではこうだった。「十二月一日、天候の小康をぬって、艦隊がようやくシラクーザを出帆することになるが、そのなかには、ガレー船四隻、ガリオン船三隻が数えられる（全体の数は、戦艦五四隻と大型貨物帆船三六隻）、乗員人員は一〇、〇〇〇から一二、〇〇〇人であり、これは、アフリカに対して展開した軍隊を凌ぐ規模であり、動員数のうえで唯一、今回の遠征を上回っているのは、かつてカール五世が個人的にチュニスとアルジェに対しておこなった遠征だけである」。

「カール五世の誇大妄想的で、破滅的ないく度もの遠征」がなにを具体的に指すかはさまざま可能性が浮かんできはするにしろ、文脈からして、このマグレブ遠征が第一、ついで、スレイマンとの角逐やその前の「イタリア戦役」も入る。ただ、確定的にひとつの事象だけに該当するものではないこともたしかである。

註のレヴェルを変えたい。一八三〇年にフランス・ロマン派演劇の舞台次元での勝利を決定づけたヴィクトル・ユゴーの『エルナニ』は女主人公ドニャ・ソルをなかに挟んでエルナニが異名の恋人アラゴン公ドン・ファン、老公爵ドン・リュイ・ゴメス、それと、もう一名の男が愛、および毒殺もまじる（政治的）駆け引きを繰りひろげる劇だが、その最後のひとりは、ほかでもない、若きスペイン王ドン・カルロスで、神聖ローマ皇帝に選ばれる前後のときに設定されている。第四幕において、かれはエクス＝ド＝ラ＝シャペル（アーヘン）にあるシャルルマーニュ（ラテン呼称カロルス・マグヌス）の墓所を訪れ――そこには石の玉座があるのだ、後掲フリードリッヒ一世に関わる注と多少ならず重なってしまおう、十年ほどのちにその地を実際に訪れたユゴー自身の書くところによれば、アーヘンはカール大帝の生没の地にして統治の中枢地であり、その由縁で、同地の「礼拝堂」には「バルバロッサも含めて三十六人の皇帝が聖別され戴冠した大理石のひじ掛け椅子」（『ライン』）が、だ。「正統なる支配者は玉座にすわる。玉座は本来、東方ビザンツでも純金でできていた。金は太陽であり、クリスマスの儀式では太陽皇帝、無敵の王《レクス・インヴィクトウス》、無敵の太陽神キリストの権威を意味する。後世、玉座は金で飾られるが、ゲルマン的ヨーロッパでは聖石でつくられる。聖石は不滅の神《デウス・イムタビリス》の不変性を、神からあたえられた支配者権力の不壊・不朽の強さを体現する。（その一例がスコットランドの石、戴冠式の石で、スコットランド王党主義者は何度かこれをウェストミンスター聖堂からさらって祖国へもどそうと試みる。独立スコットランド王国再建の合図と序幕として。）／聖なる椅子、玉座のどっしりとした石の力を味わいたい人はアーヘンでしばらくのあいだそっとカール玉座にさわってみればいい。二十世紀の偉大な孤独なドイツ人、テオドール・ヘッカーは、アーヘン大聖堂にあるカール大帝の石の玉座を、『もっとも戦慄的で内容豊かなドイツ人の国民的記念碑』とよんだ。カール玉座は、その手本たるソロモンの玉座同様、六つの段の上に立っている。ヨーロッパの君主は自ら聖なる椅子にすわる。教皇は聖座にすわって、聖座《エクス・カテドラ》から悪しき俗人世界に指図を送る。中世大学の神学教授は自らの椅子にすわり（ポルトガルのコインブラ大学にはよく保存された椅子がある）、そしてその相続人たる世俗の大学教授もまた自らの椅子にすわって、裁判を、精神の裁判を精霊の教会で過ちなくおこなう。それがヘーゲルの見たドイツの大学である」。この言説の主、二十世紀オーストリアの歴史家フリードリヒ・ヘールにいわせれば、これこそが西欧なるものの一貫性＝同一性の象徴だ。

「一五二〇年十月二十三日、カールはアーヘンで戴冠する。選定侯らは一致して彼を皇帝に選んだ。カール大帝の大聖堂で、聖なる八角堂で、そして天国都市イェルサレム、このヨーロッパ最初の首都を十二の塔でまばゆく体現したフリードリヒ・バルバロッサ（赤髭王）のシャンデリアの下で、カールはひざまずく。それに先立ち、彼は皇帝ロタール一世〔七世紀ロンバルディアの王〕の帝国十字架に二度接吻する。カール五世はカール大帝の玉座にすわって、支配権を譲りうける。戴冠式ミサのうちに彼は聖体拝領をうける。『カトリックの人びとが伝えし聖なる信仰、聖なる教会および教会の僕にとり忠実な番人かつ保護者たること』をまず誓い、『汝は帝国の諸権利および、不当にも奪取されたる帝国の諸財産を維持し、かつ奪い返す意志ありや』との問いに肯定の返事をする」。まこと強烈な西欧の自己意識‼――、大帝との対話めかした長い独白でいう、「わたしはあなたに訴えました――どこからはじめたらよいのです?／そして、あなたは答えられた――仁恕《クレマンス》からだ、わが息子、と」（同幕幕切れ）。

なんだか先の教皇名と地口になりかねぬユゴー流帝王思想、これが史実にあまり近いとは申せぬ虚構であることはわざわざ指摘に及ぶまい。で、さらにユゴーにはもう一篇、十五世紀後半より十六世紀に掛けてスペインで、またその後イタリアで反動的に猖獗を極めた「異端審問」にまつわるドラム、題も『トルケマダ』なる作品（一八六九年に書かれたかれの最後の韻文劇）があった。もちろん、同時代を語る精神史劇とくれば、こっちは二十世紀の作、バロック的世界演劇の形式を自在に活かした四日芝居の「第一日目」劈頭で「この劇の舞台は世界である。しかりしこうして、より厳密に申すならば、十六世紀後半のスペインであり、少なくとも十七世紀には入っていない時代である」（渡邊守章訳）と口上役が述べるクローデルの『繻子の靴』を忘れるわけにはいかないけれども、そこに踏みこむのは紙数からしても無理、横目で睨む程度にしてユゴーにからむ連想のみ陳べて当註を終える。これもひとつの一貫性の抽出、というのはすぎるとしても、ある視角の相貌あぶり出しにはなろう、カール五世はドイツでの宗教改革《レフオルム》の波にいかんともしがたく押し流され（ルターのヴィッテンヴェルクの張り札は一五一五年）、バロック芸術咲き誇るフランドルではほどなく、稀代の

「狂信者《ファナティック》」として世に名を轟かすこととなる審問官総長トルケマダが種をまいて以来の異端審問所の暴虐に抵抗する「海の乞食団」（一五六六〜七三年。主力は貴族たちだが、この運動は「海賊」に転化した）その他の叛乱が頻発することにもなった（ネーデルランド摂政のマルガリータ・ディ・パルマ——シャルル・カンの娘、フェリッペ二世の異母姉——と総督アルバ公は現地で激しい憤激を買い、その事態はいずれオランダ独立の機運に結果する）。そのような背景で、ユゴーの布置図に駆け足の考察。発端では「狂者」として閉じこめられ、餓死が必至の人里離れた修道院の墓所＝地下牢《イン・パーチェ》から無垢な恋人たちの優しさと善意によってほどかれた「赤い法衣」の老人トルケマダは火で地上を焼き尽くし、その炎で人類を浄めるという強迫観念に憑かれた、神の代理人気どりの裁き手であり、カトリック王、アラゴンのフェルディナンド〔フェルナンド〕は、歴史の一説ではマキャベッリの『君主論』のモデルだといわれたりするが、ここでは妻の冷たさに倦み、眼に入る女を片端から追っかけて無聊を慰める肉欲の男、その配偶者、つまりカスティリアのイサベルは金貨の山を積んで一縷の憐れみを乞うほか助かる途のないユダヤ人たちをなお一層絞れるだけ絞りとる苛斂誅求が政治である貧しき国家の冷酷な専制君主である。「火！　獰猛な火による／ありとあらゆる腹黒さの洗い清め！／至高の変容だ！　信徳の祈りだ！／神のまなざしのもと、われらはふたり、サタンとこのわれ。／ふたつの熊手支え、やつとわれ。／ふたりの火炎支配者。／やつは人間らを堕落させ、われはひとびとの魂を救う、／ふたりともに死刑執行人、同じ手段を用いて／やつは地獄を、天をわれはつくり、やつは悪を、われは善を為す。／やつは汚水溜めに、聖堂にわたしはいる。／そして、影の暗い震えがわれらを見つめている。／（拷問を加えられている者たちのほうに振り向く）／ああ！　わしがおらなかったならば、おまえたちは破滅だったのだ、わが最愛の者ら！／火の聖水盤がおまえらを炎で包んで浄化する。／ああ！　おまえたちは過ぎゆく一瞬ゆえにわしを呪う、／子供ら！

だが、やがて、そうとも、おまえたちはわしに感謝しよう／自分らがなにを免れたか分かるそのとき！／なぜなら、わしは大天使ミカエルと同じく火床で打ち鋳造したのだ、／なぜなら白い熾天使たちは、硫黄の穴に身をかがめて、／深淵の怪物どもの蹉跌をあざけっているのだから。／なぜならおまえたちの憎しみの呻き声は神の明るみに着き、／口ごもり、そして、仰天し、愛の歌となって完成するのだから！／おお！　わしはどれほど苦しんだことか、おまえらが拷問部屋で、鋼鉄の万力に、燃えたぎる火にもてあそばれ、／叫び、泣き、手足をよじるのを見て！／今おまえらは解放されたのだ！　さあいけ！　上へ逃げよ！／天国に入れ！」〔第二部、第二幕終曲〕。

　出し遅れの証文気味のミトラ神祭祀の甦りならぬ、懲罰による存在の聖変化という神学体系の極限的機制＝地獄の機械がひねりだした救済とみまがうばかりの火のイデオロギー、一口にするなら、宗教裁判所火刑判決《アウトダフェ》の終末論。書きも書きたり、こんな劇が「水晶の夜」や「最終解決」の焼却炉が、そのうえに大粛清や死に至る強制労働の弁証法があった二十世紀以降の西欧で上演できるべくもないことは即認識可能な相場ではあれ、世界史反芻のパースペクティヴには役立つ材料ではあるまいか。ユゴー劇の形象が示したのはいわば部分——負の!?——の誇大化を通じての問題性摘出の方法だったことに留意して綴る、十五世紀に実在したこの僧、赤い衣のドミニコ会士は——ドミニカンは教義にも細目の規則にも厳格とされる。時の限界のなかで（というしかない）インディオ擁護に立ちあがったラス・カサスがドミニコ会士だった。もっとも、異端審問はこの会の担当業務だったよう——、教皇庁のお先棒をかついで、「異端審問所」を復活せしめ、ユダヤ人のみならず、モール人、改宗モール人《モリスコ》を追放、その圧殺を煽動し、拷問を大々的に実施、「魔女」裁判を組織的にした首魁である、かれのみが計画者ではなかったにもせよ。ミシュレを引こう。「スペインでは、敬虔なイサベル女王の治下に（1506）、枢機卿ヒメネス〔ヒメネス・デ・シスネロス（1436-1517）。トレドの大司教を経て、〇七年枢機卿、同年カスティリアの異端大審問官、一五一六年フェルディナンド二世の死でアラゴンの摂政となる。時代の一筋縄ではすまない複雑さが明白に覗く、大学を設立し、『聖書』の出版を命じもした〕の治下に、魔女たちを火あぶりにすることが始まる。ジュネーブでは、当時その司教のもとで（1515）、三カ月間に五百人の魔女が焼殺された。皇帝カール五世は、そのドイツ語の憲法のなかで、『妖術は財産および人身に損害をあたえるがゆえに民事（非教会的）事件である』と定めたがむだであった。彼は、財産没収（不敬罪を除いて）を禁止しているが、それはむだであった。小国の領主で司教の職にある者たちは妖術が最良の収入のひとつとなるので、猛り狂ったように焼きつづける」、「モール人とユダヤ人のあるところ、かならず魔女のついて回るスペイン、この火あぶり刑にとって古典的な土地については語らないとして」等〔『魔女』下、上巻。傍点は引用者〕。ミシュレの言はえてしてバイアス含み気味なので要警戒ながら傾聴には値する。イベリア半島からの異教徒の追放——追放で済んだわけでないのは既述のとおり——はおおまかにグラナダが西側に落ちた「レコンキスタ」最終年、わかりよくコロンブスの第一回航海の年とされるけれど、そうとばかりはいえない按配。異端審問所は一四八一年にはスペインに出現している様子だし、トルケマダの総長就任はその三年後である〔トルケマダのことはアタリ書も詳しい〕。

シャルル・カンやフェリッペの時代は、ヨーロッパ＝西側と、「ガレー船による最後の大海戦」であった〔『SHIPS』〕一五七一年のレパントの海戦で激突する東のオスマン＝トルコとの対立構図に留まらぬ、西欧それ自体においても、いまさらの説ではない、大海原を移動する交易に先鞭をつけかけたポルトガル・スペインのカトリック帝国（付言の要はあるまい、「カトリック」とは「普遍」の意味である）——すでにみたごとく、多分に封建的遺制を抱えていた——と次の代に利潤のための商売を商業資本主義の（自己）展開として追求するオランダ、イギリスの新興帝国——一六〇〇年、イギリス東インド会社設立、遅れること二年にして、オランダが東インド会社設立（そうはいえ、オランダのほうがアジアへの進出は早く、本格的でもあったらしい）。その後の時代、さよう、ピューリタン革命のクロムウェルのときあたりを起点にこの両国も互いに戦争を開始する体制に達する。資本の運動の「ゲームの規則」というわけだ――、要するに、古い資本主義と新しい資本主義が明確に交替を告げる刻だったということになるだろう。

（文中で挙げたもの以外は既出『地中海事典』、同『世界史年表・地図』、同 Arkoun 著、同アタリ『1492』、同『チェッリーニ自伝』上巻、および、ジャン・ドゥロルム『年表世界史Ⅲ』〔赤井彰訳。クセジュ文庫、白水社、1973年〕、『コロンブス／アメリゴ／ガマ／バルボア／マゼラン　航海の記録』〔「大航海時代叢書」巻1、林屋永吉、野々山ミナコ、長南実、増田義郎訳。岩波書店、1965年〕、杉浦昭典『海賊キャプテン・ドレーク』〔中公文庫、2010年〕、デイヴィッド・コーディンリ編『海賊大全』〔増田義郎、竹内和世訳。東洋書林、2007年〕、ヤーコブ・ブルクハルト『イタリア・ルネサンスの文化』〔柴田治三郎訳。「世界の名著」45、中央公論社、1966年〕、W・H・プレスコット『ペルー征服』下巻〔石田外茂一／真木昌夫訳。講談社学術文庫、1980年〕フェルナン・ブローデル『地中海』巻Ⅳ〔浜名優美訳。藤原書店、2004年〕、ユゴー『ライン河幻想紀行』〔榊原晃三編訳。岩波文庫、1985年〕、フリードリヒ・ヘール『われらのヨーロッパ』〔杉浦健之訳。叢書ウニヴェルシタス、法政大学出版局、1990年〕、ポール・クローデル『繻子の靴』上巻〔渡邊守章訳。岩波文庫、2005年〕、ジュール・ミシュレ『魔女』上下巻〔篠田浩一郎訳。現代思潮社、1974年〕、ブライアン・レイヴァリ『SHIPS 船の歴史文化図鑑』〔増田義郎・武井摩利訳。悠書館、2007年〕、永積昭『オランダ東インド会社』〔講談社学術文庫、2000年〕、別角度からの同時代の資本主義の趨勢は前掲種村書も参考になる。Victor Hugo, «Hernani» in *Hugo Théâtre*, Garnier-Flammarion, 1979, «Torquemada» in Victor Hugo : *Théâtre complet II*, Bibliothèque de la Pléiade, Gallimard, 1964, *Morceaux choisis de Victor Hugo, Théâtre*, Librairie

Delagrave, 1946)

〔3〕引用に出てきてしまったのでやむをえない、最初の赤髭《バルバロッサ》をまず手短に片づける。こちらは十二世紀の神聖ローマ皇帝、イングランドのリチャード獅子心王と並んで第三次十字軍（アラブ側の指揮をサラディンがとった史上よく知られたもの、一一八九〜九二年のあれである）の総指揮者となるフリードリッヒ一世、かれの別名がフリードリッヒ・バルバロッサだ。同皇帝は十字軍遠征中の一一九〇年に小アジアの海岸で水死したが、本当は亡くなってはおらず、どこかの山の洞窟で眠っており、いつか目覚め、「空位期」にあるドイツを光輝ある時へと復活させるという伝説があった。「眠れる王は復帰し、沈み去った赤髭王バルバロッサの国はふたたび浮上してくるであろう」、「この救世の皇帝は『高い、洞窟の多い山』からやってくる。北方の英雄伝説でお馴染みの『眠れる王の再帰』のモチーフ」と種村季弘が述べている言い伝え（だいたい、キング・アーサーにして、いつかまた戻ってくる王だった）。

続いて、筆者が『ロベール固有名詞小事典』にみいだした主題を連記。意味は「神に導かれる者」のアラビア語「マフディー」とは七世紀にシーア派がつくったといわれるイスラムのメシア的人物を表わし、シーア派信徒の多数にとっては、この語マフディーは十二番目の、そして、最後のイマームであるムハンマド・アルムンタザル（井筒俊彦では「ムハンマド・イブン・ハサン」）と同一化された。同イマームは死後、姿を消してしまったが——このあたりから、もう異説ありなのだが、ひとまずわたしが最初に接したヴァージョンでいく——、いつか地上に戻ってくると信じられていた。いわゆる「隠れイマーム」伝承である。「アッバース家運動の歴史を語ろうとすれば、第二次内乱の最中にクファーで起こされたムフタールの叛乱（六八五〜六八七年）にまでさかのぼらなければならない。ムフタールは過激シーア派の一派カイサーン派の首領で、アリーの息子ムハンマドをイマームならびにマフディーとして奉じ、ウマイヤ朝とイブン＝アッズバイルの双方からの独立を企てた。ムフタールの叛乱そのものは約一年半で鎮圧されたが、このとき唱えられたイマームとマフディーとの観念は、その後のイスラムの歴史に測り知れぬ大きな影響を及ぼすことになる。アリーの息子ムハンマドはムフタールに利用されたに過ぎず、この叛乱で何ら積極的な役割は演じなかった。したがってウマイヤ朝の当局者も、かれに対しては何の責任を問うこともなく、かれは七〇〇年に静かに世を去った。このときのカイサーン派の一部のものは、ムハンマドは本当に死んだのではなく一時姿を隠しただけであり、やがて姿を現わして地上に正義と公正とを実現すると説いた。これがマフディーであるイマームのガイバ ghayba（隠れること）とルジューウ rujū'（帰って来ること）とを特徴とする、イスラーム独自の『隠れメシア』の思想の始まりである」（嶋田）」。このメシア思想は井筒に倣うと次なる次第、「複雑な多層的理論構造をもったこの内面的人間学、闇と闘い、闇を征服する光の人間学は、隠れたイマームの再出現という大団円において異常な終末論的幻想を生み出します。この世の終り、天地終末のヴィジョン。といいましても、終末論という言葉でふつう連想されるいわゆる阿鼻叫喚の巷、カオス、万物絶滅の死のヴィジョンではなくて、新しい生命、復活のヴィジョン、のどかなゾロアスター教的祝福のヴィジョンであります。かつて人類の歴史に現われた偉大な人たちがみんな生き返って戻ってきます。あらゆるものが新しい生命に復活する。空からは恵みの雨が降り、大地は咲き乱れた花に馥郁と香り、木々は実る。生き返った万物が歓喜の歌声を上げる。そしてその万物歓喜のさなかに、いままで姿を隠していた第十二代イマームが、光輝く救世主、メシアとして現われてきて、まったく新しい正義と平和の存在秩序を樹ち立てるのです。それが闇に対する光の最終的勝利、純粋に聖なる世界の到来です（以下略）」。

手短に、の前置きを裏切るようだが、覚悟してさらに。前漢の武将で、匈奴と戦い（こういう連想を繋げると、きりがないのではあるけれども、そういえば匈奴もまたコサック流騎馬部族だったという話を微量だけ。一九四〇年代に南京からカラチへ旅したアンヌ・フィリップが新疆省談をしていた。「紀元前三世紀、匈奴がこの地方に侵入した。彼らは先住民族を追い出すにとどまったが、漢人は自国の辺境近くに存在する蛮族に脅威を感じ、彼らと戦った。紀元前一六九年、鼂錯が前漢の文帝に送った書簡によれば、匈奴と漢人とでは戦術が異なっており、また漢人の戦術は蛮族の内紛を利用する点にあったことがわかる。／『騒がしい匈奴が、わが国の北辺を荒らしております。めまぐるしく横行し、まことに神出鬼没。それゆえわれわれは、ステップ（大草原）に隣接する領土を、長城の内側あたりまで放棄せざるをえませんでした。双方の戦術が異なるため、彼らと戦うのは困難です。彼らは馬を疾走させながら、矢を射ます。われわれ漢人は、二輪馬車を駆って行動します。領土内の平原では、われわれのほうが有利なことがあります。しかし、彼らが山中にはいるや、われわれにはもう歯が立ちません。ところで、蛮夷の胡、義渠が、われわれに従うことを申し出ております。これは願ってもない機会です。わが国では、蛮夷をもって蛮夷を制するのが、変わらぬ鉄則でありました。この者たちを手厚くお迎えなさいませ。この者たちに、衣服、食糧、胸甲、弓矢をお与えなさいませ。彼らは馬を持っており、匈奴と同じ流儀で戦います。彼らをわが国の辺境の衛士とし、彼らの習俗に従うことができるうえ、彼らに受け入れられることのできる漢人の将を一名、官を数名、その上に置かれますように。さすれば、辺境の守りには金もかからず、国家は安泰となりましょう』。／漢人は新戦術として荒くれ騎兵隊を創始し、これに応募した無頼漢をタリム川流域まで送って匈奴と戦わせた。この方法で、漢軍の司令官は国内を浄化し、同時に辺境を守ったのである。この騎兵隊の多くは全滅した。生き残った者たちは、入植者として現地に住みついたが、遅かれ早かれ待ち伏せや闇打ちにあって滅ぼされている」。歴史はみな一回的であるとはいえ、まったく帝国とはいずこも同一だと思える）、且鞮侯《しょていこう》単于に敗れ、武帝の怒りを買って母や妻を殺されたため匈奴に降り〔前九九年頃?〕、単于の娘を娶って二十年生き延びた李陵にも、本人、かつその末裔が北アジアのどこかで生息し続けているという民衆伝承がずっとあったようだし、いうなら、この手の不死伝説はあらゆる時代にあらゆる場所で存在したわけである。で、これもたまたまの一致にすぎないとも考えられようが、面白いので一齣のメモ、『エルナニ』でロマン派演劇を勝利させたユゴーには一八四三年に今度は大不評でそのロマン派演劇を終結にさせてしまういわくつきの『城主たち』なる芝居がある。この劇こそ、ラインの古城に巣喰う辺境伯らの悪しき所業によって荒廃のどん底に堕ちたドイツを救うべく、二十年前に死んだと思われていた皇帝バルバロッサ（齢九十歳。兄弟殺しの過去にまつわる因縁譚がテエマであるこの芝居は、弟のジョブ、つまりヨブを入れ、老人の勢揃いなのだ）が、そのラインの城に到来するという、ユゴー流には「摂理」だが、変形メシア幻想の物語であった。

　そんなところでフリードリッヒは切りあげて、ここでの題目、違う時代の赤髭に移る。「コルテス」のテクストにはこう読める表記で書かれているが、「赤髭《バルバロッサ》」と一般に西のキリスト教圏から渾名をもって呼ばれた海賊の頭目はエーゲ海のミティリエ（レスボス島）出身の兄弟のことで、兄の名はアルージ（またはウルージ）、弟はカイール・アルーディンといった。圧倒的に盛名なのは弟のほうで、そのカイール・アルーディン、のちの名でハイレッディン・パシャは生没年一四八六〜一五四六。劇作家の戦略的想像力の所産だ、ともに、シャルル・カンともスレイマンとも迂遠ではない、「世界史」の時間をかれら帝王と分有した男たちである。兄弟ふたりはアル・ジャザーイル、すなわちアルジェ、もしくはチュニス（ないし、ジブラルタルの正面のモロッコ側にある「要衝」、「地中海の入口」のセウタも入ろうか。じきエンリケ王子のポルトガルが奪うが）を根拠地に（アッバース朝期、マグレブの東アルジェリアとチュニジアはひっくるめて「イフリーキヤ」と称された。これはベルベル人――この引用は否応なくしておかざるをえない。かれらは、「生業としては、駱駝、馬、牛、騾馬を主とする牧畜と、地中海型気候の北アフリカや、沙漠のオアシスでの、大麦、棗椰子などの栽培を行なってきたが、このほか、彼らの経済活動において重要なものに、駱駝を用いての商業活動がある。始源は紀元前に遡り、大航海時代に先立つ一、二世紀に最盛期を迎えたサハラ横断交易においても、オアシスを拠点とするベルベル諸族の果した中継者としての役割は決定的であった。〔中略〕西スーダンの大交易都市トンブクトゥも、元来はベルベルの宿営地から発達したものであったといわれる。イベリア半島と北西アフリカとは、紀元前二千年紀の後半に、イベリア起源の青銅器文化がモロッコで発達するなど、古くから文化の共通性を示してきた。陸上の海にたとえることができる沙漠（それは海と同様に、空間的には二つの地域を隔てているが、文化的にはかえって二つの地域の直接の交流を容易にする）と、沙漠を生活圏とするモーロ人＝ベルベル人との存在によって、イベリア半島・北西アフリカと西スーダン地方も、古い時代から、決して相互に孤立したまま歴史を経験してきたのではなかったのである」〔川田順三 in『西アフリカ航海の記録』〕――が居住していた一帯、「バルバリア」に丸ごと重なる。オランや時代によってはトリポリ〔レバノンの、ではない、リビアの〕も加わる同地こそあまたの海賊たちが古来、またとくに十六世紀の最大の活火山期に巣窟とした場所であり、地中海等の「海」の盗賊はごく当たり前に「バルバリアの海賊」と俗称されていた。「新世界」のスペイン植民地から金・銀――インカには金があったにしろ、主力はメキシコの銀だった――がイベリアに運ばれる頃には、海賊の窠もカリブ海周辺に移動し、もっと勇名を馳せるわけだが、それは別の時代の枠組み）、地中海やエーゲ海に出没し、海賊行為に専念していた。ところで、海賊行為とは商船や客船を、そして軍艦を攻撃、捕獲し、人間を含む財を強奪することに限らぬことはことさらでもなかろう。海賊の戦《いくさ》が商取引のひとつだった儀はエリザベス女王の臣フランシス・ドレイクの例に鑑みても一目瞭然、「だが、嵐の時に避難する港や略奪品を売りさばく市場など、資本とはいわぬまでも、なんらかの後ろだてが必要だった。このため、ウルージはチュニスに向かい、土地の総督と取り決めをした。略奪品の二割を納める代わりに、一味が必要とするものを提供してもらおうというのである。後に海賊一味が強大になり、自分たちの条件を押しつけることができるようになると、これは一割に減らされた。／ウルージのセンセーショナルな事業は、教皇のギャレー船を捕獲したことで最高潮に達し〔正確な年号は不明だけれども、コーディングリによるなら、エルバ島沖で教皇のガレー船団から小型ガレー船《ガリオット》に乗ったウルージが二隻を捕獲した〕、評判を聞いた地中海南岸および西岸のありとあらゆる冒険家や異国の背教徒たちが、彼の許に集まってきた。ウルージは十六世紀後半、ドレークがデヴォンやコーンウォールの若者たちを惹き付けたのに勝るとも劣らぬ魅力を持っていた。彼をまねるものも次々と現われ、地中海は端から端まで、たちまちバルバリアの剽奪者の群れのはびこるところとなった。保険料は跳ね上がり、一部の交易はすっかり途絶えてしまった。キリスト教圏の盟主と目され、世界最大の海運国の統治者であると同時に最大の被害者でもあったスペインのフェルナンド王〔既出フェルディナンド、「レコンキスタ」を終え、異端審問所を開き、ユダヤ人やモール人その他を苛み、カスティリアのイサベルとともに教皇から「カトリック両王」の号を賜わったアラゴン王フェルディナンド二世〕は、昔スペインを支配し、いまや敵となった連中の鎮圧に乗り出した。フェルナンドは強力な艦隊を率いて沿岸を封鎖し、海賊の主要な砦だったオラン、ブージ〔アラビア名ベジャイア。アルジェの東、チュニス側に寄った都市〕、アルジェの三港を落とした。講和条約が締結され、アルジェリア人は今後悪行に及ばない保証として、フェルナンド王に年貢を上納する約束をした。フェルナンドは、彼らの港と向かいあうペニョン島に堅固な要塞を築いて、一層の安全を図った。／フェルナンド王の存命中に海賊はある程度制圧された。一味は一五一二年と一五一五年の二回にわたってブージの奪還を試みたが、いずれも撃退された。最初の襲撃の時、ウルージは火縄銃の弾丸を受けて片腕を失った。一五一六年、フェルナンド王が死ぬとアルジェリア人は決起し、ブリダーのアラビア人サリム・テウミを指導者に迎えた。サリムはこれを受け、ただちにペニョン島の要塞を封鎖した。／サリムは手持ちの兵力だけでは不足と悟り、二年前ジェノア人からジージル〔アルジェリアの港〕を奪ったウルージに応援を求めた。ウルージはこれに応じ、すぐさま五千の兵を引き連れてアルジェに乗り込んできた。続いて恐ろしい形相をした弟ハイルッディンがやってきた。ハイルッディンは、やがて兄の跡を襲い兄を凌ぐ人物になる。弟が到着すると、ウルージは分割支配が困難と考えたのであろう、サリムを殺し、トルコのスルタンの臣下という名目でこの地の支配者となった。／ペニョンのスペイン守備隊は小規模であったがまだ健在で、海賊は一歩も進むことができなかった。スペインはスペインで、守備隊を増援することができなかった。一五一七年、摂政ヒメネス枢機卿〔前出ヒメネス・デ・シスネロス。同年没〕がドン・ディエゴ・デヴェラを指揮官として派遣した無敵艦隊が大敗した。七千のスペイン人がムーア人の前に総崩れとなり、艦隊は嵐に遭って難破した。要塞は一五二九年に至るまで陥落しなかった。／その間、ウルージ・バルバロッサは着々と自分の地歩を固め、ほどなく現在のアルジェリア全域を支配下に収めた。さらに、隣のチュニスやティリムサーン〔モロッコとの国境トレムセン〕にも手を伸ばし始めた。しかしアルジェリア人は、ウルージが前任者よりいっそう苛酷な支配者であることをすぐに知らされた。一五一八年、アルジェリア人は再び決起し、スペインの加勢を求めた。増大する海賊の勢力を警戒したスペイン王であり神聖ローマ帝国皇帝カルロス五世〔皇帝即位は一五一九年〕は、一も二もなくこの要請に応え、一万の精兵を派遣した。ウルージはわずか千五百の手勢ととももにティリムサーンに駐屯しているところを急襲された。財宝を手にアルジェへ脱出を図るウルージに、オラン総督コマレス侯が指揮するスペイン軍が急迫した。ウルージは激しい追撃をかわすため、アタランテーの求婚者のように、逃げる道々金や宝石をまき散らした。スペイン軍は容赦なく追撃し、一味がサラド河を渡るところを捕捉した。ウルージ自身は首尾よく河を渡ったが、後続部隊が捕まったのを見て、ためらうことなく引き返し、敵中に斬り込んだ。この戦いで海賊一味はほとんど全滅し、隻腕赤髭のウルージも死んだ。／〔中略〕ウルージはイスラム最初の天才的海賊であった。だが、イスラム教徒にはハイルッディン、キリスト教徒にはバルバロッサの名で知られるウルージの弟はいっそうの大物だった。バルバロッサは、ウルージ譲りの胆力と好戦的な性格に加え、政治的な思慮分別があったため、単なる盗賊の首領にとどまらず、イスラムの最高権力の座にのし上がることができたのである」（『海賊の世界史』上巻）。

しつこいのは自覚であと一節、「兄と同じく、ハイレッティンもまたすぐれた船乗りであったが、けっして粗野な海賊のタイプではなかった。彼は洗練された教養のある人物で、六ヶ国語に堪能だった〔南方熊楠の十八カ国語にはもとより敵わぬとはいえ（神坂次郎『縛られた巨人――南方熊楠の生涯』参照。新潮社、1987年）、なかなかのもの。が、それにしても、こういう男の母語とはいったい何語だというのだろう〕。／一五二五年になると、彼はアルジェへの支配をさらに強化し、この町を私掠船用の強力な基地に作りあげていた。それとともに、海上でのオスマンの勢力はいっそう強まった」（『海賊大全』）。

註が長くなってしまう、いましばし。ヨーロッパとアジアが接する内海の十六世紀はすぐれて戦争という政治が火花を散らす場だった、敵の敵は味方だったりするから、陣営は縺れる、ひとつは先述のスレイマンのオスマン＝トルコ。一五三三年、すでに並ぶ者なき海の巨魁となっていたバルバロッサはみずからの艦隊を引き連れて大帝スレイマンに帰順、アルジェを中心とするその支配地すべてを帝に捧げた。スレイマンはこれに対し、頭目を「大提督《ベイルベイ》」(「ベイたちのベイ」)に任命することで酬い、かくて司令官の肩書きを得たバルバロッサはトルコ艦隊を自己の構想のまま強固にする策を練りつつ(この時代のオスマン帝国には「イェニチェリ〔エニーチェリエ〕」と呼ばれる組織があった。「新軍」の意味で、戦争捕虜や、おそらく場合によっては遠方で攫ってきもしたらしいキリスト教徒の子弟を奴隷化して帝国に忠実な軍人に育て、その者らで構成した近衛軍団。強さでも獰猛さでも内外を恐れさせた精鋭で、のちに国内政治を左右する武力に肥大したため一八二六年に廃された。バルバロッサの策はこれの海軍版だった模様)、海であれ、陸であれ、西側の勢力範囲をほしいまま襲撃することとなる。一五三四年にはチュニスを占領(ただし、翌年シャルル・カンが再獲得、チュニジアは四十年後までトルコに屈することはない)、当然のことハプスブルク家を宿敵とし、三八年には、教皇とカール五世が結成し、ジェノヴァの貴族で傭兵隊長のアンドレア・ドリア——シラーの劇で知られる「フィエスコの陰謀」を密殺した例のドリア、レパントの海戦で、二十一歳の白面の貴公子ドン・フアン・ドーストリア(シャルル・カンの庶子、フェリッペ二世の義弟。『孺子の靴』の舞台に直接は出てこないが、大切な人物、ブローデルの『地中海』にも立役者として登場する)が総司令官のカトリック陣営の右翼を率いた提督——が指揮するキリスト教連合軍を三日にわたるプレヴェザ(ギリシア)の海戦で粉砕、地中海の制海権を確定する。一五四三年に結ばれたフランソワ一世とスレイマン大帝との同盟に際してはマルセイユまで遠征する豪気ぶりであった。もっとも、バルバロッサというより、すべては帝国のプレスティージュの表徴、一五二六年に侵入してきたオスマン軍と戦い、ハンガリー・ボヘミヤ(当時)の王ルヨス二世がモハッチ(中部ハンガリー)で敗れ、王自身はわずか二十歳にして戦死したし、その頃よりトルコの西への武力展開は陸でも頻々としており、スルタン在位一五二〇〜

六六年のスレイマン一世の「時代にオスマン帝国は、版図のうえでもスペインからイタリアまでの西北部を除く地中海世界のほぼ全域をおおい、制度上も中央集権的統治機構がととのって黄金時代をむかえた。この充実した国力を背景に、スレイマンは、西方ではハプスブルク家の根拠地ウィーンの包囲さえ試み、東方ではイランのサファヴィー朝と争ってバグダードを奪った」(『地中海事典』)。なるほど一五七一年のレパントの海戦でオスマン＝トルコは敗れるわけだが、その段階にはもはや赤髭《バルバロッサ》はこの世におらず、ひるがえって、無敵艦隊が敗れるのもじきだ。

(前掲『世界史／年表』、同『地中海事典』、同『年表世界史Ⅳ』、同『海賊大全』、同『魔女』、同『SHIPS 船の歴史文化図鑑』、同『地中海』Ⅳ、同『パラケルススの世界』、同『アーサー王物語』、同ユゴー『ライン河幻想紀行』、同 *Histoire de l'islam et des musulmans en France.* および、嶋田襄平『イスラム国家と社会』〔「世界歴史叢書」、岩波書店、1977年〕、井筒俊彦『イスラーム文化』〔岩波文庫、2015年〕、アンヌ・フィリップ『シルクロード・キャラバン』〔吉田花子、朝倉剛訳。「双書20世紀紀行」、晶文社、1988年〕、『史記列伝』巻四〔小川環樹・今鷹真・福島吉彦訳。岩波文庫、1985年〕、護雅夫『李陵』〔中公文庫、1992年〕、前掲 *Morceaux choisis de Victor Hugo, Théâtre*, Hugo, *Les Burgraves*, Flammarion, 1985, 杉浦昭典『海賊キャプテン・ドレーク』〔講談社学術文庫、2010年〕、フィリップ・K・ヒッティ『アラブの歴史』下巻〔岩永博訳。講談社学術文庫、1994年〕、同著者前掲『シリア』、ウィリアム・H・マクニール『世界史』上巻〔増田義郎・佐々木昭夫訳。中公文庫、2012年〕、フィリップ・ゴス『海賊の世界史』上巻〔朝比奈一郎訳。中公文庫、2010年〕、フィリップ・ジャカン『海賊の歴史』〔増田義郎訳。「知の再発見双書」巻113、創元社、2008年〕、アズララ／カダモスト『西アフリカ航海の記録』〔「大航海時代叢書」巻Ⅱ。河島英昭／川田順造／長南実／山口昌男訳。岩波書店、1967年〕、ヴァンサン・モンテイユ『ソ連がイスラム化する日』〔森安達也訳。中公文庫、1986年〕)

註がふくらむが、海賊問題にひとまずの結末をつけねばならない、「奴隷」とからめて。

さて、古代よりこのかた、地中海、エーゲ海、はたまた黒海さえ、ペルシア帝国とギリシア・ローマ、エジプトに囲繞された海が海賊や私掠船の活躍舞台であった構図に詳説は不要だろう。収奪物は船とは限定されない、沿岸も視野に、目標のもつ、もちうる財もさることながら、捕獲した者の身代金、それが駄目なら、捕虜自身を奴隷として使用・交換することである（世界史の発端は「黄金」をもとめて前へ進むとともに、黄金に比定されるもの、象牙でも真珠でも胡椒でも――ダイヤモンドでも――なんでもいい、稀少である／と映るものを狙い、そこへと向かう。それが大文字の歴史の最初の線的である「定方向性」といわれるものだ。しかしながら、それらの獲得は本質的には純粋に蓋然性にすぎないのだから、最終的にはもっと現実的に――ヘーゲル的な意味で――当てにできる等価物、「労働力」の収奪に発展原理をみいだす）。それが「世界史」の鋳型たるこの海域初期の流通経済の定式とそこに透ける「他者」措定のエコノミー、労働力なる商品売買の形式≠文明の開始地点、そして、単純再生産にもせよ、原蓄過程の太古的振りだしであった。反転して逆を鑑みるに、いくぶん先どり気味でも、アズララの「ギネー発見征服誌」にみられる次のくだりは単なる一例とは処断しえない象徴性としてとても意義深いものがある。

「かれら〔グラン・カナリア島のひとびと〕の戦闘は石をつかって行なわれる。そして相手をたたく短い棒のほかには武器をもたない。かれらはひじょうに勇敢でいくさが強い。その地方には石がたくさんあるから、かれらは自分たちの土地をよく守るのである。〔中略〕かれらは金も銀も貨幣も宝石も、そのほか技術でつくるものは何ひとつもっていない。ただかれらは石を使って仕事をするだけであり、短刀《タイテーロ》のかわりに石を利用するのである。こうして自分たちの住む家もまた石でつくる。

金も銀も、その他いかなる金属も、かれらはいっさいそれらを軽蔑し、そのようなものを欲しがるひとはだれであろうと愚か者とみなされる。そしてかれらの中には、ほかのひとたちと異なる考えをもったものは、一般にひとりもいないのである。衣服はどんな種類のものにせよ、少しもかれらを喜ばせない。それどころか、それを大事にするひとはだれであろうと、金とか銀とか、そのほか前述のような品物を大事にするひとと同様に、かれらに馬鹿にされる。ところでただひとつ鉄はひじょうに珍重される。かれらは石でもって鉄に細工をし、これで魚を釣る針をこしらえる。小麦と大麦はあるけれども、これでパンをつくるだけの才はなく、ただ粉にするだけであり、それを肉と乳酪《マンティガ》［バター］と共に食べるのである。またたくさんの無花果と竜血《サングエ・ド・ドラゴン》と、それに棗椰子《タマラ》があるが、これは上質ではない。食用にする野草もある。羊と山羊を飼っており、豚もたくさんいる。すでに述べたように、かれらの戦士は五千人である。かれらはひげを剃るのに石を用いるだけである」〔前出『西アフリカ航海の記録』。傍点は佐伯〕（これははて人口に膾炙しているのかどうか、英国海軍の地獄の規律に対してタヒチ島の天国、いわゆる「聖なる蛮人」の図式を配した映画『戦艦バウンティ号の叛乱』のそのタヒチの景にも、シリング貨と釘とを対照させ、どちらが大事かと問う場面があった。答は釘と決まっているのが映画に限らぬユマニスムの観念の筋道である、よし実話次元が「タヒチ、ヨーロッパ関係史のなかでもっとも魅力的な事件の一つは、クックの航海に一度従ったことのあるブライ大尉が、国王陛下の船であるバウンティ号を指揮してタヒチ島に到着した一七七八年に起こった。バウンティ号の乗組員は、当地で牧歌的な五カ月をすごしたが、島民がとても親切にもてなしたために、彼らの多くは定住し、首長の家族と結婚した。船がついに出航し、去るときの悲痛な別離、そのあとに起こった反乱と、船長なしでタヒチ島へもどったバウンティ号、タヒチ人とイギリス人の反乱者の混成小集団によってのちに行われたピットケアン島への定住、そして、反乱者のあいだに生まれた子孫によるユートピア的社会制度の究極的発展が、フィクションよりはるかに奇なる現実の物語の特徴である」〔サーヴィス〕ということは寸毫も疑えないとしても）。

アズララは十五世紀半ばの記録、戦艦の叛乱はフランス革命の前夜という時で、次なる事例はほぼ両者中間の時代だが、構図はなにも変わらない、マルコ・ポーロによって「黄金の国ジパング」という噂が流布、それがすっかり固定観念としてこびりついてしまった西欧では、スペインを追うように、オランダがその財宝捜しに躍起となり、毎度頓挫の憂き目を重ねていた。「ところがオランダは、これに懲りず、なお一層大仕掛の探検船を出すことになりました、先の失敗があってから四年目の一六四三年（寛永二十年）マールテン・ヘルリックゾーン・フリースという者に命じてやらせたのですが、この探検は有名です。／フリースはカストリクム号とブレスケンス号という二艘の船を仕たて、至れり尽くせりの準備を整え、自らはカストリクム号に乗り込んで、意気揚々と出かけました。この度もやはりバタビヤからで、纜を解いたのが二月三日、約二カ月半かかって、我が八丈島の付近に来ると大嵐に遭い、二艘の船はお互いの姿を見失って全く離れ離れになってしまいました。／フリースは、致し方なく、自分の船だけ予定の航海を続け、ようよう房総の海岸を認めましたので、海岸に沿って北に上り、途中、日本の漁船や運送船に出遭う度ごとに、北方の様子や、仲間の船ブレスケンス号を見かけなかったかと訊ねて見ましたが、一向いい便りを聞くことが出来ませんでした。／それでも自信の強いフリースは、だんだん北の方へ北の方へと船を進め、本州の東北端を過ぎ、津軽海峡に気がつかずに、いきなり北海道へ行き、根室湾に入りました。それからさらに船を進め、千島の方に行くうち、何分霧が深くて危険なので、方向を変えて樺太へ行きました。とうとうタライカ湾に錨を下し、土人と物の換えっこをしましたが、土人は銀よりも鉄を貴重なものと思っていたそうです」の顛末があったのち、いくら探しても黄金はついに見つからずという結末だった（吉田）。

これらが事実だとすれば、いかにもパラドクサルな言い草ながら、まことに傑出したエトスというべきだけれども、あいにく「文明」――ぞっとしない用語でも使わざるをえない――や「普遍」（へ）の推進がこのようにいかなかったことはご承知のとおりである（そうでないからこそ文明は「文明」であるのだろう）。「文明＝西欧」の側の航海報告はおびただしく、黄金の発見やその獲得譚の情報――過半は偽の――で充満しており、だいたい結果はよくてひと握りなのだが、交換で金を手に入れるべく、未開とされた部族＝原住民の眼を眩ませるために、かれら探検者、つまり西側は、「鈴、鏡、ガラス玉、数珠、そのほか金ぴかの安物」をつねに抜け目なく帯同していた（「アメリゴ・ヴェスピッチの航海記」）。そのうえ、その交換がうまく成立しない場合にはものをいわせようと銃器を携帯してもいた（だから、種子島に鉄砲が渡来し、続いて鹿児島にザビエルが来た⁉）。ヤヌスの神殿の扉は平生閉じられていると同時に、いつでも開かれうるわけである。道草と映りかねない閑話休題的パランテーズになろうか、金羊毛取りのアルゴー船の冒険が「濫觴」とされる航海の歴史を、クリミア戦争期の子供相手にキングズレイは、「それになぜかれらが航海に出たのかも分からない。黄金を手に入れるためだったと言う者もある。あるいはそうかも知れない。しかしこの世でこれまでなされたことなく気高い行為はいずれも黄金目当てのものではなかった。主なるイエス・キリストが降臨して死んだのも、十二使徒が各国に福音を述べ伝えたのも、黄金のためではない。スパルタ人がテルモピレーで戦って死んだのは金を目当てにしてではない、賢人ソクラテスは同胞から何らの支払いを求めずに、一生涯貧しく裸足の生活を続けながら、ひたすら人々を正しく導こうと心を砕いていたのだ。そしてまたこの現代にも英雄たちはいて、気高い行為をなすが、それとて黄金のためではない。わが国の探検家たちが続々と荒涼たる厳寒の海へと出航して行ったのも金持ちになろうとしてではない。また昨年東洋に向かってあちこちの病院での辛い仕事に出かけて行った婦人たちもそうだ。その人たちは多くの気高い事をなさんがために、進んで貧しい生活へと入って行ったのである。さらに若者たちにしても――かれらのことは、子供たちよ、おまえたちも知っているし、中にはみんなの親類の者もいるが――財産と安楽、快適な生活、それに金で買いうるすべての物を後にして、飢えと渇き、負傷と死地に直面し、祖国と女王のために戦おうとして戦地に赴いたのだが、そのとき果して『どれだけもうかるだろうか』などと心のなかで思っただろうか。いや、子供たちよ、この世には富財産より大切なものが、生命そのものよりも大切なものがある。それはお前たちが死ぬ前になにか価値あることを、それによって善良な人々から尊敬され、父なる神から好意を持たれるような仕事をすることなのだ」と託宣する。いかにもヴィクトリア王朝下らしいお噺、ごもっともと呟くにやぶさかではないが、神話をめぐる語りだからといってなんでもアマルガムにしたまうな、忌憚なく抗う、「気高い行為」は「黄金」探索とほとんどの場合同義であって、それがそのまま「富財産」の対極とみえるという同一なものの双面を交互に理念化し、運動もどきにしているのが「歴史」の姿ではないか。こういうのを帝国主義といわずしてなんといおう、調子よすぎないか（レヴィ＝ストロースの「停滞する歴史」と「累積する歴史」や「冷たい社会」と「熱い社会」のタームは西欧型文明を相対化するには便利だが、そこばかりではなく、それらが相互にどんな関係の現実を所与としたかをよく視ておかなくてはならない）、その視線なしの歴史テエゼはただちに、「わたしはかずかずのことを學び／三ヵ國語を讀めもした／上手におどり　演奏もして／上流の客間でも　舞踏會でも／わたしはひとめをひいていた。／たいていのことは何でも話せたし／音樂にも通じ　うたえもした。馬にさえ上手に乗れたのだ／けれど　考えることは少しもできなかった」（ネクラーソフ）といういつもの旋律、文化・帝国主義（＝文明）の思考に落着するのでないか（むろん、だからといって、ジャック・ロンドン――「コルテス」が愛読した――の『白い牙』や『荒野の叫び声』の強い単独者の物語と直情ニーチエ主義の痕跡紛々たる世界観をただ対置すればいいわけでない。ことはそんなに簡単ではなかろう。為念)。いや、もとへ、先に飛びすぎだ、段々に道標を辿る。

捕虜獲得、捕虜を創るという経済機制、これぞ奴隷なるものを必然にするメカニスム、奴隷とは賃金を払わないでいい者という剰余価値なのだ。ゆえに、海上を軸とした交易路が発達すればするほど、その財も含め、好餌は増え、狙う賊＝族の徘徊が花盛りになるのは道理である。ナイルの川舟とあの世にゆく船――あの世とは「島」であったとへネップはいう――くらいしか水の交通機関の類いは有しなかったエジプト(エリアーデによると、「死者用の儀式用の舟が世俗の舟の原型となった〔中略〕。その細部は重要であり、人間の技術の起源を理解させてくれる。いわゆる人間による自然の征服というものは、経験的な発見の直接の結果というよりは、人間の宇宙におけるさまざまな『状況』、ヒエロファニー〔著の序文から。「ギリシア語の hieros＝聖と phainein 顕すの合成語で聖を顕すものの意」〕の弁証法によって決定される状況の結果なのであった。冶金術、農耕、暦などはすべて、まず、宇宙において決定された状況のひとつを人間が認識する結果からはじまった」というから、舟は水の交通手段とは決まってはいなかった)と違い――小うるさいが、ご容赦召されよ、先に引いた『エジプト人』では、「波止場」からシリアやクレタに赴く船舶が出ている様子――、たとえば海洋民フェニキアの嫡男ギリシア人は多島海その他をわが庭のように往来する。海賊との遭遇も日常だったろう、それどころか、海は、語弊はあろうが、壮大な入会地みたいなものだったのでないか。それは世界史以前に、なによりも世界、シェマティックながら、文化に対する自然である。でいて、そのギリシア人たちは自語を解さない者を「バルバロイ」と呼んだものだ。言語とは、そんなふうに壁や選別の役目も果たす、世界を分節化する(ギリシアとペルシアが敵対的でなかったごく初期には、この語は「排他」的ニュアンスをもたなかったと前田はいうけれど)。言語は、通貨という意味のみではない貨幣――しばしば、黄金と同じように「他」をはじいてしまう――なのだ(黄金はただ稀少性ではない、それ自体秤であり、法である、『言葉ともの』のフーコーのひそみに倣うなら、価値の諸物体、諸表象の王だ)、まじりあう単一ではない世界で機能するにもかかわらず、正貨の純度、判定値は決まっており、規準は労働する人間の量か照合される黄金の質かの極より成る天秤によって定められ、それでこぼれる残余、他(の者)は先験的に、伝統的に排除される。その地に海賊が結集していたから、もしくは、海賊にベルベル人が多かったから「バルバリア」と名ざされたのでも、バルバリアだから海賊が集まったのでもなかった、この接続はあくまでもただの偶然でしかないはずだが、偶然ではないかのような観念連合をつくり出す(ベルベルやモーロがどのくらい勇壮であり、あるときその文化を誇ったかは既出の『シリア』を筆頭に多くの書が語っている)、ベルベルの文化≠文明は追い抜かれたのち、かく駆逐の的として再命名される。命名された者たちは当然そのように、もともと事実国家をもたないそのうえに意志して国家をもたぬ自由な者、法を超えた者の幻想をふるまう(バルバリアの海賊につきまとうロマン主義はその両義性に存する)。他者の劃然たる他者化、「文明」の名の絵に描いた刻印。この布置図と贋金作りではないところの海賊の横行とは同根にして、不断に相互補完的ということである。しかして、潜在的資(源)を保有した被襲撃船とその資源を奪い、運用する襲撃船とはもろにお見合いの関係、紋章学にいう双頭の鷲、ないしは鷲と獅子みたいなもの(ミシェル・パストゥロー『紋章の歴史』参照、松村剛監修「知の再発見双書」巻69。創元社、2010年)、商としてどちらが本体でどちらが影だか確とはわかりはしない。これぞ前=資本主義にほかならんと思いつきを記したくなる。

その回路でいくらか転調を企てると、ギリシアとペルシアとの、ないし、カルタゴを屠ったローマの戦さ等々、この海に世界史では戦争と習う事態が頻発したのも似たような絵柄に納まってしまう（「慢性的」といっていい戦争と奴隷と、その奴隷を「共同体」存立の礎にした「アテネ帝国主義」の抜きさしならぬ相関性については太田秀通の『東地中海世界』が有益）。つまり、制海権制覇を伴うこの国家事業とて原理は同工異曲、眼につく財宝の分捕りとともに、捕虜は手っ取り早い人的資本――ベン・ハーならぬ、やがてガレー船で櫂を漕がされる奴隷の運命が待っているところの。使いまわし、消耗したら、捨てるだけの自己循環的な、資本とは多少ならずいいにくいにしてもまさに手工業初期的な資本の運動（時代がずっと進み、十八世紀のことになるが、その時代でも、「操船指揮官たちがその無慈悲な残酷さを支障なく発揮できる奴隷の漕手団なしには、けっしてガレー船を運航することはできない」といわれていた）、戦争もまた実際これだったのだ。その意味で、戦争はのちの時代に資本主義と定位されるロジックの自然露出、利の拡張、「領土化」（ドゥルーズ／ガタリ）が法則たる商取引と瓜二つのものの掛け値なき原寸法、交易の一形態だったと考えるのが正鵠を射ている。交易＝交換が世界史をつくったのだとするなら、はじめからバルバロイを論理の内側に展開のバネとして抱えておりながら、排除しているこの齟齬、落差をもつ枠組みまでが諸島海の世界史だ。というのも、この齟齬こそ利をもっと多量に、さらにさらにと前に進ませる運動の動力因なのだから。国家はただ族の集合などではなく、資本がいかようにも伸縮自在に変形しうるという但し書きつきで多元的な一義性をもって他の者に対峙し、それを定方向に領導する言語場＝イデオロギーの同一性を軸とする世界史的世界をかたちづくり、そのように形成された「領土」は同一性の証明場（「ギリシア人はバルバロイではない」）でありつつ、平行して、友好的か敵対的に異なる者に向かい、その非同一性をおのれが次に運用する可能態たる先行的な潜在資本へと読み変え、嚙み砕き、組織する交易上の基地、すなわち、「歴史」の構築とその普遍性（「価値」）確認の現場となる。普遍は普遍であるようで、否、なるほど事実そうでありながら、常時敵対物を、軒輊を抱えなくてはならぬ、「熱い社会」としての流動化のために、というわけだ。言葉・富・資本・意味＝時間と世界の分節化。奴隷はなしとされる現在とて事態は同、バルバロイはいつもいたし、どこかに必ずいる、いなければ、措定され、創られる、資本の運動の獲物＝捕虜としての「他者」がそれであるというとデリダ的にも聞こえようが、「文明」が厄介であるとともに畢竟眉唾なのはそのパラダイムを包摂しているからではないのか。おそらくこれまた双頭の鷲なのだ、たとえば利の展開が構成している「普遍」を背負った中枢＝国家機構が海賊をやれば、海賊とはいわれずに、「文明」の伝播や防衛の戦争だとか同反撃とか、要するに、大義（!?）付帯の「正当な戦争」（!?）といわれるという、それだけの話である。

そうはいっても、この視角を加味すると、先に眺望すべき景は遠大も遠大、あいにく余白がもう十分にはない、ほどなくモンゴル勢の南下やチムールのバグダード等の占領もやってきてごっちゃになりかねぬ按配だ、あっという間に限度がきてしまう気もするが、事典や年表が中心の文献を急ぎ斜め読みし、荒っぽく海洋の枠でのみポイントを素描してしまう。で、戦争はともあれ、海の状況は長くそうあり続ける。つまり、最低、島嶼を望み、その至近距離で動くという古代の航海術に掣肘されているあいだは、ヴァイキングを除くと、ジブラルタルの外に、商船であれ、国の軍船であれ、船そのものがいくのが異例、海賊も私掠船も外洋ではとりあえず無用だった。資本の発展は内海の幅で済んだということだ。

「マール〔mal〕は、（読者諸氏の無益な知識のストックをまた一つ加えることを許していただけるならば）古代ノルウェー語から借用した古代英語であり、北欧ヴァイキングによってイングランドにもたらされた。それは元来、『話すこと《スピーチ》』を意味していた。しかし、ヴァイキングが話すなどという女性的な行動をとる唯一の機会は、腕力にものいわせて何かを強要する場合であったから、マールは『租税』ないしは『貢物』を意味するようになった。ヴァイキングの一派は南下して、シシリー島のマフィアを創立したが、もう一派は——このころまでには、マールはメイル〔mail〕と綴られていたが——スコットランドとの国境あたりで暴力団まがいの独自の非合法化活動を開始していた。かりに穀物や娘の貞操を大切に思うならば、近隣の首領に貢物《メイル》を贈ることになる。そして、やがて高価な貢物を要求されることになると、被害者はそれを恐喝（black mail）と呼ぶようになったのである」〔ファウルズ〕。そうした状況に変化が出来する、変化というか、転回点が。ひとつは、一部海路を採った、一〇九七年からちょうど二世紀で八回とも九回ともされる「十字軍」遠征、これが最初の兆候、それにまた不気味な原型、首唱した教皇らの無計画性と愚昧は度外視するとしても、だ。「その後数カ月の間に起こった出来事はカイロのあるじの決断が正しかったように思えた。事実、フランクは既成事実を受け入れ、それ以上の進軍を断念したかのように、すべてが過ぎて行った。そこで、ファーティマ朝〔預言者の娘で、従兄弟アリと結婚したファーティマの子孫を主張する系統、909-1171年〕の宮廷詩人たちは、パレスティナを『異端』のスンナ派から奪った執政の功績を称えるに十分な言葉が見出せないほどであった。しかし一〇九九年一月、フランクが決然と南へ向けて進軍を再開した時、アル＝アフダルは不安の色を隠せない。／彼は急いで腹心の一人をコンスタンチノープルへ差し向けた。アレクシオス〔数代にわたってビザンツ皇帝を出した軍人貴族コムネヌス家のアレクシウス一世。1048-1118年〕に相談するためであるが、このときアレクシオスは、やがて有名になる返書のなかで、青天のへきれきともいうべき告白をした。すなわち、ビザンツ帝にはもはやフランクの手綱を締めるいかなる力もない。まさか、と思われるかも知れないが、この連中は自分自身のために行動しており、かつての約束に反してアンティオキアの返還を拒否し、自分たちの国をつくろうとしている。彼らはまた、万難を排してエルサレムを占領しようと決めているようだ〔一〇九九年、前年ファーティマ朝がトルコから奪ったばかりのエルサレムはラテン側に落ち、一一〇〇年にボードゥアン一世が新規に造りだされた称号たるエルサレム王となる」。法王はキリストの墳墓を奪回すべく彼らに聖戦を訴えたのだから、今や何をもってしても彼らをこの目的からそらすことはできない。——皇帝はこのように書いた上で、自分自身は彼らの行動を是認せず、カイロとの同盟を厳守したい旨を書き添えていた」（マアルーフ）。

これはわれわれが今日よく知る態の、「虚偽意識」の意味でのイデオロギーの戦争というものの先鞭以外のなんだろう。いい方を変えれば、一世紀遅れの贖宥付き「千年王国」夢の集団的無意識を俗耳に浸透しやすく他者＝バルバロイ創出の公式と抱き合わせにしたもの、形成されつつあり、この行為そのものによっても自己形成へと至る「西欧」の同一性の（陶酔的な）覚醒、信仰の源出自だった「東」方への振り返りとこれを最後にその源と訣別を図るという装われた自発性の醸成、さらには、新たに形成される同一性、歴史のうちなる「正統」の地位獲得のために、大元の自己の起源のうちにあるみずからの他者性をここにいる自己にとどり戻すことであり——これが「キリストの墳墓」と名づけられたなにか、なんら有形ではないからこそ値千金の、始まりと幻覚された過去とこのミレニアムとをのっぺりと無差別的に糊づけしてくれる記号の記号性だ——、在ることは所有することだとサルトルならいう、だから、そのおのれを現在我有する蛮族を殲滅し、また、そのあまりに無邪気な自己像把握の自動延長たる粗暴でもって、かれ、「他者」の裕福な所有物＝富をどうでも奪うことの酸鼻だった（時はいささか前になる。八〇二年にシャルルマーニュがハルン＝アル＝ラシッドのサラセン帝国に派遣した外交使節をめぐる一種の冒険譚——ほかにはヴァイキングの地への旅なども加わるが、ザクセンの大修道院院長エルヴィンにして、宮中伯チャイルドブランドを主人公とする古代発見小説シリーズの一冊——で「西の皇帝」はいったものだ。「『もっとも重大な使命が貴君らを待ちうけておる』。／『それでは、ペルシアでありますか、殿』チャイルドブランドは叫んだ。／『そう呼んでおけ、実際には、ハルンなる名のその王〔余がオリエントに送ったあのユダヤ人の密偵イサクによるなら〕はどうやら、ペルシアのみならず、大部分があの遠い東方の他の地方も治めているようだ』。／王者は葡萄酒を一口飲んで続けた。／『諸君はこれもきっと覚えておられよう、余がこのハルン王より最近大使を送られたこと、それと、すぐ後にイサク自身から、とても気づかれないでは済まぬ贈り物を贈られたことを、例の象だ、余の動物園に頑丈な囲いを造らせた。象とはまた贅沢な贈り物よな！……この東洋の浪費に別に敬服はせん。だが、このハルンが相当の富と武力をもっておることは無視するわけにはいかぬ。ビザンティウム同様に、金貨を鋳造しておらぬか？　その帝国はリビア、エジプト、インドにまで広がっていないか？　とは申せ、すべての巨人はおのがアキレスの踵を、どんなクレシュス〔前六世紀のリディアの王。無尽蔵の財宝をもっていたとされる〕もみずからの破産を抱えているもの！　もうすでに西ではアンダルシアが、他方では、アフリカがやつの権力を免れておる〔註によれば、この場合の「アフリカ」はチュニジアのこと〕』。／シャルルマーニュは遠くを見つめた。／〔中略〕／『豊かな水量と気まぐれな流れの大河のほとりにある都、ハルン王の首都バクダードにいく年も滞在したそのイサクが、まことに常識に反するような驚くべき報告を寄越したのだ。あれの話では、いくつもの国を合わせたのと同じだけの広さの都がたくさんあって、そこには、無数の勤勉な者たち〔本物の蟻だ〕がうごめき、計り知れない富が、世界中からやってきた商人のひしめく市場が複数あり、この地では未知の多肉果を含めて世界中が産み出したあらゆるものがみいだせるとか、とても繊細な、それでいて、葦でつくられた持ちのよい羊皮紙や、溢れるばかりにとり揃えられた、それも貴重な写本で一杯の図書館がある。おまけに、この王は、歩兵や騎兵、アフリカにいるようなこぶをもつ軍馬や巨大な象に乗る無数の戦士を思うままにしていると。かれの金庫は、あり余る貴金属や宝石、金貨で満たされ、それら宝石でかれは寵臣の袖を飾るのだとか』。／シャルルマーニュは自問しているようだった〔以下略〕」〔パイエ〕。出自の恢復にかこつけた位の主張と新規に火がついた欲望、ことはなにやら複合感情的である。早々先手を打てば、そのことは、大航海時代まで原理的に変わりなし、というか、もっとその先のときまでだ。ここで発展＝資本蓄積の基礎プロセスを通過したということにちがいない、原型は膨張的に成長する、それ以後への複層的に変化《へんげ》した範例となる。その時代にようやく「西」は「西欧」として同一性的に顕われることによって世界史を我有化しはじめるわけだが、それは前史や第一幕の露骨にすぎる拡大再生産、すなわち、既存の身ぶりの反復だったと同時に、そのなぞりの枠内で大いなる質的転換を遂げてもいた。作用も感化も影響も適用半径も途轍もなく前代未聞、「西欧」はみずからの自己同一性＃「普遍性《ユニヴェルサリテ》」なる鋳型――「大天使ミカエルの火床で打った」〔!?〕――を世界に刻みつけていく、神に代わって世界を世界史へと組み変える〔分節化による「領土化」の決定版〕、名づける行為を、字義どおり、創世行為の真似ごとをやるのだ。うまい具合にこれまたサルトルをレフェランスにしてジャック・アタリはいう、「所有すること、それはまず命名することだから。／一四九二年よりずっと以前に、征服者たちは彼らが占領した土地に名前を書き入れ、そこに言語を押しつけている。〔中略〕／一四九二年に命名と言語の押しつけのすさまじい時代が始まる」と〔引用したい箇所は他にも多々あるが、頁を喰うわけにいかない、最少にしておく〕。けだし。もともとだれかが棲息していた地を「新世界」とか「アメリカ」とか名づけ、「九月二十九日、聖ミゲルの祝日、バスコ・ヌニュスは最も適当と思われる武装した二十六人を選び、残りのものはチャペに残し、そこから半レグアほど離れた、彼が聖ミゲル湾と名づけた南の海の海岸にまっすぐに向った。海の波が寄せてはひいている木の茂ったいくつかの大きな入江の浜辺に着いたのは夕暮だったが、ひき潮だった。彼に同行したものたちはすわって、潮が満ちて来るのを待っていた。ひき潮のときは泥が多く中に入りにくいからである。潮が満ちて来ると、バスコ・ヌニェス司令官は、カトリック国王陛下ドン・フェルナンド五世とカトリック教徒のその王女、ドーニャ・フワナ女王（先述シャルル・カンの母）の名において、またカスティリャの王冠と王杖のために、聖子、われらの贖い主なるヘスース・クリストを抱かれた聖処女マリアの像とその足もとにカスティリャとレオンの王家の武器がかかれた国王ならびに女王陛下の王室の旗を手にとった。そして、鞘をはらった剣と円楯を持って、塩からい海にひざがつかるまで入って行き、次のようにいいながら歩きまわり始めたのである。／『いと高く強くあらせられるカスティリャとレオンとアラゴンその他の地を治め給うフェルナンド国王万歳、フワナ女王万歳。両陛下の御名において、カスティリャの王冠にかけてこれらの海と陸地と海岸と港と南の島々と、及び、古代、近代、過去、現在、未来のいかなる理由によりても、いかなる様式にても前述のものに属し、また属し得るすべての国家、地方、付属物を何ら反駁をうけることなく占有いたすものなり。いずれの国かの王子、もしくは司令官が、キリスト教徒であれ不信心者であれ、いかなる宗派を奉じるものであれ、いかなる素性のものであれ、これらの陸と海の所有権を主張いたすとあらば、われ現在ならびに未来のカスティリャの国王がたの名において反駁しこれらを守る覚悟なり。あれらインディアの領地と帝国、島々、南北ティエラ・フィルメはそれに属する海洋と共に、南極北極、赤道の両端、南北回帰線の内外に至るまでもカスティリャ国王のものなり、これらの一切、ならびにその各部分は国王陛下とその王位後継者に全く属するものなればなり、現在、及び、人類の最後の審判の日まで世の続く限り、これらはすべて王室財産に属するものたることは更に詳細にわれ書式にて公に宣言せん』と高らかに宣揚する（一五一三年の「南の海《マール・デル・スール》」、つまり、おのれの太平洋「発見」に際して探検家バスコ・ヌニェス・デ・バルボアの示した身ぶり。ところで、増田義郎解説によると、このスペイン探検家の「興味」はひとえに黄金の追求であった）。アタリも解読格子にしつついえば、名づけることはあらしめること、あらしめるとは占有、支配することのまったきシノニムである、過去、現在、未来の相において。そのうえ、話すこと《スピーチ》は腕力にものをいわせることでもあるのだとしたら最上、以後、神学から科学へ、神の半ば用済み時代には「コギト」が、手を携えて（絶対王政的）国家が、それがあまり有効でなくなれば、「人間」がその命名という名の分節化を遂行する、カント的啓蒙の世紀をくぐって十九世紀ブルジョワと植民地主義の絶頂まで。その思考様態＝世界の把持態の完璧な定着がこの最後の時期だ。

　問題の歴史貫通的構造をより直截につかむべく、筆者の意を尽くせぬ構成を上手に補強してくれる増田論述をいま一度援用する。「中世の大半を通じて、ヨーロッパ人にうっとうしい劣等感を与えてきたのは、すぐれた軍事力と、文化と、熱烈な信仰をもって地中海世界になだれこんできたイスラム教徒たちだった。弱小で、文化的に低く、宗教的まとまりにも欠けたヨーロッパ世界が、イスラム世界に対抗するため、カトリシズムを中軸に、強固な統一体としてまとまってゆく過程が中世後半の歴史の本質だとすれば、セウタの勝利〔ポルトガルの「航海王子」推進によるセウタ攻略は一四一五年〕とともにエンリケがアフリカ航海にのりだし、グラナダ（イスラム教徒のスペインでの最後の拠点）の陥落の同年に、コロンが大西洋を乗り切って新大陸を発見し、征服者《コンキスタドーレス》の時代の幕をひらいたことは、けっして偶然ではないと考えられる。ポルトガルやスペインの人々による発見、航海、征服の事業は、キリスト教徒の、イスラム教徒からの国土回復《レコンキスタ》の連続として意識され、行なわれたのである。イスラム教徒に勝ち、これをヨーロッパ世界から追いはらい、地中海その他の各地で彼らが独占する貿易上の特権をうばいとること――それは、とりもなおさずヨーロッパ人が、偏狭な世界にとじこめられた弱者としての劣等感を克服し、ひとりだちの自信を持つことを意味していた。それ故に、セウタやグラナダの勝利がイベリア人の意識に与えた影響は大きく、彼らは勢いに乗って、イスラム教徒に対する対抗意識と挑戦を、すべての異教徒に対するそれに転化して、世界征服にのりだしたのである。約半世紀おくれて、イギリス、オランダの新教徒たちが、イベリア両国の後を追って世界市場に割りこもうとするとき、世界の勢力分布図にふたたび大きな変化がおこる。しかし、すくなくとも十六世紀なかばまでは、キリスト教を旗じるしに、十字軍的な精神の昂揚にみずから酔って、異教徒と異文化にかしゃくのない攻撃を加え、これを征服するという形姿が、ひとつの典型として存在したのだった」〔「大航海時代叢書」巻I総説〕。余計な述懐をつけ足すと、「文明」というものの布置、現代もとり立てた違いがあるか、それで「コルテス」はこんな説話を書いたのではないかと短絡してしまいかける。ためしの接木に一箇の譬え話を。中国の人民大会堂の向かいにある歴史博物館には九千点以上の展示物があって、それが次の四つの時代に分けられているという、「原始時代（先史時代）／奴隷制時代（夏〜春秋時代）／封建制社会（戦国〜阿片戦争時代）／半植民地・半封建社会（民主主義革命時）」（篠山紀信）。これ、現在もあるのかは知らぬが、とても豪快な歴史区分だという気がするし、「文明」というものを習った者なら思案に暮れること必定である。こうもでかいと歴史区分が用をなすものかどうか、戦国時代から阿片戦争までがひと括り!! キングズレイの史観と比べてみるとよかろう（ある意味では、『プロローグ』の「年表」はこれに通じていなくもない、あたかも分節化を許さないかのように札がことごとくシャッフルされてしまっているのだ）。

「一方、カイロのあるじはフランクに対し協定についての新提案を行った。シリアの分割以外に、彼は聖地に対する政策を詳細に説明する。すなわち、信教の自由が厳格に守られること、巡礼者は望む時にいつでも聖都を訪れる権利が与えられること、ただし、当然のことながら、巡礼者は武器をもたずに小さな集団で来ること、などである。これに対し、フランクからの回答は高飛車極まるものであった。『われらは総勢でエルサレムへ行く。戦闘隊形を組み、槍を立てて！』／これは宣戦布告であった。かくて一〇九九年五月十八日、侵略者たちは言葉を行動に移し、ファーティマ朝の領土の北限である『犬の川』を何のためらいもなく越えたのである。／しかし、犬の川――ナツル・アル＝カルプは、あってないような国境である、アル＝ナフダルはエルサレムの駐留部隊の強化に専念して、沿岸のエジプト領土はなるがままに任せており、海沿いの都市はほとんど例外なく、侵略者との妥協を急いでいたからだ。／先陣を切ったのは、犬の川から四時間行程のベイルートである。住民は騎士たちのもとに代表を送り、周辺の畑の作物を荒らさないことを条件に、金や食糧、および道案内を提供することを約束した。さらにベイルート人は、もしフランクがエルサレムの征服に成功したら、その権威を認める用意がある旨も伝えた。しかし、サイダ（古代都市ではシドン）は異なった対応をする。守備隊は侵略者に対しくり返し大胆な出撃を行ったため、相手は報復に出て田畑を荒らし、近隣の村々を略奪する。これが抵抗の唯一の例となろう。ティール（現代名はスール）とアッカの港町は防衛しやすいのにベイルートのやり方にならう。／パレスティナでは、フランクの到着以前、すでに大半の町や村から住民は立ち退いていた。こうして、フランク軍は何ら抵抗らしい抵抗にも遭わなかったから、一〇九九年六月七日の朝が来ると、エルサレムの住民ははるか彼方、預言者サムエルの寺院が建つ丘の上に彼らの姿が現れるのを見た。その喧騒まで耳に入る。そして午後遅くには、彼らはすでに町の城壁の下に陣を張る。／〔中略〕／西暦一〇九九年七月十五日のこの恐怖の日、イフティハール〔防衛側将軍〕はダビデの塔に立てこもっている。これは基礎が鉛で溶接された八角形の砦で、城塞の堅固な拠点を成している。そこであと数日は持ちこたえることができようが、彼は戦いに敗れたことを悟っている。ユダヤ人街は侵入され、道には死体が散乱し、戦いの場はすでに大寺院の周辺に及んでいる。間もなく彼とその部下たちは袋のねずみになるだろう。それでも彼は戦い続ける。ほかにどうすることができようか。午後になると、中心部の戦闘は事実上停止した。ファーティマ朝の白い旗はもはやダビデの塔の頂上にしか翻っていない。／突如として、フランクの攻撃が停止し、使者が近づく。サンジルの名において、もし塔の明け渡しを受け入れるならば、将軍とその部下全員を無事に退去させるとの提案をもって来たのだ。イフティハールはためらう。これまでにも何度か、フランクは約束を破って来たし、サンジルがそんなことをやらないとは、だれも保証できない。しかしながら、彼は六十がらみの白髪の男で、だれもが敬意を表しているようだから、その言葉は信頼に足るものと思われた。／いずれにせよ、サンジルは守備隊と取引する必要があった。木のやぐらは焼かれてしまったし、攻撃すればその都度撃退されたからである。実際、彼の兄弟たち、つまりフランクの隊長たちはすでに町を荒らし、どの家を自分のものにするかをいい争っているときに、彼自身は砦の下で朝から足ぶみしていた。イフティハールは、どちらを選ぶか熟慮したすえ、サンジルが名誉にかけて彼および部下全員の安全を約束するとの条件で、降伏する用意があると声明した。／〈フランクは約束を守り、夜、彼らを次の基地アスカロンの港へ出発させた〉と、イブン・アル＝アシールは詳述するが、その後で次のようにしるす。〈聖都の住民は血まつりにあげられ、フランクは一週間にわたってムスリムを虐殺した。彼らはアル＝アクサー寺院で七万人以上を殺した〉。一方、イブン・アル＝カラーニシは未確認の数字を扱うのを控えて書く。〈多数の男女が殺された。ユダヤ人はシナゴーグに集まったところをフランクに焼き殺された。彼らはまた聖者の記念建造物やアブラハム――彼の上に平和あれ！――の墓を破壊した〉」（同マアルーフ）。

　第二幕の大航海時代から（また、三幕目の啓蒙の世紀や四幕目に当たる十九世紀から）省みると、この第一幕はことのほか摑みやすいといわねばならない。戦《いくさ》の頻発した海でも最高に下品で悪質なものだったに相違ないこの戦争（税制については一概にいえぬことは井筒によっても定かにしろ、たとえばビザンツ皇帝ヘラクリウスと六四一年のアラブによるアレクサンドリア陥落に関するE・M・フォスターの言説でも手はじめに想起しよう、筆者が読んだ書の幾多が物語るように、アラブが、預言者の時代を含め、ユダヤ教徒にもキリスト教徒にも信仰のうえで長く寛容だったのと比較してと、あえて言挙げはしないが）でひと稼ぎ企てる連中は山ほどいたにせよ、もっとも狡猾だったのはヴェネツィアやジェノヴアの商業資本家、渡航費を貸与し、利ざやを懐に伸張し続け、また、のちにその財産もあって抹殺される聖堂騎士団《タンプリエ》は正貨の運搬を取り扱う銀行業の先がけのようなことを担ったとか、全体に西欧＝ラテン世界はここで、「西」は貧しく、「東」＝オリエントは豊かだという羨望まじりの認識（四世紀前に「フランクの王」が自問気味に思いめぐらせていたことだ）と御しやすいという判定を同時代のエピステメー上の契機としてもった。あとに残ったのは、ただのエグゾティスムでも、ビザンティン様式や騎士道文学への影響だけでもない、羨望とその相手の脆弱＝衰運の把持、その複合感情が遺産化し、それを「歴史の狡知」と呼ぶかどうかはとまれ、よくも悪しくも、そう、「偶然ではない」あざといまでの原‐範例をつくったのだ。でもって、今度は続くほぼ四世紀後、それはシャルル・カンの権力や体制と当初は相互拘束的でしかなかったにしても、中世が終わり、ハンザ同盟のごとく商人が都市を造る代がやってき、大学《ユニヴェルシテ》が各地に生まれ、ルターがカトリックという名の普遍にメスを入れる。ブルジョワの誕生。経済法則にも「十字軍」の後産が作用したのは論を俟つまい（レヴァント地方との交易で巨万の富を築いたドイツの銀行家フッガー家が皇帝選挙でシャルル・カンをどれだけ財政援助したかは知られたことだが、同家の中部ヨーロッパでの覇権等は既出の種村書に詳しい）。わざわざの念押し、決定的な原型敷衍＝反復・拡大は、昔よりのオリエントの誘惑の連綿たる残痕、インドの香辛料を交易の目当てだか、「カタイ」や「黄金の国ジパング」に赴くためだかに出航したものの、あらぬ方向にそれてしまい、マヤ・アステカ、インカを滅亡させ、それこそ国家単位の三角貿易で近代新規の奴隷をおびただしく生み＝創ることに結実した時とそれに続く時代である（たしか、アフリカから運ばれたこの新奴隷の死者は数千万とツヴェタン・トドロフが計算していた気がする。先のアタリでは、「半世紀で七千五百万人のアメリカ・インディアンが滅び、一方わずか二十四万のスペイン人だけがそこに住みつく。四世紀の間に千三百万のアフリカ人が、皆殺しにされたインディオたちに代わって奴隷としてそこに上陸するだろう」である）。増田言どおり、これが西欧「国家」の自己同一性顕揚の第二幕の進展形式だった。地中海や、バルト海などもうものの皮、船は果敢に、中国発明の羅針盤その他の伝来にも助けられてヘラクレスの柱の先、外洋に出る、国単位の資と武力を背景に。『綿畑の孤独のなかで』の表現に倣うなら、「交渉のあとが戦争なように、だめなら泥棒をしようって構え」が帝国に率いられた世界史「創成」という普遍形を象る。鉄砲片手の探検と交易、そして、布教。それぞれが相見互いの必然、十六・七世紀には、「新大陸」から運ばれる金・銀奪取に向け、「船は帆船よ、三本マスト」ならぬ、帆が五本もあるカラベラ船など、造船術の驚異的進化と連動しつつ、海賊・私掠船のほうも活躍場はカリブ海あたりまでと広がっていったことは既述のごとし、アジアの海域もつい眼と鼻の先にある。

　しかし、案外なことに海賊たちの根拠地は表象の特定レヴェルではなにやら赤髭提督の郷バルバリアに固定された感じが強いことを語って当註の末尾とする。女主人公が海賊《ピラト》に攫われ、パシャに売られたなる前筋をもつモーツァルトの『後宮からの脱走』（1782）はトルコ宮廷もの、ロッシーニの『アルジェのイタリア女』（1813）で問題になるのは「ベイの私掠船《コルセール》」だからおかしくないにしろ、ベリーニの『海賊《イル・ピラタ》』（1827）は十三世紀のシシリーが世界だし、一八四八年のヴェルディの『海賊《イル・コルサロ》』にしても出てくるのはギリシアの海賊である。カリブの海賊が活躍するオペラを筆者はなぜか観たことがない（図式化するに、「この猛烈な男がお定まりの髑髏《スケルトン》と大腿骨《マイ・ボーンズ》を組みあわせた海賊旗《ジョリー・ロジャー》のマークのついた船員帽をかぶり、首には赤いスカーフ、腹の革ベルトにはお手製らしい蛮刀を一本ぶちこんで、闇の中から木の義足をコッコツ鳴らしながら現われ、ゲジゲジ眉の下からぎょろりと私をねめまわしたときには、正直いって縮み上がってしまった」と小松左京が書いた者たちの世界——いまから四十五年前のかれのこの作品には「秘密保護法」から、「再軍備」後の日本軍にメディアの日和見まで、現在ある情勢がことごとく出てくる——のことだ。その世界は周知のこと、映画の独壇場である。小説のジョン・シルバーの「宝島」は新大陸だったが)、ロマン派趣味が関与するのかどうか断言はしかねるとしても、影は落としたのだろう、幻惑力の現実の地はいぜんアルジェ、チュニス、トリポリ、なかでもアルジェにピン止めされたふうなのだ（オペラからスペクタクル映画へのこの感受性交替は一考の価値がある）。そこで、これは忘れず書き添えておかねばならない、海賊船《ピラト》と、「蒼白い西欧の徒に、奴隷の悲しみを教え／浪を家とするバルガの海賊は／巨船と櫂をしばし岸にうちすてて／陸でとらえた者らを、その窟《いわや》に引いてゆく」のバイロン（1812年）の私掠船《コルセール》との違いである。実は、ふたつは指示対象に異なりがあるにはあっても、その隔たりは多少とも微妙であって、一方が完全な盗賊なら（『リトレ・フランス語辞典』を調べると、ギリシア語の「海で運を試す男」の意味のピェイラテス、ラテン語のピラタが起源で十四世紀に発生した語、いかなる国家・政庁の認可状ももたず、海で略奪する者をいう由）、他方はとりあえず国家の許可状をもっていた戦艦の意であるが（十二世紀の終わり頃、イタリア語「コルサ」から派生してできた語。現代イタリア語のコルサは「走る」とか「競争」の意だから、了解しやすい）、ただ、その許可状たるや実際にはあるようでなかったり、バルバリアには一時独立した「海賊国家」もあったようだから、込みいる。ある時期まで、地中海、多島海沿いの国はみな海賊国家の資格を有したと考えたほうが単純明解で、おそらく「コルテス」の主旨にも合う。次は上記の代表的な二語以外、泡の意味のエキュームに由来する「エキュムリュール」（海の泡をかきまわす者？　十四世紀中葉出現）、古フランス語から出た「フォルバン」(「許可なく武装して海を探査する者」の意で概略「ピラト」と同義。十七世紀初頭)、「ブーカニエ」(スペイン語「ブカネロ」、英語「バッカニーア」。元来はカリブ地域で薫製の肉を指し、拡大してその肉を焼く網、および、野生の牛を狩猟する者の意味となり、転じて、新大陸からスペインに向かう船を狙ったカリブの海賊を表わす。言葉の出は十七世紀半ば頃)に、この種のもののもうひとつ、時期もほとんど同じで、こちらはオランダ語が起源の「フリビュスティエ」(アメリカ大陸におけるスペイン財産を狙う海賊の一員というから、カリブ海の海賊だけを指すかなり新しい語)。こうみる限り、十五・十六世紀、つまり、大航海時代が境目となる前と後で語は明確に二群存在し、さまざまな範疇の海の盗賊をカバーしている。言葉とはよくしたもの。だが、系譜の総体をイッパツで表示できるのは古典的な「ピラト」と「コルセール」で充分ともいえる、やがて参画してくるアメリカ合州国を入れ、「新世界」周辺部の海賊とて過半はピラトだったにちがいないのだから。

(既註で挙げた主に海賊関連参考書のほか、前掲種村季弘『パラケルススの世界』、同井筒俊彦『イスラーム文化』、同アタリ『1492』、同前田耕作『宗祖ゾロアスター』、および、ファン・ヘネップ『通過儀礼』〔綾部恒雄・綾部裕子訳。岩波文庫、2012年〕、エリアーデ『太陽と天空神』〔久米博訳。「エリアーデ著作集」1、せりか書房、1993年〕、ジャック・ロンドン『白い牙』〔白石佑光訳。新潮文庫、1969年〕、『同』〔深町眞理子訳。光文社古典新訳文庫、2009年〕『荒野の呼び声』〔海保眞夫訳。岩波文庫、2014年〕、『野性の呼び声』〔深町眞理子訳。光文社古典新訳文庫、2012年〕、アミン・マアルーフ『アラブが見た十字軍』〔牟田口義郎・新川雅子訳。ちくま学芸文庫、2006年〕、ジャン・ドゥロルム『年表世界史II』〔クセジュ文庫、橋口倫介訳。白水社、1982年〕、『コロンブス、アメリゴ、ガマ、バルボア、マゼラン 航海の記録』〔「大航海時代叢書」巻I。長南実、野々山ミナコ、林屋永吉、増田義郎訳。岩波書店、1965年〕、吉田小五郎『東西ものがたり』〔中公文庫、1983年〕、エルマン・R・サーヴィス『民族の世界』〔増田義郎監修。講談社学術文庫、1995年〕、ネクラーソフ『デカブリストの妻』〔谷耕平訳。岩波文庫、1991年〕、太田秀通『東地中海世界』〔岩波書店、1977年〕、チャールズ・キングズレイ『ギリシア神話　英雄物語』〔船木裕訳。ちくま文庫、1986年〕、篠山紀信『シルクロード』巻二〔集英社文庫、1983年〕、ジャン・マルテーユ『ガレー船徒刑囚の回想』〔木崎喜代治訳。岩波文庫、1996年〕、ジョン・ファウルズ『フランス軍中尉の女』〔沢村灌訳。サンリオ、1982年〕、アンドレ・シュラキ『ユダヤ教の歴史』〔増田治子訳。クセジュ文庫、白水社、1995年〕、E・M・フォスター『アレクサンドリア』中野康司訳。〔「双書20世紀紀行」、晶文社、1990年〕、小松左京『日本アパッチ族』〔角川文庫、1973年〕、『バイロン詩集』〔阿部知二訳。新潮文庫、1981年〕、クロード・レヴィ＝ストロース『レヴィ＝ストロース講義』〔川田順三・渡辺公三訳。平凡社ライブラリー、2006年〕、Claude Lévi-Strauss, *Race et Histoire*, Editions Gonthier, 1961, Marc Paillet, *Le sabre du calife*, coll. «10/18», Union générale d'Editions, 1996, François-René Tranchefort, *L'Opéra, 1. D' Orfeo à Tristan*, Editions du Seuil, 1978, *Dictionnaire chronologique de l'Opéra*, Livre de Poche, 1994, *Dictionnaire étymologique*, Larousse, 1938, *le Petit Robert*, le Robert, 1972, *le Littré, Dictionnaire de la langue française, en un volume*, Hachette, 2000)

〔4〕「一五五〇年にチュニジアの南部砂漠地帯に、シャビア族の小国家のかなり込み入った歴史が始まる。このシャビア族は、もとは遊牧の単一部族であった。歴史的によくわかっていない状況のなかで、この部族は、北のほうのカイルアンに接近することに成功する。この町はオリーブの木や大麦と小麦の畑のある、まさに地中海と言ってもいい町である。さらには聖なる町、つまり強力な別の魅力のある町でもある。十三世紀以来チュニスとその王国の支配者であったハフス朝の混乱と頽廃に乗じて、シャビア族はカイルアンに定着する。ハフス朝は北アフリカの経済的後退と外国人、つまり初めはキリスト教徒、次にはトルコ人の介入によって打撃を受けていた。カイルアンの町だけを支配していたシャビア族（東のサヘルの郊外の大きな村々とその潜在的納税者を横取りしようとしたが

できなかった）は、トルコ人とドラグト〔原註、「トルコの海賊」〕。バルバロッサの仔分格ふう」が一五五一年に町に入場してきたとき、たやすく立ち退かされた。シャビア国は、祖国を失って、間もなく滅びた。神聖の航跡を残して西のほうに消えたと資料は語っているが、それ以上詳しいことはわかっていない。これですべてであった。ゼロから出発して、シャビア国は、定住生活にしがみつくことに一時的に成功しただけで、再び無に戻ったのである。／これは何度も繰り返された歴史である。たとえば、十六世紀のトリポリ周辺では、同じような状況で他の遊牧民国家が現れ、同じようにその成果を実らせる時間もなく、たちまち消えていった。だが、実際には、モロッコ世界を大いに変えたアルモラヴィッド族、メリニド族、ヒラニアン族の大冒険は性質の異なるものであろうか。アルモラヴィッド族は数年のうちにセネガルの海岸からスペインの中心エル・シッドのバレンシア城壁の下まで行く。遊牧民の大成功の望みどおりの目を見はるような例である！」（ブローデルI）。

またしてもえらい道草をしてしまうことになる――それも、後先逆順の――。六七〇年（厳密にはその翌年）につくられ、九世紀のアグラブ王朝下では栄えたものの、同王朝を倒したファーティマ朝ではメディナの前に見捨てられ、十世紀にはカリフのアル＝マンスールが首都としたイスラムの聖なる都、チュニジアの中央部に位置するこのカイルアンがシンボリックだ、ブローデルの示唆するとおり、十一世紀から十四世紀にかけてのマグレブはさまざまな王朝が、一部の例外を除いて、あまり長いとはいえぬ間隔で入退場のサイクルを描いた。まず十一世紀の終わりから次の世紀のはじめ、モロッコの砂漠を出自とするベルベルの国、北アフリカとイスラム圏スペイン支配のアルモラヴィッド朝（一〇六二年につくられたマラケッシュが首都）。この王朝は一一四七年、同じくベルベル族が創建したアルモハーデ朝（ムワッヒド朝）にとって代わられる。ベルベルの国のうち最大だった同王朝はスペインを支配し、アフリカはセネガルやガーナまで、北アフリカではトリポリテーヌまで統治版図を延ばすほどの勢力を誇り、王みずからカリフを名のったけれども、その四代目カリフが一二一二年にカスティリア、アラゴン、ナバラ連合のキリスト教軍にナバス・デ・トローサ（年代をはるかに飛ばす、一九六〇年発表の闘牛小説において、ヘミングウェイが「ハエンでは、歩行者に全然注意を払わずに猛スピードで走って、無謀にも通りを歩いていた男をあやうく轢きそうになった。おかげで運転手が少しはいいつけに従うようになり、そのうえ道路もよくなったので、われわれはどんどん進んでバイエンでグァダルキビル峡谷を越え、もうひとつの高原を登って、シェラ・モレナ山脈が左手に黒々と見える山岳地帯にふたたびさしかかった。そしてカスティーリャ、アラゴン、ナバーラのキリスト教徒の王たちがムーア人を打ち破った、ナバス・デ・トロサの高い起伏に富んだ山々を通り過ぎた。そこはいったん峠さえ通過すれば、守るにしろ攻めるにしろ戦いにはもってこいの地形で、車でそのあたりを走りながら、一二一二年七月十六日に同じ場所を通過するにはどれくらいの労力を要したろうとか、その日この同じ山中の草地はどんなようすだったろうかなどと考えると奇妙な心地がした」と書く南スペイン（の地）で敗れて衰微（一一五〇年には武勲詩『エル・シッドの歌』が成立しているし、「レコンキスタ」はすでに開始されていた）、一二六九年に終焉。このアルモハーデ朝（ムワヒッド朝）から派生、イフリーキヤの自立を勝ちとったのがハフス朝である（1228-1574）。

アブ・ハフス・ウマルの子孫で、アブー・ザカリヤ（一世）が十三世紀にチュニジアの独立を宣言、当時のオリエントで最強を謳われたイスラム君主を出したのでハフス朝というのだろうが、「コルテス」が挙げた固有名アブド・アル＝アジス・アブ・ファリスはこの王朝十八代目のアブ・ファリスのことだと思われる。在位一三九四〜一四三四年。テクストにある綴りどおりの人物はあいにくみつからないのだ。また、いき当たった系図に、ほぼ同時期のモロッコを支配、一時はマグレブ全体、とりわけフェズやトレムセンに手を伸ばしたベルベル族のマーリン朝というのがあり（1191-1465）、その二五代目当主が名はアブド・アルアージーズ、在位は一三九三～九六年で、事績は不明にしろ、年代はアブ・ファリスと近接する。作家はこのふたりの人物をひとりにしたのかもしれない（アラビア語ができない者には舌嚙みそうな綴りにする必要があったから細工したので、確信犯だろう）。で、アブ・ファリスのほうは相継ぐ反乱によって崩壊の瀬戸際にあったハフス朝の最後の輝きを示したスルタンという。同スルタンが一四一一年にアルジェを奪取した件にまつわる細部は残念ながら現段階では未詳とせざるをえないが、かれが消えた一年後の一五三四年にチュニスは提督バルバロッサの手に落ち、翌年シャルル・カンが奪いかえして「保護領」にしたものの、一五七四年にチュニジアはふたたび、今度は決定的にオスマン＝トルコの領土とされ、その支配下、二十世紀まで「ベイ」が統べる政治が続くのである。

小説『プロローグ』はここでアラブ史、もしくは、ベルベル史の一端をみせているわけだけれど、もちろんのこと、問題なのは体系立った「歴史」ではない、アルジェリアのある時やカール五世への言及、海賊譚が特定の脈絡を示しているとしても。形象アリの超時間性というか、通時性を浮き彫りにしようとするときに（この説話では、永劫回帰とはいわぬまでも、時計の針はほとんど動いていない。あるのはいわば世界定めのみである）最低限不可欠なものとしてみいだされ、選ばれ、撒かれたレフェランスがこれらの挿話だというべきだろうし、（未完に終わったとされる当小説の範囲では〔第三の男性が暗示されているにもせよ、『プロローグ』は訳者らには未完の作品とは全然映らなかった。がしかし、ごく最近の文献には、作者一九八六年の年譜として、「四月十五日。ジャン・ジュネの死。小説執筆の開始、残ったのは序章だけで、死後『プロローグ』のタイトルで刊行された」とある〕、それ以上でも以下でもない。「アラブ的なもの」への書き手の尋常ならざるこだわり、または、その無意識的拡延で「アラブ民族主義」的なものに対する関心を嗅ぎつけたくなるのはごく自然、註釈者もそんな誘惑に駆られそうになるが、それは疑いなく粗っぽい一般化で、まさしくそこに、『黒人と犬どもの闘争』をポスト・コロニアリスムの劇ではないといった「コルテス」をそっちの方向から読む罠が待ち構えているのだということは看過すまい。それなら、牽強付会も極めつくすのが至当、いってしまえば、「むしろ個別の原因に由来し、民族主義とは無関係な事件として背後に追いやられるべき性質のものである。というのは当時におけるこれらの事件の重要性とか、そのアラブ国民の命運との窮極的な関わり合いという点にも拘らず、それらは偉大な野心や、深い信仰心に駆られた天才的な個人の偉業とみるべきで、民族のプライドによって動機づけられた苦難の理想主義者たちの努力の発露ではないからである」(アントニウス)の部種だと考えたほうがいい(アリだって、いくぶん異様にしろ、並みならざる「個人」なのだから)。ただその場合でも、ある時代以降、普遍《カトリック》の名の下で「文明」の他者への烙印をほしいままにした「西欧」＝スペインと非西欧＝(北)アフリカの対位法の地政学が語の直截な意味で批判的に布置されていることだけは感応しておくべきだろう。というわけで、再度ブローデルを引いておく、「コルテス」の物語にさらにもう一層、といいたい、どれだけのパースペクティヴが伏在するかの実測用補助線として。

「地中海の西の果ては、大陸に囲まれた、狭い自律的空間であり、狭いために人間が制圧しやすい空間である。地理学者ルネ・レスペスはこれを地中海の『チャンネル〔海峡〕』と名付けた。これは、西のジブラルタル海峡と、カクシヌ岬からナオ岬へ、もう少し広く取ればバレンシアからアルジェへと引いた線との間にある、独自の世界である。東西の方向の交通は決して容易ではない。東に行くとは、西地中海の広大な空間に出ることである。西に行くとは、海峡を越えて、地中海よりもずっと広い空間、すなわち大西洋に達することである。しかもこの海峡にはしょっちゅう霧がかかり、潮の流れが早く、暗礁があり、沿岸には砂州があるために、海峡を通過すること自体危険である。そのうえ、海峡は、海に突き出た岬のように、潮の流れと風向きで状況が常に変化する。ここでは状況の変化はとりわけ突然起こることであり、この海峡を通過するのは相変わらず厄介である。／反対に、東から西へ伸びたこの海峡を、北から南へと海を渡るのは比較的容易である。イベリアと北アフリカ世界の大陸では、この海峡は障害ではなく、北アフリカとイベリア半島を隔てるよりも結合し、この二つの世界をただひとつの世界にし〔ちょうど川田順三のいった「沙漠」の働きに照応だ〕、ジルベルト・フレールの比喩に富んだ表現によれば、二つの別の世界をひとつの『両大陸』にする川である。／シチリア島とアフリカの間の海峡と同じように、この海の廊下は中世のイスラム世界の征服の対象のひとつであった。十世紀にコルドバのカリフが突如として強固な基盤を築いたときに、おそまきに征服したのであった。このウマイヤ朝カリフの成功は、マグレブから小麦や人間や傭兵を来させると同時に、その見返りにアンダルシアの都市の生産物をマグレブへ輸出することを意味していた。この水路の自由な使用、あるいは少なくともこの水路の使用が容易であったことは、アンダルシアの海洋生活の中心をアルメニア——船舶、造船所、絹織り機でにぎわっていた——からセビーリャへ移した。地中海の航海は、十一世紀には、セビーリャをその到達点とした。そのうえこの水路を使うことになって、セビーリャは非常に豊かな富を得たために、グアダルキビル港はやがてその華々しさゆえに古くからの大陸の首都コルドバと張り合うようになった。／同様に、地中海におけるイスラム教徒の華々しい優位とともに、南のアフリカ海岸側には、ベジャイア、アルジェ、オランといった大きな港湾都市が誕生し、花開いた。アルジェとオランは十世紀に築かれた。しかも二度にわたって、アフリカの『アンダルシア』は、アルモラヴィッド族により、次いでアルモハーデ人によって、十一、十二世紀に本当のアンダルシア地方をキリスト教の圧力から救ったのであった。／イベリア半島独自のイスラム世界の終わりまで——少なくとも十三世紀まで、また十三世紀を過ぎても——、『海峡』は、ポルトガルのアルガルベ地方付近からバレンシアやバレアレス諸島までサラセンのままであった。シチリアの地中海よりもずっと長い間、イスラム世界はこの長い海溝を保持していることになる。一二一二年のナバス・デ・トローサの戦いのずっと後まで、少なくとも一四一五年のドン・ジョアン・デ・ポルトガルとその息子たちによるセウタの征服までである。その日から、道はアフリカに向かって開かれ、グラナダに残っていたイスラム世界は禁じられたが、ただカスティーリャの長く続いた紛争だけはこのイスラム世界の存在を引き延ばした。レコンキスタの最後の幕としてグラナダ戦争が一四八七年に再び始まるとき、カトリック両王は自国の海岸をビスケー湾の船で塞ぐことになる。／レコンキスタが完了すると、キリスト教徒の征服者たちはイベリア・アフリカ海峡の南岸をおさえることに引きずりこまれていった。もっとも、スペインの利害と合致するような意図の明確さと連続性をもって占領しようとしたのではなかった。これは、スペインの歴史において、悲劇であった。一四九七年のメリリャ〔地中海側のモロッコの港。現スペイン領〕の占領、一五〇五年のメルス・エル・ケビール〔アルジェリアの港。アラビア語名マルサ・アル＝カビール、「大港」の意〕の占領、一五〇八年のペニョン・デ・ペレス島の占領、一五〇九年のオランの占領、一五一〇年のモスタガネム〔アルジェリアの港湾都市〕、トレムセン、テネ〔同〕、およびアルジェのペニョン島の占領以後、この新たなグラナダ戦争は熱心に遂行されなかった。またイタリアの幻影とアメリカ大陸で比較的容易に手に入るもののために、このやりがいのない仕事ではあるが重要な仕事を犠牲にした。スペインが当初の、おそらくあまりに楽々とした成功（カトリック両王の秘書官フェルナンド・デ・サフラが一四九二年に両王あてに書いているところによれば、『神はこれらアフリカの王国を国王陛下に下さることを望んでおられるようだ』）を展開するすべを知らなかったか、またはできなかったこと、またスペインがこの地中海の彼方の戦争を押し進めなかったこと、これこそは出来損ないの歴史の重要な章のひとつである。あるエッセイストが書いているように、スペインは半分ヨーロッパで、半分アフリカであって、この時自国の地理学的使命を怠ったのであり、また歴史上初めて、ジブラルタル海峡は『政治的国境になった』のである。／この国境線では、戦争がひっきりなしに続いた。〔以下略〕」（巻I）。

装いがあからさまな「普遍」であるにしろ、そうでないにしろ、世界史＝文明を書き、行使する側に明確な戦略や首尾一貫した持続性がみえないことはままあることであり、それを「出来損ないの歴史」に比定するのは少なからず疑問にしても、これらの言説が指針を与えてくれることに変わりはない。

（文献は、すでに挙げたもの、とくに本註で参照したのは前掲『地中海辞典』、同『アラブの歴史』下巻、同 Ch.-E. Dufourcq, 同 *Le petit Robert 2*, ついで Textes réunis par Christophe Bident, Arnaud Maisetti et Sylvie Patron, *Dans la solitude de Bernard-Marie Koltès*, Hermann Editeurs, 2014, フェルナン・ブローデル『地中海』巻I、巻II、巻III、巻IV、巻V〔引用されたのは巻I。浜名優美訳。藤原書店、2004年〕、アーネスト・ヘミングウェイ『危険な夏』〔永井淳訳。角川文庫、1990年〕、『新イスラム事典』〔系図は原則としてこの書に拠る。平凡社、2002年〕、ジョージ・アントニウス『アラブの目覚め』〔木村申二訳。第三書館、1989年〕）

〔5〕先の「うしろ向きに歩く」ことともども、「死」の種族の特徴が表わされるこの節で記憶を甦らせた、ナイジェリアの英語作家チュツオーラの『やし酒飲み』のくだりだ。「わたしたちに質問をしていた例の死んだ男は、わたしたちが歩いて行くのを見て、早速かけよってきて、『死者の町』では、生者が死者に会いに来るのは法度になっている。だから自分の町へ戻りなさいと言っておいた筈です、と言い、ここでは後ろ向きに、つまり背中のついている方向に歩くことになっているのです、と注意してくれたので、わたしたちは言われる通りにして歩いた。ところが、わたしたちが、彼らが歩いている通りに、後ろ向きになって歩いていると、突然、わたしは、けつまずき、一瞬、その近く

にあった深い穴に落ちこまないようにとそちらに気が向いてしまって、ついうっかり、教わった家の方に顔を向けてしまったのだった。それをみて例の死んだ男は、またまたわたしの所へやって来て、もうこれ以上、その家へ行かせるわけにはいかない。この町では前向きになって歩かないのだということは、耳にタコができるほど教えた筈だといってわたしを責めたてた。そこでわたしは、やし酒造りに会いたい一心で、はるばる遠い町からここまでやって来たのだという事情を説明して、ふたたび、彼に懇願してみた。しかしわたしは、その穴の尖った石につまずいたので、体の一部をすりむき、血が出てきて、それも出血が多量だったので、わたしたちはそこで足をとめ、止血の応急処置をした。例の死んだ男は、わたしたちが足を止めたのを見て、近よってきて、なぜ停まったのか、と訊くので、わたしの指で出血している部分を指さした。ところがどうでしょう、彼は血を見たとたんに、もの凄く腹を立て、わたしたちを町から追い払おうとして、力づくでわたしたちを引きずって行くのです。わたしたちは引きずられながらも、もう一度懇願してみたが、言訳無用と、それはもの凄い剣幕だった。死者はみな、血を見るのを嫌うのだとは、わたしたちは全然知らなかったことで、事実その時はじめてわたしは知ったのだった」（以下略）。

直接関連するというわけではない、各人各様、死者の流儀はありうるということだ。「コルテス」の場合は、これに加え、「死」の種族が次第に退歩し、歩けなくなるということがある。「子供とは逆さ向きに」というのは、子供がだんだん歩けるようになるのに反して、こちらは幼児回帰し、やがてゼロに戻るという含みであろう。（イサク・ディネセン／エイモス・チュツオーラ『アフリカの日々／やし酒飲み』〔後者は土屋哲訳。「池澤夏樹＝個人編集 世界文学全集」Ｉ－08。河出書房新社、2008年〕）

治療の、もしくは、お飾りのマッサージのこと

アリはおのれの仕事をする、きっちりと自分の仕事をこなすが、それ以上はなにもしない。窒息するような空気のなかでなん時間もぶっ通しで筋肉を動かすマッサージ師に日々どれだけの量のエネルギーが必要かを知ったなら、そのことでかれを非難したりできるだろうか？　したがって、夜の客たちのいつもの――ただし、莫迦げた――問いかけに答えるのを拒んだからといってどうして咎められよう、管理人としての長い一日があって、そのうえ肉体的消耗の精魂を絞り尽くす五時間が待ち受けているのを知れば？（アリはむろん、女たちはマッサージしない。だれも女はマッサージしない、彼女らのあいだでやりあうのなら別にしろ、まあそんなことはどうでもいい。女たちの時間は女たちに関わりがあるのだし、それと、いわなくてはならないが、アリはその時間に好感をもっていない。おそらくいつか、この時間のことはだれかがあんた方に話すだろう、アリのハンマームが孵化する一秒前の卵みたいになり、説明のつかない圧力で揺れ、人間たちや、ほかのだれよりとりわけアリが知っているような起因もなしに、くぐもった内破でぐらぐらするこの時間のことは。おれはむしろこういいたい、やがて空間を満たし、蒸気の仲間となり、それにくるまり、それを厚くし、重くし、壁にぶつかっているにちがいないのは、女たちが浴室の扉を閉めた途端に彼女らの口から眼もまわるような速度で飛び出してくる言葉《パロール》なのだと。おれはまた、彼女たちに与えられた時間が終了し、アリが眼を閉じたまま扉を乱暴に開け、雷鳴のように合図の声を発するとき、開いた場所を通っていつも出てゆくのは、ねじ曲げられ、引き伸ばされ、ぺしゃんこにされた言葉、こぼれ出し、タイル張りの床のう

えにしたたり落ち、浴室とそこをいっぱいにした人影のほうへ濡れそぼって逆流してくる言葉を載せた一種灰色がかった蒸気であるからこそなおさらそれが原因だと思うのだ。といっても、そんなことはみなどうでもいい。おれはアリのことを語るためにここにいるんだし、アリはこんなことには関わりがない、とことんないのだから。おれは、自分らの時間にアリの蒸気風呂に入ってくる女たちに、豚肉や、若鶏のくず肉や、かれの宗教の基本的な戒律が禁じている特定の脂身に向けるのと同じ視線をかれが投げるのを見たこともあるのだ)。

ところで、トンブクトゥ通りのハンマームは、あんた方だれもがご存知の、花が飾られ、ビロードのように柔らかな感触の、お茶が供されたり、蒸気に香りがつけられているといった同じ名称のああした施設とは違う。アリにしても、あんた方が慣れている、神経質な小さな動作でデリケートに触れてくるあのマッサージ師ら、眼を見つめてあんたの尻を三度ぺしゃぺしゃと叩き、シャワーへと追い払って、チップを待つあの手《て》のなよなよしたマッサージ師どもとは違うのだ。同様に、アリのお客たちも、ここへそれまでにがつがつ喰った余計な食べものや飲みすぎたアルコールを落としにやってきて、軽音楽を聴きながら鏡に囲まれたソファに寝そべる自己陶酔的な客とはなんの共通点もない。トンブクトゥ通りの常連たちは難しい客だ。かれらがハンマームに来るのは、汗をかいて、緊急に身体から排出したいものがあるからだ。そして、アリは、熟練者であり、そのことを知り、見てとり、完全に浄化が果たされるまでかれの客を放しはしない。アリの客たちは、精液がなん年もなん年も使われずにきて、通常の出口を忘れてしまった例の男たちなのだ。かれらの精液は、もうなん年ものあいだ警告のなかった精嚢を通して容赦なく製造され、溜まりに溜まってしまったので、みずからの管を遡って、皮膚の下、血管のなか、関節のうちに自分の住まう場所をもとめた挙げ句、いまにも喉から溢れ出し、首を経て、内耳の迷路を通り、脳に逆流しようとしているのであり――これは不可避的に死をもたらすといわれている。アリは、だから、男が毛穴を極限まで広げたあとで――なぜなら、体液はどろどろと濃厚だから――、それをしみ出させるという役目を負わされており、かれは、水でも汗でもない、異なった機能のために同じモデルに従ってすべての男をつくる自然の信じがたい頑固さが産み出す汁がついにタイル床のうえに流れだすまでその男を解放しないのだ。おれはだから、お茶を供する蒸気風呂《ハンマーム》のマッサージ師らとアリとを一時対立させたあの嗤うべき議論に、かれが妙技をみせるあるいは常規を逸していると映るかもしれないやり方について、おれの個人的な解説をもち出すのだ、それも、苛立たしさとともに、だ。あの神経症病みの尊大なスペシャリストどもは、マッサージ用の手袋やら、平手打ちやら、ピンセットやら、それ以外はもうなんだか知らないが他のなにやらタイ式テクニックの細かな作法やらを、アリがなん十年も実施している荒っぽい四肢からの水抜きとひき比べたのだ――やつらは尖った声でかれを非難したものだ、おれの記憶が正しければ、とくにこんなことだ。たとえば、心臓に負担をかけ、手足をむくませるとかいう上半身マッサージ、客のうえにどっかと座る習慣とか、こいつは引きつけを伴う急な筋収縮の引き金になるなどと。いずれにせよ、やつらは一時、ヒステリックにアリ〔に仕事〕を禁止させようとした、けれども、かれを職業リストから抹消することはできなかった、なぜって、アリはどんな名簿にも載ってなどいなかったのだ。それで、アリが口を開かなかったものだから、連中もとうとううんざりして、戦いを放棄した。そして、アリはこの事件でなにひとつ失いはしなかった、お客のひとりも、かれの無口も。

それにしても、そのトラックはいくつもの国を、あまつさえ砂漠をも越えるのか、それとも、郊外に止まっているのか?

ある日、わが習慣に反して、とくに時間の大部分をアリのそばにいてもいいという許可をもらうためアリとかわした暗黙の了解に反して、おれが掃除の時刻に下の浴場に危険を冒して出かけた日のことだ、おれは奇怪な光景を目撃した、そいつはなにか神秘神学か原始の魔法の類いだろうと思いはしたものの、その意味は今日も判然とはわかっていない。ある連中がやったように、おれが酔っていたんだろうとか、暗がりや不眠に、風呂場ならどの場所にもつきものの音の異常にたぶらかされたんだろうとか、あるいは、眼鏡が湯気で曇っていたんだろうとおれのことを責める気なら、おれは答えよう、おれの眼鏡は湯気の跡などなく、いつもどおりピカピカだったし、おれは飲んではおらず、とてもよく眠ったあとで、その場面は朝のとても早い時間、正確には、三つの浴室の扉が大きく開け放たれ、地下に入れられる限り最大の光が採りいれられて、蒸気も消え、タイル床もぴかぴか、ブルジョワのいく浴場のように輝いているゆいいつの時間に起こったのだと。さて、最初のふたつの浴室を抜けるとすぐにおれの耳に第三浴場でかわされている会話の声が聞こえてきたのだった。おれはつま先立ちで近づき、姿を見られないようにと扉のうしろに忍びこんだ。おれの耳をそば立たせた会話は、おれのトンブクトゥ通りにおける調査のすべての月日のあいだ聞いたにもかかわらず全然理解できなかった例の言語でなされていた。おれには間違いなくイントネーションや、特徴的な子音が、聴いていてあんなにも心地よい、鋭くて、歌うような母音が判別できる、けれども、白状すると、その統字法の秘密を突きとめようと試みたことはいっぺんもない、だから、だれであれ、それにつけ込んで（ある連中がしたように）、おれを素人学問の現行犯で捕まえようとするやつには（でも、そいつがもしかれらの言語をしゃべれず、理解もできないのであれば、いったいなんでかれらのことに興味をもっていると主張したり、われわれにその者たちを説明できるだろう？）、おれは答えるつもりだ、少なくともおれは、調査・目録化されたいかなる人類の言語よりも千倍も複雑で洗練され、意味深いボンゴの言語をいまやなんの努力もなく、やすやすと理解できるんだと。また、この学問は厖大な歳月を要したし、よしんば相当の才能に恵まれていても、すべてのインテリが習慣上している以上の集中と知の努力が欠かせなかったんだ、とな。

おれはすぐにアリの声を認めた。その声は、騒がしい子供と一緒にいるときの、そして、かれの孤児教育の苦しい脱線以来おれが耳にしたことはなかったあの苛立った、でも無限にやさしい抑揚を伴っていた。ここではかれは大勢に囲まれており、その全員とそれぞれに辛抱強く答えようと努力しているようだった。かれの対話者たちの声はヴェールが掛かっているみたいにくぐもってはっきりしなかったが、それでもおれには、それらの声が、甲高くなったり、もの憂げになったりする口調の急な興奮や、ときには一斉にお菓子をねだっているガキどものような延々続く嘆き節とともに可哀想なアリのまわりで示す騒々しさを手にとるように感じることができた。おれのアリはなるほど苛々していたが、心を動かされているのが感じられた。おれのほうは、好奇心をそそられたあまり、すべての用心をかなぐり捨てて、浴室のなかに心配のまなざしを送りそうなほどになっていた。

ところが、だ、おれのいうことを信じようと信じまいと構わないが、アリはたったひとりだったのだ。ひとり浴場の真ん中にいて、まったく口を開いてはいなかった。おれはかれの顔に魅入られていた。信じがたいほど穏やかな表情がかれの額、眼、口の両端からいっさいの皺を消し去ってしまっており、おれの見たままをいえば、かれは熱と感情の昂りとエネルギーに満ちた青年のようだった。ただかれの両目だけがおれを恐ろしいほどおびえさせた。その眼は白く、でんぐり返っていて、盲目で虚ろだった。風呂場の空気は、まるで風の真っただなかにあるごとく、アリのチュニカを舞いあげる長く、強いざわめきにかき乱されていた。そして、音もなく逃げだす前に、おれにはまだ、通風孔から射す光の筋のあわいのうちで震える黄金色の霞を見てとる猶予があった。

トラックの最終的な目的地についていうと、その死の仕事を請け負っているのは市の職員で、おそらくは北の郊外のほうに、これらの無用になった嵩張りを捨て去るために市が指定した場所があるのだとおれは考えている。ここの住民たちには珍論迷論大好きの傾きがあるから、死んだ各人は《自分の家》に連れ戻されるんだと主張しているが、アリのハンマームの客たちに関しては、これはまこと難問だと思える。だが、こんな種類の賭けはトンブクトゥ通りの住民たちにとってちっとも障碍にはならない、かれらはそれぞれだれもがときにはソロモンとシバの女王の婚礼にまで至る血統のヒマラヤ山脈を遡ることができるのだから。むろん、トラックをだれかがイエメンのほうで、エチオピアのほうで、あるいは、マリのどこかの砂漠で見たという夢想家たちはいた。けれど、おれの場合、真面目さゆえに、しかるべく証明されない限り、当てにならぬ戯言ごとや根なし草の妄想でしかないものに信を置くことは禁じられている。そうではあるが、隠喩を用いていうと、その信心にもなにか本当のことがありうるということをおれとて排除はしない。野生の植物を乱暴に切りとって、異国の腐植土に根づかせようとしても、植物はその土を拒絶し、枯れていくのは必定である。だがもしも、園芸家の忍耐強さをもって執拗に粘り、なん世代にもわたって飽きることなく早めに根っこを切り、取り木し〔植物の人工的な無性生殖の一方法〕、交雑させ、刈り込み、挿し木をしていくなら、最後には、交雑で起こる雑種強勢《ヘテロシス》〔生じた雑種が親よりもすぐれた生活力をもつ場合をいう〕のように、新しい苗に驚くべき適用能力が現われ、よき庭師が一本の花を下から、上から、あらゆる方向から一斉に切断しようとも、生命の本能は過ちもせず、むしろまったく逆であるごとく、生き延びるという常規を逸したことが生ずるのだ。あたかも存在の息吹は無限にその中心を動かしていくかのごとくに、極度の毀損には極度の生存の順応性が対応しており、残っている肉がひとかけらでもあれば、魂やそれに代わるものがそこに宿るのには十分なのだ。——ひとりの人間がいつ死んだとか、いつ死んでないかなんて知る必要などはもはやない。だからして、こんなふうに想像可能なのだ、共同墓地のなかにトラックから投げ捨てられた動かない死体は根を張り、北の郊外の湿って汚れた腐植土を故郷マリの〔原註。「異文《ヴァリエント》——母なる故郷エチオピアの」〕赤い大地に変えるのだ、と。

『世界百科事典《エンサイクロペディア・ユニヴェルサリス》』礼讃

それゆえ、あの子がわたしの手に落ちたとき、かれがネカタの息子だとわかってわが家の扉を開けてやったとき、わたしは母親のように腕を大きく広げてマンを迎えたのです。でも、あの恩知らずは腕のなかに少しも飛びこんではきませんでした。かれは、まるでここがもう自分の家でもあるかのごとくに、平然と進み、奥の部屋のカーテンの襞のうしろに身を隠しました、そこが三年のあいだ、かれの特権的な居場所になりました[1]。わたしが客を迎えているときは、あれはひっそりとそこでじっとしており、眼には見えないけどかれがそこにいるということが、わたしが自分の技芸を遂行する上でより一層の完成度を要求したのです。マンはその場所で愛を学んで長いあいだを過ごした（もちろん眼と頭だけですよ、だって、あれのコサックぶりはまだまだ笑止の段階で、無邪気で怠惰なものでしたもの。それに、やつのコサック性がようやく力強さをもったときには、あの私生児はわたしを古本みたいに置き去りにしたんですから、一片の感謝の言葉もなしに）。あれはまた台所でも長い時間を過ごしていましたよ、わたしの冷蔵庫にいつもたっぷり入っていた卵や肉をがつがつと貪っていた。それを平らげてしまうと、あれは寝入っているわたしをためらいなく揺さぶり起こして、即座にオーブンと片手鍋のところへ戻るようにさせたのです。残りの時間、かれは眠っておりました。そして、あの子の眠りの時間がわたしのその時間と合わさるように、それから、夕食を要求して休んでいるわたしを揺さぶりにこないように（なにしろあれは、わが家で暮していたあいだどんなときにもわたしに思いやりなんか払いませんでしたし）、背丈がもう充分大きくなっているにもかかわらず、しばしばあやしてやらなくてはならなかったのですが（主よ！）、少なくとも、やっと眠気に捕らえられたなら、かれは、夏にはテラスの一角で身を縮め、冬の場合は花々に飾られた居間で、蘭の下にもぐりこんで、十五時間でも二十時間でもぶっ続けで眠ることができたのですから。

わたしは当時、バビロンでもっとも値が張る遊び女《ココット》でした。今日、もうコサックのだれひとり、たとえ表敬のための訪問にさえ、たとえわずかブランデー一壜を贈ってくれるためにすら、わが家にまで上がってきて呼び鈴を鳴らさないのは、コサックというのは自分のコサック性を除けば、尊敬も敬意もいっさい無償ではもたないから。コサックというのは犬ですよ、これまでつねにそうでしたし、これからもずっと変わりないでしょう。例外はありません。かれらが欲望できるすべて、かれらにやりうるすべては自分らのコサックぶりのための棲み処を探すことだけで、それが見つかりさえすれば満足なのです。というのも、コサックは莫迦でもあるのですから。この莫迦者どもは実際、快楽とはおのれのコサック性の据え場所とともにあると信じていて、それで十分だと思っている、だから、連中は、なにひとつ見ず、なにひとつ感じず、なにひとつ欲望せず、いかなる不安にもいかなる情動にも揺さぶられることなく、そんなこと以前に、その代わりにすでに自分たちのコサック性というのをもっており、満足なのです。快楽とは、どんな棲み処であれ、かれらがコサックぶるための棲み処を見つけだしたときに自分たちが感じたものに在ると結論づけてしまったのですね。それで、もしもいつか、ひとりの女が快楽とは実際にはなんであるかをあいつらにはっきりさせてやったら（バビロン華やかなりし時代に、わが家の戸口にひしめいていたあの犬どもの群れにこのわたしがしてやったように）、驚き、感嘆し、じだんだを踏み、叫び声を発するでしょう、あの莫迦どもは、そして、あの扉の外に出てしまえば、ただちにいっさいを忘れ、また連中の愚かで獣じみた探索に出かけていくのです（いつかかれらが、眠りは気持ちのいい疲労や休息の繊細な組成の結果としてありうるという考えには分かりえない眠りの快楽というものが存在することを発見したなら、かれらはもうかれらの藁布団を離れはしないでしょうし、病床に就いた者の思考を失った麻痺を快楽と呼ぶでしょう）。いいえ、あの犬どもは記憶すらもっていないのです、ですから、わたしは今夜たったひとりでいます。あのとき、カーテンの襞のうしろに隠れたマンは、わたしを通して「美」と「愛」とを学んだのです。

　わたしはマンを、息子のように愛し、可愛がってやりましたよ。そして、あれにわたしが読むことも書くことも、洟垂れ小僧を愚鈍な者にしてくれるあの通常のさまざまを教えなかったのは、あれのなかにただちに、人生への異常なほどの性向を、愛〔ニュアンスは、どちらかといえば、性愛に近いだろう〕への並みはずれた素質をみてとったからなのです、つまらぬことに割く時間を見つけるのが困難と思えたほど。だからわたしは、あの子の飼育の最後の仕上げ（『世界百科事典《エンサイクロペディア・ユニヴェルサリス》』のなかにアルファベット順に集められ、配列されているあのすべての知識の山、世に身を投ずる前に知っておかねばならない、会話や、社交のための、そして性愛のかたわらにあるあらゆることども）は最後の段階にとっておいたのです、あれが世界へ出ていくときのために。なのに、あの私生児はわたしが『世界百科事典《エンサイクロペディア・ユニヴェルサリス》』を読んでやる時間をもつ前にわたしを捨てた、ああ、主よ！　それも、やつが世に出るべきときになるずっと以前に。けれど、あの三年を通じて、わたしはかれに予告してやりましたよ、知らなくてはいけないことに無知でいるのは破滅に、また、どっちみち嗤いものになることにつながりうる、知るべきことのすべては『エンサイクロペディア・ユニヴェルサリス』に載っている、これこそ人間の発明の驚異よ、なぜって、かつて知られたことのすべてがこのなかにはある、したがって、ほかのものを読んで、脳を苦しめてなんになるの？　よしんばアルヴァアール・アアルト（建築家。1898-1976.〔事典の冒頭頁にあるフィンランドの建築家。Alvar Aalto〕）に関する最初の記事でなにからなにまで言葉が理解できなくても、あくまで読むことを弛まず続けておけば、それだけで、あとですべて見当がつき、説明がつくのだと、それに、左右対称《ジゴモルフィ》（放射状に対立するもので、花弁の左右対称や非相称の記述〔綴りはzygomorphie〕）に関する最後の記事の最後の言葉を読むだけで、あらゆることが突如として明らかになるのだと、それだから、いつかふたりでテラスに座り、二〇巻をあの子に読んであげる、それでかれはきっと人生に必要なことの全部を得ることになるだろう。つまり、わたしはあの私生児の母親以上のものになったでしょうのに、あれがただわたしに時間を残しさえしていれば。

わたしはまた、バビロンでもっとも洗練した遊び女《ココット》でした。わたしの卓越は、戦後、あの時期ずいぶん喧伝された多少ともアメリカ的なものである流行の罠に、わたしのまわりでカルティエの遊び女たちがひとり、またひとりと落ちていくのを見たときに認められました。あの娼婦たちは、最悪の俗悪さに身を委ねて、電話に加入し、コサックどもの最後の口説きに負けてしまい（主よ！　いわせて貰うなら、彼女らも同じ趣向を好きになったらしいのです）、バビロンに吹き荒れたデマゴギーの嵐のなかでその才能を台なしにしてしまったのですね。わたしだけ、ひとりもちこたえました（幻がわたしを誘惑することは一度もありませんでした。数年あとになって、もっと手の込んだ、だが、大いなる神、感謝します、とても下卑ていて、大層不愉快で、とてもむっつりしたものゆえ、年寄りか、夜の長い時間の勉強で不能になった学生がでっち上げたんじゃないかと思えるようなオリエンタル・モードの波がやってきたときでさえ、わたしはそのことについて話すのは受け入れましたけど、だって、そのモードはそれ向きに出来ていると思えましたし、でも、それに身を委せるといった愚かさやもの嗤いの種は冒しませんでしたよ）。けれども、あの犬どもが煮えてもいない食物をがつがつ貪るのを見て、偉大なる神、かれらの快楽はなんとわたしに哀れみを催させたことでしょう！　非常に早くにわたしは、マンに、わたしどものまわりに群がる犬どものうぬぼれを示してやりました。アメリカ式愛とこの手のすべての俗悪の醜さを、「誠実さ」の値、必要、偉大さを。真の愛がどれだけの輝きを明かしみせるものであるかを、そして、わたしによってゆっくりと奥の間の大寝台まで連れゆかれるコサックが、ブランデーと混ざる香水で半分酔っぱらって、どんなふうに、蘭を跨ぎ、くずおれ、武器を捨て、わたしが叫ぶときに叫び、わたしが泣くときに泣き、誓い、嘘をつき、わたしがやつをもとめるときに断念するかを、なおまた、無力感が訪れ、かれのコサック性に無感動の夕暮れが落ちはじめるとき、どんなふうにおのれの誓いを忘れ、退却するか（ちょうど自分の目標に達してしまい、通りの静寂のなかをひとりで数歩進みたいという是が非の欲求を覚える男のように）を、身体が本物の嗚咽のような震えにときに揺さぶられるものであるか、ちょうどトラックに轢かれた犬の手足が死後もまだひとときき震えているように、手足がどう震えるものであるかを。わたしはあの犬どものそれぞれが好きでしたよ、だって、かれらはわたしの技芸《アール》の究極目的だったのですから。

〔1〕深読みもすぎるといわれかねないとしても、このくだりは、すでに『西埠頭』で問題になったフォークナーの『八月の光』で、主人公ジョー・クリスマスが孤児院を追い出されるまでカーテンの蔭で怪しげな情景を覗きみていた挿話を想い起こさせる。

原初の森

良心的な年代記作家としてのおれは、ものごとが起こったとおりに話そうと努力しているが、こいつは楽な作業ではない、なぜなら、かれこれ二五年という距離を置いてみると、出来事はとても神秘的な色を帯びているのだし、マンの誕生に、バビロンやその周辺で、おれの確信するところ、毎年千件以上も起こっている式の月並みな偶発事の装いを授けることはとても難しいのだ。科学者がひとりの人間の生にとり組んで、そこから真実を引き出そうとするときのすべてのしっちゃかめっちゃかは、奇蹟だとか、空の兆しだとか、どんな人間だってその肉体に宿しているにちがいない運命の印とか、かれの誕生の場所、日時、状況に基づく符牒といったものへの大衆のあの莫迦げた嗜好に起因している。いかなる赤ん坊といえど、それがたとえ最高に平凡な子であっても、その蒙昧主義的な規則を免れることはできない。この人口過剰の世界のなかにただひとりの珍しくもない存在を発見することに努めてみたまえ！　もっともありきたりのやつの出産状況を想像してみるのだ、不器量でもきれいでもない母親、お茶の時間の田舎町、彼女の五千回目の鉗子に達した急ぎの助産婦、青みがかった赤肌で出てきて、すぐに泣き叫ぶ子供、控えの間で待っている虚勢を張った父親、他方、町では、銀行が扉を閉め、タイピストらが欠伸をし、浮浪者がひとり広場のベンチの日だまりに座っている、——いつだって、なん年もあとになって、窓から見た雨のように走る蛍の大群とか、界隈の家屋群をぐらつかせた地震とか、だれもが急いで信じてしまう埒もないこと、その子供を、この世に出現することが特別に自然の力によって運命づけられていた存在にしてしまう莫迦噺を思い出す祖母や耄碌した代母はいるものだ。まるで、世界のいかなる場所も、永遠のいかなる瞬間もとるに足らないものではなく、全世界のひとびと宛てに見せるにふさわしく、毎年毎年それぞれの軌道を開始する無数の運命こそ興味を抱いてみるだけの価値があるのだといわんばかりに。おれとしては、この本の中心をなす人物にどんな興味もいっさい抱いてこなかったし、今後も抱くことは金輪際なかろう、こいつは、名前を与えるのも無駄ですらある人間の、無視していい亡骸なのだ、それというのも、ネカタ（ずっとあとになって、彼女を召使いに雇ったあの気違い女が命名したこの未熟な語で彼女を呼ぶ必要があるからな）が分娩するためにアリのハンマームに向かって歩んだあの晩以来、子供どもが放置された下水溝の鼠のようににわかに繁殖してしまったのだから。ああ、断乎として、おれは、一部の近代的年代記作家の――スノビズムからであれ、推定からであれ、極度の近視からであれ――ピラミッドの足元のわずかばかりの砂を大真面目な様子で吟味する趣味は共有しないのだ。それに、もしだれかが母なる自然のなんらかのそよぎをなおおれに、たとえばあの晩バビロンにはなにか雪が降っていたとか、トンブクトゥ通りのアラブ式蒸気風呂《アマム》の上空に巨大な星がひとつ停止していたとか、そんなふうにまだ語るなら、それらはことごとく全然マンと関係ないのだと理性的におれが考えるのを許して貰おう、自然は――彼岸から惑星の一角に向けられたその探照灯は人類にとっていまもって大きすぎ、人類は悪趣味にも端役に有頂天になり、主役のことなどなにひとつ見ないのだ――隣接した、大事だが、知られていないまったく別の出来事をバビロンの住民に告げたかったのだということを。そして、おれがマンの名を挙げる労をわざわざとったのは、おれの目標がアリを指名することにあったからなのだ。

　その晩、つまり、アリはネカタがトンブクトゥ通りのはずれに姿を現わすのを見た。かれはハンマームの入口の前に座っていた。最後の女たちが、青やバラ色のワンピースを大きくざわめかせ、耳のくぼみにおしゃべりの声を響かせて、昼間の光とともに通りの角を曲がったあとだった。この時間、アリは米を煮る——長く、米がどんな形にもいじれる柔軟さを得るまで——のが習慣であり、その果てしない加熱のあいだ、かれは自分のボンゴと親密に話しあうのだった。それは湿気に満ちた、耐えがたい暑さの夕暮れだった。空は非常なピンク色だった。ネカタがトンブクトゥ通りに入りこんできた、彼女は、いまは決定的に失われてしまったけれど、かつては女たちを、彼女らが解き放たれる曙に、女たちだけが聞き分けられる合図で呼んだごとくに起こしたあの本能に動かされ、空気の音や匂いや、解きがたい入り組み、色に導かれるままになった。そこで、女たちは村を通り抜け、森のほうへと去っていってしまい——否、むしろ、彼女たち自身がそこから出てきた森へと戻り——、樹々のなか深く、最初の森のなかに第二の森をつくる地面すれすれの繁茂の真ん中に、巨大な幹のあいだの場所を、分娩するための暖かく、湿って、暗く、ひそやかな穴を見つけるまで入りこんだものだった。アリは眼を上げ、ネカタを認めた。見える限り遠くから、かれには、仔を産もうとして自分の場所を探している女の歩き方——確固としていると同時にぎくしゃくした——がわかった。アリは彼女が自分のすぐそばにくるまでネカタから眼を離さなかった。かれは午後の時間のバラ色や青色の女たちを見つめるあのなんとなく厭悪したようなまなざしで彼女を見つめたのではない。違うのだ、ネカタを人間的感情はかけらもなく——ただ、より鋭い注意のような、感じとるための努力のようななにか——ひとが闇に沈んだ部屋の輪郭を見分けようとするときみたいな、一匹の犬が、遠くから、丘の向こう側のもう一匹の犬が吠えているのに耳をそばだてているような——を込めて見たのだとおれにはいうことができる。あとになっておれが理解したと信ずるところによれば、かれは辛抱強く、ふたりを隔てる物音や想念、思い出や悔恨でいっぱいになりすぎた距離をくぐって、ネカタの胸のなかの心臓の動悸が打つ無限にかすかな鼓動が自分のところへ到着するのを待ったのだ。そして、その音が聞きとれるとすぐ、かれはおのれのボンゴを完全に放した。

冷たい手

おれはあんた方に、なんらかの一目瞭然にして、典型的な特徴によって、この夜、マンが最大の秘密のうちにアリの手に生まれ落ちた時刻に存在しはじめ、爾来われわれの世界で繁殖している種族《ラス》の者たちを認定するのを可能ならしめようと試みている。ところが、これが易しくはないのだ。この種族以上に明解なさまざまな種族を、起源の不明瞭なところやそれら相互の境界の曖昧さをなにひとつ省かず、誤謬の危険を冒してまで、議論の余地なくきちんと規定しようと、いかなる問題にも対応できる、きわめて学識ある書物が書かれてきた。証拠として、自然人類学の分野を支配する筆舌に尽くしがたい混乱の例を挙げよう、リンネ[1]は六つの種族に分類し、デニケール[2]は十七種族に類別しているが、チェカノフスキー[3]やヴァンケ[4]の愚かしい方法や、ロスタン[5]の抽象的で、不明瞭な方法のことは措くとして、あるひとたちにおいては、区別は頭蓋骨の指標でなされ、別のひとたちでは、血清の分析で行なわれるといった混乱だ。それゆえ、おれは今日、有効性のために科学的な性格をもった歪曲をみずからに許すのだ。民族学者らは実際、かれら自身は秘密にしているが、みたところ不条理で、嗤うべきものであっても、衒学的な定義などより確実にある種族に属し、そのうえ本には記載されえない特徴に着目する習慣をもっている。だからして、仮に黒い肌が少なくとも調査された数百の民族《エトニ》に属するとしたら、白い肌もほぼ同数である、片方をもう片方ととり違えるといった目立った偶発事は別とし、だれもが知っているのに、民族学者らが無視したがる、それというのも、この連中は自分らのサロンの親密さのなかでしか、口には出せないが絶対に間違いのない、かれらが他者の血を認めることを可能にする種族的特徴はしゃべらないからのわけだけど、その無視されるモンゴロイド系黒人や厚い唇をもった黄色種や、癖のない髪の毛のサンボ〔南アメリカの黒人とインディオの混血、ないしそれを先祖とする者〕のことにはふれないにしても。スートゥヒル・インディアンに固有のものである胸の先と臍のまわりの奇妙な毛の三束や、あるいはまた、北方ハウサ[6]にだけ存在する一方の足を別の足と前で交差させて歩くあのやり方についても事情は同様であって、結局のところ、どんな形態的、もしくは相貌学的な分析などよりもはるかに歴然と、シリノ族〔原綴りSirinoは不明。Sirionoの誤植か誤記。シリオノ族はボリビア東部の熱帯雨林に住む南米インディアンの部族で、採取狩猟民〕はだれかが死んだばかりの家からは逃げだすことでわかるし、ジャマイカ人はそのドレッドヘヤー〔縮らせて細く束ねたジャマイカ黒人特有の髪型〕によって、ドイツの男性は射精するときの一種そっけない仕方でもって、少なくとも三世紀前に「新世界」に移入されたセネガル人は、ジョージア・スキンの勝負〔トランプの賭け〕を申しでるなら、その眼が輝くことで識別できるのだ。

とはいいながら、マンの誕生についてもちうるゆいいつの確かさは不確実なことの寄せ集めにあり、かれのなかに認めうるゆいいつの血の混じりけのなさとはかれの血の無限の異種交配性であって、かれ以前に存在するどんな種族も、かれの肌の色にも、かれの身体のかたちにも、かれの本能のどんな欲動にもはっきりした痕跡を残しているとは主張できないほどなのだ。だからして、マンは非常に複雑であるため、そのそれぞれが相殺しあう遺伝的特性をもって生まれたのだし、その生の物語には、おれがしたようなやり方、その誕生のときからはじめ、死の時刻そのもので完結するというのとは反対のほうが実際には適切であろう最初の男なのである。このことは以下のことを直接の結果としてもった。すなわち、どんな先祖もこの種族の存在にどんな理想の形態もいっさい伝えはしなかったということ、かくて、だれひとり、おのが子孫に対する責任の感覚をもって生きた者はいなかったということ、この種族の子らはかれらの父祖を知らず、父祖もまた、自分らの子孫に無知であり、そのことがこの種にあのとても鋭敏な快楽の感覚と人生教育についてのほぼ完璧なあの柔軟さを賦与した。だから、マンは、偶然がもたらした近親者によって加工され、訓育され、精神的に教化され、作法を仕込まれ、利口にされ、開明され、文明化されて、どんな自然の性向も、いかなる教養もかれのうちでそれに反抗することは一度たりともなかったし、それゆえ、かれの血統がたまたまの、あぶなっかしい、無関心な教育者を介した場合に世間が示すことがありうる品行をみせることなどありはしないのだ。

この種族の子供を誤りなく認めうる非科学的なふたつの特性は以下のようなものである。最初のは、ネカタからマンへと二律背反によってじかに伝達されたもので、睡眠の能力だ。もしあなた方の調べる患者が、疲れもなければ眠気もないのに、二十時間、ないしそれ以上の時間ぶっ通しで眠ることができるとしたら、もしも、あんた方がそいつにおいては異様なことに眠りが自然状態で、覚醒しているのはたまさかの、単なる義務の状態なのだと発見した場合、それだけでもう、その者はたぶん不眠のネカタの末裔であると結論づけてよかろう、彼女の生は眠りのほんの一瞬さえ奪われていたのだから、その彼女が知ることのなかった眠りに入る時間をとり戻すにはおそらく何世代もが必要なのだ。

だからして、おれはマンの物語は書かれえず、これらすべては下らない駄弁だというのである、なぜって、これほどの不眠が目覚めている状態の倒錯者を産み出してしまった以上、いったいなんびとがいかにしてマンやかれの同類たちの真《まこと》の生を物語ることができるだろうか？　それは、なんのことはない、起きている男の時間であった、そのかれの無意識状態の時間の出来事を記述しているにすぎないだろう、あたかも、あんたらやおれのような者の生を、その就寝から眼を覚ますまでのあいだ、かれの人生の発端から終焉にいたるあいだに流れた時間を綿密に描写することで物語りたかったかのごとくに。

けれども、マンや、かれの種族の男を見分けるうえで最大に確実なのは、さっきおれが語ろうとした、いまだ未解明ではあるが、欺くことはないとおれの確信する、三つの毛の束のような奇妙で、小さな細部である。時代、ときはいつで、かれらの精神状態、かれらの身体の残り部分のぬくもりがどうであるにせよ、かれらの両手は冷たいままだ。おれ自身、成功はしなかったが、一度ならず、それをおれの手のなかに包んで温めようとしたことがある、ちょうどあの晩、アリがネカタの冷たい両手を暖めようとしたが駄目だったように。

〔1〕カール・フォン。かのスウェーデンの博物学者（1707-1778）。生物分類学の方法を確立した。

〔2〕ジョゼフ。フランスの植物学者、人類学者（1852-1918）。とくにアジア人に関する人類学で知られる。また、一九〇八年に発表した「ヨーロッパの人種」において、ヨーロッパ人を身長・頭幅高示数・髪の色で分類した。

〔3〕名はヤン。ポーランドの人類学者、統計学者、言語学者（1882-1965）。ヨーロッパ人を四つの純粋

人種に分類、その組み合わせからさらに六つの混血モデルに分類した。
〔4〕おそらくチェカノフスキーの弟子アダム・ワンケのこと。
〔5〕テクストにあるRostan名では不詳。『シラノ・ド・ベルジュラック』の作家Edmond Rostandの息子でジャン・ロスタンなる生物学者がおり（1894-1977）、単為生殖や両棲動物の奇形学などを研究、人間の遺伝学などの啓蒙書も書いているから、かれか？
〔6〕アフリカ西部、ニジェールからナイジェリアに住む種族。ヨルバ族、イボ族とともにナイジェリアの主要民族のひとつ。

思春期の香り

第一のサロンにわたしはコサックたちを迎えていました。それは、夏だと、丸いテーブルとふたつの肘掛け椅子、アルコール用のテーブルを置いたテラス、冬は、カーテンのない大窓から光がむきだしに差しこむテラスの内側の延長部分でした。コサックは、どんな者でも小娘みたいに感じやすく、素直にしてくれるエレベーターなしの九階へと不可避的に息を切らし、赤くなり、熱に浮かされたようになってわが家に入ってきました。わたしのほうは、一杯目のブランデーを出しているあいだ、穏やかに、こっそりと、だが、不安なく、わたしのなかで「誠実さ」の歯車を起動してくれる要素を探しもとめたものです（ちょうどクロスワード・パズルの答えを探すようにね、だって、どんなコサックも、たとえどんなに味気ない者でも、必ずどっかに髭の剃り落としや、唇のうえのほうに汗のしずくが残っていて、それがかれの知らないうちに魅力を醸しだしていましたから)。それで、一時間わたしはかれをやさしく挑発し、交渉が行なわれるその時間のあいだ(ただふたりの指の先だけが、ときおりグラスの端に、または、動揺したコサックが花瓶敷きの下にお金をそっと忍びこませる瞬間に電気が走るように軽く触れるのでした)、わたしはその要素を見抜こうと努力し、すこしばかりそれを拵え、補い、最後にやっとかれの指か、首のまわりにあって、わたしが望み、手に入れなくてはならない品物を選んだものでした。というのも、わたしのすぐれた素質のひとつはとり決められた値段では絶対に満足しないというところにあったのですから(わたしは、今日すべての娼婦たちがそうなってしまっている乾物屋のおかみなどでは断然ありません)。すでに半分酔ってしまっているコサックの知らないうちに指輪か、時計か、または、たぶんかれの母親から伝わったもので、いずれにしても情愛がこもったものである(これらのことは感じられるのです、偉大な神、コサックとは開かれた書物なのです)銀の鎖を選んでしまうと、わたしは、かれが進んでその事物を譲るまでは決して扉の外には出さないように腹を決めていました。わたしはただ、自分が選んだ品を、絶妙の瞬間に、その品物へのわたしの愛着の集中によって指し示すだけでした。そのとき、かれがみずからその品を自分の身からとりはずし、突然、自発的に、まるでかれ自身がそのやむにやまれぬ必要に気づいたとでもいうかのように、わたしに贈り物にしないことは大変稀。だって、どんなコサックも、おのれのコサックぶりをどっかから後悔もなく引き出しはしません、おのれの過ぎ去り、完了してしまった快楽のためではなく、自分とは違うだれかに自由な場所を残してやるという考えでもって引き出すことには必ず後悔を感ずるのです。ですので、マンにわたしは教えたのです、いかなる母親も決してやらない仕方で、あらゆるもののうちに適切レヴェルを越えた目標を設定するということを。かくて、あれは、日々のパンを稼ぐという胸痛む必要を含めてすべての事柄のなかにある快楽を味わい、発見することを学んだのです。

第二サロンにわたしは毎朝新しい花束を配置しました、ここは花々のサロンでしたから。そこには切り花しかありませんでしたよ(それで、わたしには長いあいだ高くつくことにもなれば、なん年もわたしはカルティエの花屋たちに可愛がられ、熱狂的に挨拶されることにもなりました)。観葉植物はわたしのような仕事にとってはあまりに味気なく、見た目も非常に冷ややかで、とり澄ましすぎ、狭苦しいものであり、主よ! それらはわたしにオールド・ミスを想わせるのです。わたしは丹念に色、組み合わせ、香りを、かつ、それらの官能性の度合いを選択し、最高の花々たるランや、エピデンドロム〔蘭科エピテンドラム属の総称。主に熱帯アフリカ産〕、パフィオペディルム〔洋ランのひとつでインド洋からソロモン諸島にかけて分布、多くの原種、交配種がある〕やラエリア〔メキシコから南米熱帯にかけて分布するレリア属の着生ランの総称〕などに絨毯の場所を残してやり、そこの家具や壁掛けの足元に地を這う花瓶に入れてそれらをふんだんに散らしていましたが、その壁掛けの下へ夜になるとマンは眠るために滑りこむ。昼間はその壁掛けに沿って柔らかに差しこみ、ゆらめいている光のなか、コサックたちが、自分らの官能の長くじりじりする刺激にくたびれ果て、花々とわたしの肌とが入りまじる匂いに陶然となって、交互にそのそれぞれをせがみながら倒れ伏すのでした。コサックはわたしの耳元でいったものです、おれはすぐにもあんたのパンタロンを引きちぎるぞとか、なんか不測のことをやりそうだとか、もう辛抱たまらん、切迫しきっているんだとか。コサックは泣き、呻き、震え、溜め息をつき、もう扉を叩いているんだとか（なんという大げさなほら吹きでしょう！）、厩は火に包まれ、馬は外に出ることをもとめている、あんたが開けてやらなければ、馬はもうくびきをぶっちぎる（主よ！）、しかし、あんたが家に入れてやれば、やつはもうそこを離れはしない、未来永劫召使いとして、犬のようにあんたの家にいて、そこで休み、あんたの命令どおり動きまわり、おれたちはやっと眠れるだろう（嘘つきども！）。そこで、コサックとわたしは奥の部屋に動くのですが、ふたりして大寝台に身を投ずる前に、わたしは、ひそかに、ちらと、カーテンの感じとれないようなかすかな、隠れたマンの息による揺れに一瞥をくれました。

バビロン

正確に同じ時刻に、月はトンブクトゥ通りを跨ぎ、一羽の禿鷹の飛行がよぎった、赤々とするバビロン大通り《ブールヴァール・ド・バビロン》の上空に這うように昇った、ほとんど完全に満ちた姿で。そして、それを見つけた最初の犬たちが、バルコニーから乗り出し、窓の縁や閉まったアパルトマンの奥から身を起こし、地域に響きわたるいつもの喧騒を、三日月の時期の車やバーの音楽よりもけたたましく発しはじめた。犬たちはそんなふうに、月が南の建物の背後に姿を消す真夜中頃まで吠え声をあげた。

この悲しみに対するアミノ酸の作用

『世界百科事典《エンサイクロペディア・ユニヴェルサリス》』は料理や食生活を扱う項目において、書き手にいわせると、あらゆる人間のエネルギーの根本であるたんぱく質の効用に長い記述を割いています。現代の栄養学は女性を恐ろしいまでに痩せさせ、コサックの血を抜いて、情感を貧血状態にしますが、中世からルネサンスまでのもの（『正直な喜びと健康、その他論《デ・ホネスタ・ヴォルオプタテ・エト・ヴァレテユデ・エトセトラ》』参照。主よ！）のような、肉や卵や魚が主要部分を占める料理は、とかれはいいます、創造的本能を解き放ち、情熱を昂揚させる、と。同じく書き手は、その料理法の過度の複雑さによって人間の自然を歪めているとキュルノンスキー[1]を非難しています。かれは、生野菜盛り合わせ《クリュディテ》（わたしがこれに認めるゆいいつの効能はコサックどもを赤痢にしたり、生気ない状態にしてくれることですが）の発見という食べ物のあの血迷いによって一文明のデカダンスを説明しています。最後にかれは、カテドラルの建設が、民衆の偽りの神秘思想とか王侯らたちの誇大妄想などよりもどれだけ多くを、『あらゆる料理の「偉大なる料理人」』、それになお、当時大層流行していた別の著作、『クレレ〔ボルドー産の赤淡色ワイン〕、ムーレ、その他のワインのごときすべての飲物をつくり、支度すること、かつまた、あらゆる肉をさまざまな国のさまざまな慣習に応じて支度、味つけ法教示概論』（大いなる神、ここにはウナギのスープや牛のパレ肉〔一般に、羊や豚の肩の肉〕まで入っているのですよ）のほうに負っているかを説いています。わたしもこれと違うことを考えたことはありません。ずっと以前から、わたしはバビロン中探してもだれひとり見つからないような料理の名手です、今日は砂糖水を常食としていますけど、それはもう九階から降りたり、そこに昇ったりできないからで、かつて、バビロンの黄金時代には、わが台所は数世紀前から忘れられてしまった、わたしがその秘密をふたたび見いだした驚異のるつぼでしたよ。マンがわたしの家で大きくなり、育った三年のあいだ、わたしはあれを、息子を食べさせるどんな母親もやったことのないほど素晴らしく、わたしのインスピレーションの師、偉大なギヨーム・ティレル[2]がジャンヌ・デヴリュー〔フランス王シャルル四世（1294-1328）の三番目の妃（1310-1371）〕、またはシャルル五世〔フランス王（1338-1380）〕に食べさせたよりもおいしくマンを食べさせました。詰め物入り仔豚やフォー・フルノン、卵の串焼きや肉の煮込み、鯉や野兎、豚の胸肉、タイユヴァン以来もうだれもつくっていないようないいパンでとろみをつけ、砂糖とスパイスを一杯入れたソースやスープ、チーズ・ケーキや豚の脂身を使ったパイのタルムーズ〔前菜に出されるチーズ入りのパイ菓子〕。そして、あの涎垂れの私生児（わたしには下の木の根元にいるあれの姿はわかりません、そんなにも夜はもう進んでしまったし、わたしの視力は弱いのです、でも、あそこにいるのは感じられます）は、ある日予告もなしに、わたしを捨てるなんてことをしていなければ、やつは、今夜、ろくに食べていないひとたちの、無気力で、無益な悲しみを味わわなくて済んだでしょう。だって、一定期間コサックたちを、または、だれでもいい、砂糖水を常食にしはじめて以来わたしをすら襲う鬱や意気消沈、けだるさ、ふらつき《コラベッサンス》は、ひとびとが現在つくっているような、だらけてしまって、かたちをもたず、腑抜けて、去勢された料理以外に原因がみつかるとはわたしは一度も信じたことはないのですから。それに、マンがわたしの家で、奥の部屋のカーテンと蘭の下のかれの寝所とわたしのテーブルのあいだで過ごした三年のあいだ、わたしはかれが大きくなるのを見つめ、かれのコサックたるところが育ち、活発になっていくのを、腰が堅くなり、お尻のかたちがきわ立ってくるのを見たのです、かれの髪が輝きはじめ、柔らかで長い毛がかれの腕と足のあいだに生えてくるのを。かれが伸びてゆき、頑丈で、冷淡で頑固になっていくのを見た。で、完全にかれができあがったとき、そのとき、あれはわたしを見捨てたのでした。

〔1〕アルバン・ミシェル、一八七二～一九五六年。本名モーリス・エドモン・サイアン、二十世紀前半を代表する美食批評家。用語解説が二八巻に及ぶ『美食のフランス』(1921) など多くの著作を書いている。

〔2〕フランスの料理人(一三一〇～一三九五年)。フィリップ六世、シャルル五世の料理長を務め、フランス語で書かれた初の料理書 *La Vandier* の著者。タイユヴァンはかれの別名。

養父アリ

血の好み、死体になった料理への嗜好、それに乱痴気騒ぎ好きはおそらくもっとあとになって、マンがバビロンの娼婦たちと最下層民らの手のあいだで暮らしはじめたとき、かれの身に訪れた。加えて、アルコールとタバコへの、またあらゆる種類の分別なきでたらめさへの隷従も——おれは知ったのだ、十五歳で、やつは日に三五本の紙巻き煙草を吸い、淫売たちは彼女らのアパルトマンの汚れたクッションのあいだにかれが倒れこむまで蒸留酒をしこたま飲ませたものだったことを。これらのことすべてが真実か、誇張されたものか、また、この男がバビロンのひとを堕落させる途方もない力の犠牲者だったのか、それともこいつの天性がそもそもから根本的に悪性のものだったのかはどうでもいい――おれとしては、いぜん第二の仮説に傾いており、それについては、トンブクトゥ通りをマンが出ていったことを伝え、老人をあんなにも悲しませたシチリア人の牛乳屋の例の下劣な話を引き合いとして出そう。だが、この来たるべきおぞましさのすべてにおいてアリは手を汚していない。鶏小屋で鼠を育てても鳩を産みだしはすまい。それゆえ、アリがこの子をとても幼いときから従わせたコーランの厳しい規律は、それというのも、この規律はアルコールを飲むとか、いついかなるときでもどのような動物の肉だろうと食べるといった他のごく平凡な快楽のための行動に、神と人間の法を侵犯し、道徳的秩序に挑戦しているという気分をつけ足すからなのだが、徳の心をもつ子供をつくるどころか、より一層の快楽への能力をかれに与えることのほかなんの役にも立たなかったと疑ってもやつの悪徳を過大評価しているとはおれは考えないのだ。

　ところで、トンブクトゥ通りはなべて、またとりわけ「いにしえの蒸気風呂《ヴィエヤマム》」の敷地内は、『コーラン』、ならびに、ボッカリとムスリム〔両語ともに不詳。イスラムの神学者の名か？〕の正統派に基づく厳格で、議論の余地なき団体が威力を振るっており、子供は――アリの手のなかで過ごした十二年間、かれは、ハンマームのほぼ真向かいにあるポーチの先まで離れたことはほぼなかったので、どんなときもその支配から逃れられなかった。マンは思春期に達していないので、強いられはしなかったけれども、最初の歳から「五つの柱」[1]の初歩的義務に従わなくてはならなかった。おれの意見では、このすぐれた組織こそ要はこの男が恵まれ、のちに非常に悪しき意図のために活用することになる健康と完璧な体質の源にあったものだ。なぜなら、食生活だけに例をとどめるが、実際、アリの料理哲学を成していた禁忌項目（血や、血抜きされていない肉や神以外のものに捧げられた肉、豚の、牛や犢《こうし》の下等肉部分、雌鶏の脚、頭と臀部等の禁止）はひどく数多だったから、ことを単純化するためにアリは、この地区の住民の大部分がしているように、子供に、夜が落ちてから一回だけ摂る食事として毎日長いこと煮る米を食べさせた、おれにいわせるなら、この古来よりある食生活の方法——これぞいつの日かに、人類がもっとも釣り合いのとれた、もっとも完全で、もっとも品位あるものだとわかるのが望ましいものだ——が、このきわめてひどい状態で生まれた赤ん坊にたくさんの武器を与えたわけだが、やつがのちになってその武器を使用した責任はいささかも老人に負わされるものではない。

〔1〕前出パイエの『カリフのサーベル』によると、「イスラムの五つの柱」とは「信仰の公言」、「慣習としてのお祈り」、「ラマダンの期間の断食」、「メッカへの巡礼」、「合法的な施し」（Marc Paillet, *Le sabre du calife*）。

あのこと

あいつはあそこにいて、泣いています、木の下にいます。現在わたしの視力は衰え、また、わたしの記憶力も、「運命」の光も意味も究極目的も刻一刻ますますぼんやりとなり、あそこ、下でひれ伏したあれの輪郭のようにぼんやりし、いまやもうほとんど識別することができません、ちょうどバビロンの物影のうちに溶けてしまった古い思い出みたいに。けれど、今夜ほどわたしの眼がよかったことはありません、今夜ほどよく、とても遠くから、とても漠然とではあれ、あれをわたしがよく見たことがあったでしょうか？　だって、いかなる人間の結びつきから生まれたのでもないあの息子をわたしはいったいどんな名で呼ぶことができます？　三年もの長い歳月わたしの腕のなかで手足をばたつかせ、涎を垂らし、わが台所のパンと肉を食べたというのに、いったいどんな恥じることのない特徴であの仔はわたしの思い出に刻まれているか、わたしには知る時間も暇もたっぷりあったのに、いま自分があの仔を、かれも、その生みの母も、あれの生まれた理由も、なにひとつ知っていたとはとてもいえないのに。それに、あの豚はわたしのテラスに一度だって眼を上げることもしないでしょうよ、たとえたまたまあれの顔が上を向いたって、テラスから眼をそむけさえしないでしょう、そうですとも。三年なんてこの種の豚においては無みたいなもの、でも、その三年、わたしはかれの飼育を引き受けて、だれよりもうまくやったのです、あれの食事を引き受け、だれよりもよくかれを養ってやったんです、その三年には、滑稽を通り越して、このわたしがあれをあやしてやることまでありました、主よ！（頬を赤く染めながら、それでもわたしはやったのです、だって、あの情けないやつはわたしと同じ時間に寝入るのにそれをわたしに要求しましたから、そうでなければ、夕食をもとめて一晩中わたしを揺さぶりました、で、愚かなわたしは、猛り狂い、苛立ち、とても恥じいっているというのに、やつの頭を壁に叩きつけてやる代わりに、カーテンを引き、木綿のバスローブに袖を通して、もう大きいかれの身体を腕のなかに抱いて、眼を閉じるまでやつを揺り動かしてやった、ときには、偉大なる神、そうです、あの洟垂れ小僧のために歌を歌ってやるまでしました、眠いのよ、あれの耳に歌ってやったものです、眠いのよ、わたし、そっとしといてくれない？）。つまり、そうやって、わたしは、母親のない、一瞬だって上にいるわたしに考えをめぐらせることもないあの息子のために、母親より悪しきものへと三年引きずられるままになったのです。

自分自身にはその想念は禁じていますが、ときおりわたしは、この誕生がどんなに奇怪なものだったろうかと（ものごとの本性から考えて）思わざるをえません。なぜなら、わたしはこう確信しているのです、ネカタが女であったのか、または逆のものであったのかを知っていると自慢できるひとはだれも、この世にだれひとりいないだろうと。だって、この智天使は、主よ、「あのこと」（名ざすのは絶対に厭です）以外にはまるで役に立たなかったんですから。わたしの階に通ってきたコサックはひとりとして、あの子を別の用途に使ったといい張る権利をもちません（けれど、あの犬どもはすぐに大口を叩くのは知れたこと、わたしは苦い経験を通じて今日それを知っています）。それでは、どうやって誕生は生じたのでしょう、妊娠全体は、受精は、なにから、どこで、いかにして？　主なる神よ！　三年のあいだあれを手の下にもったわたし自身、なにも知らず、あれについてなにひとつ見抜けず、なにも理解せず、舌のひと巻きで蚊を捕らえるあの敏捷さと、そして、「あのこと」（もはやほのめかしもしたくありません、引きつってきます）への無関心以外はなにも知らないのです。ですが、ネカタはなにごとにも逆でした、わたしを嫌悪させること、とくに「あのこと」、わたしとしては一度も同意する決心がつかなかったあれ（コサックどもが、奥の部屋の暑さと薄暗がりと陶酔のなかで、つねに最終的にはあの最後の懇願にゆき着いてしまうにもかかわらず、残りすべて、連中の体裁とか、うわべの表情とか、自分らのコサックぶりの思わせぶりと見せかけはそれを目指し、わたしたちをそれへの心構えをさせることのほうだけに向かっている。だって、連中は、生まれながらにして犬なんですもの）には無関心でした。

そうですとも、あの犬どもの天性は動かしがたく倒錯的です。愛しい花、いまこそ、わたしは、大寝台の足元で身動きせずにいる、あんなにも脆そうで、あんなにも華奢、なのにあんなにも心を惹きつけるおまえの思い出に泣くことができるでしょう、ネカタ、うつぶせに横たわり、シュミーズをたくしあげて「あのこと」に備えているおまえに、主よ！　しかし、ネカタにとってはなにひとつ自然に反したりしませんでしたよ、というのも、なんびとにも、あれになんらかの自然を見つけたということは永劫にできないでしょうから。（首の上方、折り曲げた腕のうえであれの顔がつくる愛くるしい起伏の先に、彼女がより合わせ、房にしてもつれさせていたあの驚くべき髪のいくつかの束がしばしばスカーフの下から飛びだしていました、まるで槍のように突き出し密集する、強《こわ》くそっけない髪の房。ときどき、わたしがとりわけ機嫌がよい朝などに、虫退治にテラスをいったりきたりするネカタを止め、そのスカーフをむしりとってやるのでした。すると、まとまりのつかぬ、密な髪の房の恐ろしいほどのかたまりが、「太陽」の凍えてくすんだ光線のように、あれのまわりで一面に開くのです）。わたしのことをいうと、偉大なる神、主よ、わたしは「女」です。それで、わたしと一緒であればたぶん、すべては許され、本当らしさを越えて思いきってやれます（もちろんわたしは、ありそうもないことにだって驚きだしたりしません、あの犬どもがそれをできさえすればの話ですけど）、でも、自然に反しては駄目、ノン。わたしはいつだって、「あのこと」には断乎として厭だと、絶対に厭だといってきたのです。そして、コサックが愛の営みのあとで（やつらは必ず最後にそうするのです）、それを知るのにわたしは随分支払わされたし、いぜん憤慨していますが、コサック流の目論見でもっていとも簡単にわたしを最後に翻意させようとするとき、だめよ、もってのほか、「そのこと」は女中にして、ベッドの足元の影にいる智天使《ケルビム》を示して要求したものでした、残りのことについてはわたしのもとへ戻ってきて、と。で（いかなる気どりも、大風呂敷を広げるのでもなくいいますが）、残りのことではかれらはわたしのもとへ戻ってきたものです、ネカタにはあれの性の秘密とあれの無関心を、わたしには愛の司祭職を、技巧と、それにわたしの完全無欠さを残して。

彼女の母性の名

したがって、わたしはあの晩、わたしの足元で死んでいる天使のかたわらに座っていた。あの晩、わたしははじめて老いというものに、いうにいわれぬ喜びのかたちで出会ったのです、肘掛け椅子の肘掛けと肘掛けのあいだに全体重で寄りかかり、眼を閉じたとき、死んだ女の最後の吐息がテラスに散らしてくれていた木々と湿った葉の香りを穏やかに、快感的に吸い込んだときに（けれども、ずいぶん後になっても、長い年月のあいだなお、わたしは自分自身が欺かれてしまうほど若ぶって、以前同様に人生の習慣に動かされて生きたのは、わたしのかたわら、自分の首にひとりの老婆の息を感じていたから、ときおりわたしは、ちょうど子供が自分の背中にもっていて、決して届かない守護天使を捕まえようとするように、突然うしろを振り向いて、そいつを不意打ちしてやろうとしたものでした。現在はもう老婆はひとりきり、老いはもはやただ単に肘掛け椅子の肘掛けのあいだに寄りかかるあの喜びではありません）。

主よ！ 雨のあとの森のあの香りはなんと不思議な味わいでしょう。わたしのテラスは都市《まち》も、ブールヴァールも、この下でバラ色の、濃い湿気に呑みこまれてしまっているバビロンも意に介さない感じを与えてくれたものです。テラスは世界のうえに浮かんでいるのでした。空が今度はバラ色になり、それが天使の肌のうえにとても美しく照りはえていました。わたしは、わたしたちの頭上を旋回する猛禽たちの飛行を見つめて長いあいだ楽しんでいたのです。

わたしはたったひとりで、助けも立会人もなしに、怖れも、ためらいもなく、『エンサイクロペディア・ユニヴェルサリス』が述べている聖なる儀式を、静かに、入念になし遂げました。ネカタの身体を食べられる部分に切り分け終え、髪の毛を燃やしてしまったとき（髪は火のなかでまるで蛇の巣のようにのたうちまわった）、鳥たちが智天使《テルビム》の躰の最後の一片をくわえて空に去ったそのとき、わたしは突如、あれになにもかもを付与してやったが、まだ彼女の思い出に名をつけることが残っていると思えて、あれをネカタと命名したのです。大気は柔らかで、いつもは隙間風が通りすぎるテラスで奇妙に動かなかった、空は赤く、数匹の犬の吠え声がバビロン大通りから立ちのぼってきていました。夜の帳に、こぬか雨の、無言の雫が落ちてきました。次の朝が明けるともう、テラスの隅にある植木鉢の奥の忘れられた土団子のようなもののなかに、花の緑の若芽が生えだし、わずか数日で、世話もせず、水もなく、曇ってどんより重い空だったのに、テラスの縁に花を咲かせました、『世界百科事典《エンサイクロペディア・ユニヴェルサリス》』さえ知らない雑種の、無名の、マーガレットとカトレアの中間の名づけようのない花を。わたしは木綿のバスローブを羽織ってかたわらに座り、いま静かにそれを見つめている。

ボンゴの勝利

おれはもうアリのことは語りたくない。だいいち、もうあまりに多くを述べたし、あそこで、今日もまだ、「いにしえの蒸気風呂《ヴィエヤマム》」の入り口のところでボンゴを叩いている男は、ずっと前から、数えきれないほどの回数、ひとびとが撮ったかれの写真によって死んだのだ。どうしてって、おれがこんなにも長く考えてきたのはひとりの死者、ひとりの死者の肩であって、これほどの関心を覚えたのはシニシズムからでも、通常科学者のものとされるある種病める倒錯からでもまったくありはしない。おれの忍耐と喜びは、むしろ、死せる魂たちに対する、また、その魂が地表に描く永遠性に対するありふれて人間的な興味から来ているのだ。おれのことを屍体愛好者《ネクロフィル》だと非難するのはシャンポリオン〔フランスの高名なエジプト学者（1780-1832)。ロゼッタ・ストーンの象形文字解読者〕が千倍も古いエジプト人の魂らのあいだで過ごした愛の夜を軽蔑することに帰着するだろう。そうなのだ、おれがこんなにもアリ、および、時の奥底からやってきて、ただ地球の破壊とともにのみ消滅するのが運命の——人間の歳月から、空間のなかに、ひととき、空虚そのものの振動のうちで記憶されたボンゴの心臓の鼓動だけは在り続けるだろうと考えることはできるにしても、だ。なぜなら、ボンゴを時空のうちなる無限の言語の卓越した、絶対的な楽器としているのは、すべての思考、すべての運動に先立ってあるその起源、すなわち、子宮の、声をもたない、液体の静まりのなかで九カ月のあいだ聞かれ、記憶の基体に残存し、根こぎにされた男につきまとい、かれのなかにひそかに棲む母親の心臓が打つ音なのだから——かれの言語に夢中になったのは、おそらくこの永遠性へのよくある欲求のせいである。そして、生命をつくり、音楽、エンジン、雷雨や私的会話、群衆の喧騒に、マンの歩き方や微笑み、両腕の揺れ、ないし、今夜のマンの悲しみ、説明はつかないが、勝利した戦いの夜の勝利者たちには知られている悲しみにまで至る諸存在の運動をかたちづくるリズムの、半階音の、ハーモニーの、調性の変容の無限性のうちにあって、時間と魂の動きとを計測しているのはいぜん、おのれのボンゴを叩いているアリの手だ。ゆえに、もうアリのことを語りたくないおれは、もはやなにも語らず、言葉を、みせかけとはかなさの年代記作家たちに委ねよう、このマンは、それからバビロンのこの住民たちもみな、それにおれ自身も、もちろんあなた方も、知られた回数だけ、たぶんもっとそれ以上に、忘れられるのだということを明白に知っていつつ。忘れられるのだ、われわれ自身の思い出はもはやどこにも、雨に打たれた舗道の隅にすら、風に煽られた紙の切れ端のうえにさえもう残らないほどに。それに対し、アリの記憶は、ボンゴの響きのなかに、人間の心臓の鼓動のなかに、葉が枝にぶつかるはじけた音のなかに、断崖に打ち寄せる波の砕け散りのうちに、創造に先立つ空無の冷たい沈黙のなかに、そして、おそらくは永遠を満たすであろう宇宙の爆発のなかに現存するのだ。

（一九八六年）

演劇、そして伝承ふうの物語——訳者あとがきに代えて

ベルナール＝マリ・コルテスの三冊目の劇テクストとして『黒人と犬どもの闘争』をお届けする。劇作家の比較的初期の戯曲（1979年）で、八三年にパトリス・シェローがナンテール・アマンディエ劇場で初演し、劇作家を一躍パリ劇界に知らしめた作品。かれには習作も結構あるので完全な処女戯曲ではないにしろ、中南米やアフリカ、マグレブ等を頻繁に旅したかれがはじめてアフリカを見たのちの最初の本格的な劇、以後書かれる「コルテス世界」の基調を確定する芝居であり、『森の直前の夜』、『綿畑の孤独のなかで』、『西埠頭』、『ロベルト・ズッコ』などとともに、それらすでに訳された劇も跳躍台に経験して頂きたいと、これが訳者のまずは口上である。初版はアトゥン夫妻の「テアトル・ウーヴェル叢書」で七九年にストック社より刊行され、ミニュイ社版は八九年のものだが、当訳は後者を底本にした（ふたつのヴァージョンはアルブーリが口にするウォルフ語の台詞に相当異同がある）。かれは自作を問題劇とみなされるのを極度に嫌ったし、これを植民地主義の現在摘出劇とか、黒い者や白い者、男や女、その他なにやかやの差異のドラマとか、アフリカが要は西欧にすぎない世界史批判劇とか、そうしたこちたき言をわざわざ並べたてるつもりはない。ただ、劇中でオルンがごく素直に認めるように、作家終生の命題であった各人が解りあうことの困難、その不可能性が同時代、いまこの瞬間の

状況的函数を介し、底部に横たわる歴史の図を透してあぶり出される、現代演劇の強度の見本といってよい作であり、腰のすわった思考を促される芝居だということだけはとりあえず指摘しよう。

　わたしの認識では、かれの主要戯曲は先の諸作に短編『タバタバ』を、ついで死の一年前にこれもシェローの手で上演された『砂漠への帰還』を加えた七作、ほぼこれに尽きる（かれもまたほんのしばらく前に亡くなったアメリカ合州国の作家の小説の自由脚色劇である『サリンジャー』やストラスブール時代の創作は別）。訳者ならすべての作に等質の関心を抱くのが本来かもしれず、鼎の軽重を問わぬ姿勢がもとめられると仮にしてみたとしても、興味の度合いにはやはり濃淡があり、全部を均しく翻訳の領野に納めようとするのは莫迦げている。そう前提した場合、アルジェリア戦争期のフランスのある地方都市を借景にレジスタンスその他のかの時が回帰してくるお話の『砂漠』は書き手の自伝調郷土色が激しく、研究ならまだしも、舞台というトポスを含んでいる日本語にしてどのくらい一般性があるか微妙に思えてくる。翻訳に課せられる任務が過重なのだ。それやこれやで、これまでに訳の出た作品プラス『黒人と犬』の六作で概ねコルテス劇の総体は展望しうるとわたしは考えるようになった。かくて、戯曲訳については当面これで終止符かなと、そんな気で、いぜん咀嚼しやすいとはいいづらい――どれもが難問を抱えるかれのいずれの劇に比しても――が、そのうちでいちばん定礎的な世界との待望の直面に臨んだのである。ここまでは演劇談義。わたしの個人的な気分などまあどうでもいいのだけれども、このタッチをまじえて語る。

　ところで、かれには劇テクストばかりか、小説《ヌーヴェル》、物語《レシ》というジャンルの、抗しがたい魅力をもった作品群がある（かれ自身、映画作家、ないし小説家になりたがったし、その分野を余技とはとてもみなせない）。『黒人と犬』訳を仕上げる過程で、同作のみでは一冊分の頁には不足という事情も連動して、戯曲選の名には若干そぐわないにせよ、そちらの書きもののひとつを合わせてこの機会に上梓してはどうだろうという構想が生まれた。偶々、ゼミなどで読んだ作品の訳稿がわがノオトには丸ごと残っている、れんが書房の許可を得、当方の好奇心を端的にいや増し刺激してくる、やたら長くない一編を決定訳化し、巻に収めることにした。『プロローグ』である。ノオトに自分の訳があるといったって、まあ未完成品だ、歳月を経てこちらの問題意識が変容してもおれば、これまでの「コルテス」訳の継続形たる位相を保ちつつ深化もしていなくてはならず、教室で繙くのとはまた違う構えを要する次第で、『黒人と犬どもの闘争』にしても実は然りだったのだ、結局いつもと同様、ゼロからの巻き直し、いく度か目のまっさらな考究を強いられる始末へと相成る。接近戦は得意だ(本当に⁉)と手前味噌な豪語はしても、短期間で同時平行二本立ての訳出作業はとてもではない、わが荷には勝ちすぎ、着手はしたものの、じきに問題百出、詰めの甘さの露呈、雖逝かず、奈何せんに陥った。そんな按配で、動機はむろんそれだけではないが、小説のほうは、「コルテス」を専門にし、院生時代にいち早く『プロローグ』を読み、それに関する発表をわたしが聴いてもいる元教え子の西樹里に共訳を頼むことにした。ふたり束になって掛かろうと策したわけだ。それほどに手強い物語だと踏んだのだ。策が効を奏したかどうかは結果をご覧のごとし。当初の拙訳を示して注文や修正意見を受けとり、それから、互いに疑問の箇所を総ざらいして適宜訳文を検討しあい、文体をも議に付して、最後にわたし佐伯が決定稿をつくるという流れをとった。註についてはそれぞれの守備範囲を尊重しながら大小さまざまな視座を相互交換(いろいろ貴重な発見があった)、対象を分掌、双方が担当領域をプラン化し、出発からの成りゆき上、わたしが主導的に進めたけれども(独走もした、歴然だろう)、いっさいは、長幼の序は無視しえぬにしろつまらぬ遠慮は抜きで両者の世界へのポジションとその背柱たる知を開示、批評しあって摑みえたものの言説化である。協働者のむやみなもちあげは躊躇われるが、記すべきは記しておかなくてはならない。わが齢の半分以上若い「コルテス」研究者、演劇の実際経験もある彼女に、長い交流の弟子の身近かさもあって助っ人を託したのだが、訳にも註にも期待に背かぬ力量を発揮し、ことを面白くしようと急旋回はする、あっちこっち飛ぶ、思いつきの乱発で騒々しい師にたじろぐことなく責務を果してくれた。ビアン・フェ‼ これが第一歩、今後もこの調子で沈着に油断なく、そして、貪欲でいて欲しい。尋常だろうと尋常ならざる器だろうと、だれにも振りだしはある。門下生（そんなにご大層なものではないにせよ、小生にもわりと厳格な門があったようだ）から対論可能な仲間への化成を印すデビューということでぶざまな上がりにはすまいとわたしのほうが気張ったきらいもなくなかったせいか、こちらもこれで新規の「繫留点」（『綿畑』）がみいだせそう。とまれ、望外の速さで目的地に至りえたことを慶賀としたい。

『プロローグ』はいくつも謎を孕む物語である。それをつまんで結ぶ。註でもふれたように、バビロンとは厳密にはいつのどこなのかを皮切りに、「悲しみの《トリスト》」夜とはなんの謂いか、アリやマンをまことしやかに作話している語り手はそもそもだれなのか（物語の半分の章はマンのできそこなった回想の自己言及劇とも読める）、ネカタになにがあったのかなどなど、空白といおうか、未決定部はおびただしくある。ふたり束になってと述べたが、ふたりでもそこらは抜本的に解明しえたわけではなく、逆に、奥に入れば入るほど文脈すら失いかけた。それゆえ、謎は謎のまま、それ自体を感受したほうがいいと方針を変更した。不可解や空白がおそらくこの作の核心にして鍵なのだ、秘密には囚われるべしと。さりながら、撞着と思われようか、テクストに隠されている（と、訳者らが視た）場処へのにじり寄りとして事象説明では終わらぬ域へと広がった註記の一部はそんなに単純ではない。問題をいまくだくだ述べることはしないけれど、ここには読みの地平が厖大、かつ多方位に開かれているという直観に導かれ、表面《おもてづら》にばかり拘泥せずさらにありうるヴェクトルを探ろうと企てたので、この世界を迷路——たとえば『西埠頭』について作者自身がそのテエマ系への留意を文字どおり要請している、かれが好んだ構築物——に見立て、アリアドネの糸を目論んだというほど洒落たものではもとよりないが、説話の可視化しにくい内在的回路を穿つ補助線は欠かしがたいと愚考したのだ（こんなにまで肥大するとはわたし自身も予測しなかった、もとめられているのは間違いなく多少とも精神史的考察だと思いとり組んで、いき当たりばったり書物を渉猟しているうちにみるみるあれもこれもと膨張してしまった）。かくもでしゃばる評釈じみた註をわずらわしく感じられる向きもあろう、そうした方々にはなによりもテクスト本体を味わわれんことを。

それにしても、この伝承譚ふう物語世界はまこと複雑。それに応ずるように原文のフランス語も込みいり、追いかけるのにひと苦労（作者は読み手には外国人もいることを知らぬげに屈折するのだ、醍醐味!!）、話を通すだけでも訳者たちを考えこませる。本質的な意味が判然とせぬ箇所にぶつかってきりきり舞いさせられたのも再々、身動きとれず休止し、為す術なく、『黒人と犬』ともども友人のティエリ・マレ学習院大学教授に尋ねることも珍しくなかった。かれはつねにもまして懇切にわたし（ら）の、素朴レヴェルが多々の問いに答え、ときには暗黙の射程の示唆も惜しまれなかった。訳も註も佐伯と西の責任であることは付言を俟たないが、ずいぶん参考にさせてもらった。心底よりありがとうのほかはない。ひき続きさらに一件、表したい謝辞がある。もうお気づきかどうか、収録の戯曲にはウォルフ語が出てくる。西アフリカの言語だ。「コルテス」を読む度に新しい外国語を学ぶわ（!?）と苦笑するけど、流石にこれはおれには無理とへこたれかけた、一矢でも報いんと、大学図書館で借りたウォルフ語‐仏語の辞書と仏語による文法書を通読して（どちらも凄い厚さではないからやりえた技）、出てきた章句に訳文をたどたどしく嵌めていったものの、そんなことで埒の開くはずもない。だいたい、未習の活きた外国語を独学する際もっとも頭痛を覚えるのは自分の試訳が間違っているのか合っているのか、近いのかテンから遠いのかさえ実感できぬことだという定理は語学教師であったおのれが熟知している。未練たらしく酔狂な営みに当分執着したが、やはり駄目、これまた奈何せんと考えあぐねた果てだった、学習院大学大学院身体表象文化学専攻出で、当時アンスティチュ（旧日仏学院）に、現在はフランス大使館関係に勤務の平沢直子さんにばったり……、窮状を打ち明けた。それがまあなんたる幸運、ウォルフ語の分かる方が見つかるという話に、嬉しくもナタリー・ボワサールという方に質問できることへと発展、とんとん拍子にこの行はこう、こっちはこうと仏語訳の回答が次々ともたらされ、それを結果的にはゆいいつの有用な手掛かりに、自分の確信できる日本語に訳した。お会いしていないので伝聞形に留まるけれども、セネガル出身のフランス女性、しばらく東京に滞在されていたらしい。なにはさて措き、この場にて厚くお礼申しあげる。こんな奇遇が現実にあるんだと驚嘆したが、この方の教示なくしてわたしの『黒人と犬』は恙なく完了したかどうか……、「コルテス」が縁《えにし》のこの邂逅、真実助かりました。あらためて仲立ちの平沢さんと、いまはどこの地におられるか、ナタリーさんに merci maintes fois.

そんなところで、あとがきも締めに。「コルテス」の先行訳とは桁はずれに面倒な中身で思うさま嵩張った巻を揺るがぬ熱意で本にして下さったれんが書房の鈴木誠さん、装丁の狭山トオルさんに重ねて感謝。書物は顧みられず、出版情勢も芳しくない時代にこんな翻訳の上梓は、譬うれば、小型の帆船が暴風雨か大凪のなかに乗り出すようなもの、ほとんどコンラッド的無謀さにちがいない、なんとか大破なき航海を願うばかり。

二〇一五年晩夏　夏は暑いと決まっている（と、京都で中岡慎太郎がいったと伝わる）季節には耐えられても、この国の迷妄、いや増す無理・無体・無道には啞然、なにかを嚙み殺しつつ。

訳者を代表して　　佐伯隆幸

ベルナール＝マリ・コルテス　Bernard-Marie Koltès（1948 〜 1989）

劇作家、小説家。1948 年、フランス東部、ドイツとの国境に近い都市メッスに生まれる。22 歳にしてストラスブールで演劇に目覚め、自前の小劇団での活動を経て、77 年、『森の直前の夜』をアヴィニョン・オフで上演した頃より本格的に劇作に入る。83 年、ナンテール・アマンディエ劇場でパトリス・シェロー演出による『黒人と犬どもの闘争』（本巻所収）ののち、一躍パリ演劇界の寵児となった。

かれ自身はヨーロッパよりは中南米やアフリカ、またニューヨークにいることを好み、劇作上の舞台もそうした場所を踏まえたものが多く、その世界は哲学的にも地政学的にも「今日」を問題にしている。また、モノローグの多用など、劇作法も独自で、フランス演劇ではときに「コルテス以後」という言葉が使われるほど、同時代、あるいは、以後の世代に大きな影響を与えたし、与えている。

初期の、作者自身がのちに忌避した習作的な作品を除くと、いずれもシェローが演出した『西埠頭』に『綿畑の孤独のなかで』、『砂漠への帰還』、89 年にかれがエイズで没したあと、ベルリンでペーター・シュタインが初演した遺作『ロベルト・ズッコ』等が代表作。加えて、シェイクスピアへの関心も深く、『ハムレット』の改作や『冬物語』の翻訳も行なっている。

小説は『プロローグ』（本巻所収）、『都市のなかとても遠くへ馬での逃走』その他、どの作品も非常に濃密で、読み手や観客に「いま」を考えることを求める地平を築いている。

長くはない人生だったが、もてる力量をいかんなく発揮した、屈指の、天才的創造者と評価されている。

西　樹里（にし・きさと）
1984年生まれ。早稲田大学第一文学部演劇映像専修卒。学習院大学大学院人文科学研究科身体表象文化学博士前期課程修了。学部在学中よりベルナール＝マリ・コルテスに強い関心をもち、研究活動を持続するかたわら、作家の習作（前記『ハムレット』の改作）を試訳、上演した。2013、2014年、鴎座による『森の直前の夜』（佐藤信演出）等でドラマトゥルクも務めている。

佐伯　隆幸（さえき・りゅうこう）
1941年生まれ。演劇評論家。学習院大学名誉教授。著書『異化する時間』（晶文社）、『「20世紀演劇」の精神史』（晶文社）、『最終演劇への誘惑』（勁草書房）、『現代演劇の起源』（れんが書房新社）、『記憶の劇場　劇場の記憶』（れんが書房新社）。訳書にB＝M・コルテス『コルテス戯曲選』（共訳。れんが書房新社）、ファン・デン・ドリス他『ヤン・ファーブルの世界』（共訳。論創社）、H・シクスー『偽証の都市、あるいは復讐の女神たちの甦り』（共訳。れんが書房新社）、B＝M・コルテス『西埠頭／タバタバ』（れんが書房新社）など。

黒人と犬どもの闘争／プロローグ――コルテス戯曲選3

発　行＊2015年12月25日　初版第一刷

＊

著　者＊ベルナール＝マリ・コルテス　Bernard-Marie Koltès
訳　者＊佐伯隆幸・西　樹里
装　幀＊狭山トオル
組　版＊エディマン（原島康晴）
発行者＊鈴木　誠
発行所＊㈱れんが書房新社
〒160-0008　東京都新宿区三栄町10　日鉄四谷コーポ106
TEL03-3358-7531　FAX03-3358-7532　振替00170-4-130349
印刷・製本＊モリモト印刷

 ISBN978-4-8462-0419-8　C0097

コレクション 現代フランス語圏演劇

❾ K・クワユレ　ザット・オールド・ブラック・マジック／ブルー・ス・キャット　訳＝八木雅子　本体一二〇〇円

❿ J・ポムラ　時の商人　訳＝横山義志／うちの子は　訳＝石井惠　本体一〇〇〇円

⓫ O・ピィ　お芝居　訳＝佐伯隆幸　若き俳優たちへの書翰　訳＝齋藤公一・根岸徹郎　本体一〇〇〇円

⓬ M・ンディアイ　パパも食べなきゃ　訳＝根岸徹郎　本体一〇〇〇円

⓭ W・ムアワッド　沿岸　頼むから静かに死んでくれ　訳＝山田ひろ美　本体一〇〇〇円

⓮ D・レスコ　破産した男　訳＝奥平敦子／自分みがき　訳＝佐藤康　本体一〇〇〇円

⓯ F・メルキオ　ブリ・ミロ／セックスは心の病いにして時間とエネルギーの無駄　訳＝友谷知己　本体一〇〇〇円

⓰ E・ダルレ　隠れ家／火曜日はスーパーへ　訳＝石井惠　本体一〇〇〇円